父亲　老屋　苦楝树

FUQIN LAOWU KULIANSHU

——欧阳传芳散文选

欧阳传芳　著

GUANGXI NORMAL UNIVERSITY PRESS
广西师范大学出版社
·桂林·

图书在版编目（CIP）数据

父亲·老屋·苦楝树：欧阳传芳散文选／欧阳传芳著．—桂林：广西师范大学出版社，2017.10
ISBN 978-7-5598-0443-3

Ⅰ．①父… Ⅱ．①欧… Ⅲ．①散文集—中国—当代 Ⅳ．①I267

中国版本图书馆 CIP 数据核字（2017）第 252411 号

广西师范大学出版社出版发行
（广西桂林市五里店路 9 号　邮政编码：541004
网址：http://www.bbtpress.com）
出版人：张艺兵
全国新华书店经销
广西广大印务有限责任公司印刷
（桂林市临桂区秧塘工业园西城大道北侧广西师范大学出版社集团有限公司创意产业园内　邮政编码：541100）
开本：880 mm × 1 240 mm　1/32
印张：11　　　字数：250 千字
2017 年 10 月第 1 版　　2017 年 10 月第 1 次印刷
定价：42.00 元

时代的印记　岁月的标签

——序欧阳传芳散文选《父亲·老屋·苦楝树》

罗光成

欧阳传芳散文选《父亲·老屋·苦楝树》,是作家的一部自选集。选入的108篇作品,烙着时光的印记,贴着岁月的标签,恰如一群晨曦中的白鸽,扑扇着灵巧的翅膀,呼哨过绚烂的云空,把过往的故事与情怀,如实叙写,尽情抒发,一一穿缀成作家生活的编年。

与一般女性散文作家相比,欧阳传芳的散文,似乎显得更加扎实厚重,更加深刻饱满,也更加唯美。无论是工作中的闲暇,还是旅途上的间隙;无论是端坐客厅沙发,还是斜倚卧室床头,欧阳传芳的散文,时时处处,都有一种与你相近相伴的内在品质,一种让你放缓脚步,放松心情,放弃俗念,放飞希望的精神魅力。

扎实,首先是作家的写作态度,体现了作家的理想追求。欧阳传芳散文的扎实,突出地表现在她不是把散文当作生活中可有可无的消遣自娱,也不是把散文当成排解寂寥的文字游戏。而是以"散文背后都站着一个我"的严肃态度和严谨作风,以"散文即我""我即散文"的创作追求,与散文同生,与散文同行,与散文同怅,与散文同欢。打开《父亲·老屋·苦楝树》,百余篇佳作,曾发表于数十家报刊,入选若干种选本。其最初的发表时间,可追溯到上世纪

90 年代最初期,并从此一路笔耕不辍,新作不断,痴情不改,接续至今。萌生于欧阳传芳少女心园的散文幼芽,就这样被欧阳传芳珍爱着,守护着,一起面对风霜雨雪,一起分享欢乐甘甜,相扶相持,不弃不离,并最终育成今日绿意葱茏、生机盎然的欧阳传芳散文之林。这是需要一种怎样的意志,需要一种怎样的精神,需要一种怎样的努力,需要一种怎样的恒心!“母亲转身的时候,窗外正有一束阳光透射在母亲的肩上,我看见母亲的背驼着,像一个瘦弱的孩子,我的泪就在那个时候,一滴一滴地落在那个陈旧的木箱上,一点点地洇散开来……”(《母亲与书》)“七大嫂精心操持着这个除了一屋子张嘴向她要吃要喝的小孩儿就一无所有的家,瘦得只剩下皮包骨头,眼睛深深地凹了下去,……脸上松树皮一样垒起的皱折,让人不敢想象她才是一个三十出头的少妇。”“七大嫂无奈,每天早上或晚上,就端着一只碗,带着一大群孩子,赶在人家吃饭时凑过去,看见有咸萝卜、腌豆角之类的,也不要人家喊,厚着脸皮夹起一筷子,一口一口地咬下来,均匀地分给紧跟在身后,像南瓜钮一样依次递增、大小不一的孩子,然后,边走边吃,急急地回家。”(《七大嫂》)“那天下着好大的雨,大姐冒着雨跑回家,哭得上气不接下气,仿佛要把自己哭死似的,母亲不敢留大姐在家,怕她晚上生了,连夜让父亲把她送回去。”(《长姐如母》)“那些年来得最多的是一个庐剧班子,班子里有一个姓黄的女主角,娘家就住我们邻村,这时候,有些乡亲的戏票就不用再花钱买,女主角的娘逢着那些老熟人就送上一张,满脸溢着笑,拿到薄薄的一张粉红色纸片的人儿,光彩得跟什么似的,觉得自己有了多大的脸面,早早进场找个靠前的地方,一边候着一边闲闲地唠着嗑。”(《山村的土戏台》)“只要一听见门铃响,父子俩便争先恐后抢着开门,门还没打开,声音就已经出来了:‘妈妈回来了!’……有时,丈夫先他一步开门,儿子不依不饶，一定要重新关上门，然后再亲手打开。”(《回家的路》)——这就是欧阳传芳的扎实：态度的扎实，生活的扎实，文风的扎实。正是这种沉静与扎实，才使欧阳传芳的散文，始终流淌着生活的原汁，呈露出现实的背影，传递给我们拨动心弦的融乐与和美，还有那岁月深处苦楝般不堪回首的恻隐与忧伤。

厚重，源于生活积淀，是欧阳传芳散文作品呈现的又一内在特质。与一些女性散文作家“把散文创作当作路边人家的园子，隔着园子看一看，比一比，想一想，记一记；或偶应主人之邀走进园子，更近地看一看，比一比，想一想，记一记”有所不同——欧阳传芳的散文创作，是在开采一座金矿，一座属于她自己生活的金矿。每一眼矿井，都是她亲自探挖；每一块矿石，都是她亲自挑选；每一粒金砂，都是她心血的凝结。从长江北岸，到东海之滨，从恬静乡村，到繁华都市，从叛逆少女，到为人妻母，从机关闲适，到择业纷忙……欧阳传芳，正是以她丰富的生活经历与积累，以她中国改革开放时代大背景上毅然“雁南飞”的青春路径与情怀，借助散文创作的载体外壳，融成散文创作厚重的精神、文化和思想的内核。通读欧阳传芳的《父亲·老屋·苦楝树》，巡视欧阳传芳的“亲情永恒”“乡思联翩”“故土草木”“七彩梦幻”“心曲轻弹”“家庭音像”“人海萍踪”“都市留痕”“遐思随感”“四维空间”，几乎每一篇作品，都有作家生活的印迹，都是作家人生的积淀，都如作家故乡桥头和村口那些扎根大地的老槐树，坚实，沉着，热情，活力，并整体呈现出厚重的文学风貌。“每年春末，母亲都要为我们晒一次书……后来那些书我们不用了，成了旧书、废书，母亲依然还这样做，及至有一年晒书时，发现木箱里居然住了一窝小老鼠，书也给毁坏了不少。母亲气得不行，也心疼得要命，给木箱上了锁不算，还捉回了一只猫。”(《母亲与书》)“父亲一生似乎没有爱过母亲，还在我们幼年时，母亲便常受父亲的凌辱和打骂。记得在一个个漆黑的夜里，父亲把母亲推出门外，不准进来，任母亲在外面怎样哭喊，父亲就是不理不睬，也不让我们开门；更多的时候，母亲被父亲打得遍身青紫，不为什么事情，也无任何差错，只要父亲心情不好，这样的事便无法避免——尽管如此，善良可怜的母亲总还是小心翼翼地侍候着父亲，服侍着儿女，年年月月无半点怨言。”（《新年夜，想起母亲》）“由于家里孩子多，负担重，母亲在生下我以后，便将我的三姐送给了别人。母亲常常叹息，说三姐被别人抱养的那天，下着很大的雪，漫山遍野的雪花铺天盖地，母亲的心情犹如雪花样纷乱，三姐抱着母亲的腿不松手，一直在流泪，来人几乎是从母亲的手中抢走了三姐——那年，她五岁。”（《一路祝福》）“……七大哥找来一把五齿钉耙，对着七大嫂的头猛砸下去，七大嫂身子一闪，五齿钉子便不偏不倚落进了她的手臂……大大小小的孩子躲在一边瞅着，谁也不敢上前阻止，等七大哥走了，便一拥而上，围住七大嫂放声大哭。山村的泪水浸着太多的野蛮与无知，山村的女人一辈子走不出男人的羁绊……”（《七大嫂》）“看到这里，台下乡亲气愤不已……其中有一老农居然腾地站起身来，抄起板凳，直蹿到台上，叫着骂着：‘打死秦桧你这狗奸臣！’当时台上台下一片混乱，饰演秦桧的那位演员吓得躲进幕后，迟迟不敢出来。”（《山村的土戏台》）——母爱、父权、贫贱、凶暴、善良、蒙昧、嫉恶如仇、逆来顺受……纷繁杂乱、冷暖炎凉的人间世相，在欧阳传芳的笔下，就这样自然天成地化为了让人心堵、让人心酸、让人愤恨、让人震撼的厚重，并让我们在阅读的过程中，从内心不断涌起挖开这种厚重、呼吸新鲜空气，把生活的温馨、美好与尊严，从施虐者的手中一一夺回，重新交付给“母亲”“三姐”“七大嫂”们的强烈期望。

深刻，而不故作高深，是散文创作理应遵循的思想原则。纵览

《父亲·老屋·苦楝树》,可以很清晰地发现,欧阳传芳的散文,已从最初朴素直观的记人叙事、写景抒情,逐步深入到散文的背后,开始了精神的探求、思想的寻找、生命的追问。更为难能可贵的是,这种对散文不断深入地理解与把握,因为有了厚重生活的积累、铺垫与支撑,其所表现出来的深刻,是脚踏实地,仰望星空,真切而诗意,踏实而辽远。“园子里一共有六棵树,那是父亲年轻时为我们种下的,等到大姐出嫁,长兄结婚,园子里只剩下了四棵。在一个暖冬的午后,父亲把我们叫到一起说:‘剩下这些树归你们,一人一棵。’”而后来呢,“剩下的这四棵树我们谁也没要,是因为我们不再需要,我们兄妹几个都像鸟儿一样飞走了,我则飞到了城市的天空,这里也不需要父亲的树。父亲的屋子空了,心思也重了,常常对着那些树发呆,不知道那些树还能用来做些什么。”(《有树,真好》)“回家真好,无论回家的路多么漫长,只要那路尽头还有牵挂,那个方向就是你生命中永远不变的航向。”(《回家的路》)“一传十,十传百,女友的话很快在单位上上下下传开了。大家都以为我是分配来的大学生,并且是某位局长的千金。……一时间,众人议论纷纷,对我也客气了许多——用餐时,我发现同等金额的菜,自己的饭盆里却比别人多了一份;下班的路上,总有与我相识或不相识的人一起结伴同行……”(《青青的橄榄》)“年是回老家过的。还没过完年,孩子就吵着要回家,在他的心中,老家是远方的一个客栈,而他的根早已植在宁波,只有回到这里,他才会有回到家的感觉。”(《宁波,我的第二故乡》)“……如同你多年中精心收藏的一些物件,某一日不经意中打碎了这些宝贝,在把所有的碎片收拾之后,心里恍如电光石火一闪,突然觉得:原来,没有了这些东西,也一样过日子。”(《好好生活》)还比如谈到读书与做人,欧阳传芳这样思考:不读书的人就像一个在夜晚赶路的人,最终,他虽也到达了目的地，但却错失了沿途的许多风景；再比如说起《年轻，真好》，欧阳传芳这样解读：年轻不一定就浪漫，但浪漫的人心态一定年轻，人的生命可以老去，不老的应该是一种精神……珍视你的现在，无论你是年老还是年轻，感受你生命中的每一次拥有，铭记岁月馈赠给你的点点滴滴，留住心中的梦想和激情，体味身边的小事和感动，对自己、对他人多一份宽容，多一层理解，这样，你的生活一定会与众不同——即使岁月消褪了你的容颜，站在青春的边缘，你的魅力依然会光彩逼人。——欧阳传芳就是这样，从不刻意求奇，故作高深，总是以一种浅浅的、淡淡的、平平的、暖暖的、信手拈来的譬喻或思辨，让我们在不知不觉中随她一起，恍然体悟大千世界冗繁世相的一些深刻内容。

饱满，是散文内容表达与精神气质的融汇，也是散文产生阅读冲击的生命张力。饱满，取材是第一，剪裁是第二，情韵是第三。对此，欧阳传芳显然是有着深切体悟和准确把握的。打开《父亲·老屋·苦楝树》，饱满的情味扑面而来，沁人心脾。内容的饱满，人物的饱满，叙事的饱满，哲思的饱满，仿佛春天一朵朵带露的花蕾，在朝阳的鼓舞下，灿然开放，嫣红姹紫。欧阳传芳写亲情，她写父亲，写母亲，写大姐，写二姐，写四哥，写五哥……或洋洋千言，或寥寥数语，把控有度，适可而止，而浓浓亲情，皆跃然纸上，令人读之心潮滚涌，久久难平。“我走的那天，下着小雨，父亲挑着两包花生和一些土特产送我去村口上车，就像当年在月光下挑着米，步行三十里的山路送我上学一样，父亲的胶鞋踩在石子上发出的声音是那么重，那么响，以至多少年后我仍害怕听到这种声音。……车子拐弯时，我远远地回首，看着隐在树丛后面老屋沉重的背影与那依然葱绿的苦楝树，还有拄着扁担、立在雨中送我上路的父亲时，我的泪终于流了下来……”（《父亲·老屋·苦楝树》）“晚上，我们一家围坐在门前的苦楝树下乘凉，每个人的心里都被喜悦灌满。我和五哥一人一头地躺在凉床上，母亲拿着扇子为我们赶蚊子，父亲坐在矮凳上抽烟，空气里有一股湿润的凉爽与惬意。”“在我们一次又一次的送行中，五哥读完了大一，又读完了大二。大二暑假将结束，五哥要回学校了。回校前的那天晚上，我们围着五哥坐在苦楝树下，月亮已升得很高，纳凉的人陆续回去了，我们家的草房前还在说着话。”（《难忘五哥》）“所有的人都看着我，并且在微笑，在人群中，他咧着嘴，似乎笑了，但我发现他是在哭。父亲佝着背，双手张开放在胸前，好像要掏出胸腔里巨大的悲痛似的，那似乎一夜间变白的头发，乱草似的堆在脑后，我的心里有些难过，却又不知道说些什么。”（《亲情，伴我一路同行》）欧阳传芳写故乡，她写春天的蜜蜂，写深秋的菊花，写乡村的五月，写小镇的风情，景随事转，情由景生，疏密有致，韵味其中。“还有演员发髻间佩戴的亮晶晶的假坠子，令我们惊叹不已，回去后自己也仿效着动手来做，将长长的鹅毛管剪成数节，用线串起来，再用一根铁夹子夹住，吊在辫子上晃来晃去，觉得美极了。”（《山村的土戏台》）“二三月间，乍暖还寒，柳树的枝头就已萌生了点点绿意，泛着淡雅的奶黄，颤巍巍的稚嫩令人心动，柔软的枝条在阳光下轻轻摇动，拨着清冽无纹的水面。这时，栖身于树下，心里便会恬静、安宁。到处是飞舞着的花絮，缠绵于风里，裹挟于足下，看着看着，心头恍然间浮上一句——初春的岁月，柳絮如潮。”（《喜欢柳树》）——欧阳传芳散文叙事的饱满，很容易让我们产生一种阅读上的共鸣与联想：让我们不自觉以自己心中珍藏的亲情去叠印欧阳传芳生命中的亲情，以自己难以忘怀的故乡去叠印欧阳传芳少儿时的故乡，甚至陡然从心头涌起“什么时候一定要去长江北岸那块作家少年的故土走一走、看一看”的愿想。

唯美，是黏附在散文之上与生俱来的品质，是现实之美在散文创作中艺术的切入与升华。走进《父亲·老屋·苦楝树》，欧阳传芳散文创作中对唯美的追求与把握，有如珍珠散地，俯拾皆是。“桃尖微微露着一点点红，像婴儿胸前的红兜兜，每一个都是那么鲜亮清新。”再看孩子们，“站到桃树下，试着用竹竿敲打桃子，一下，两下，叶子纷纷落下来，随着树叶一起坠下的也有三两个桃子，有力地落在地面上，同时也落在孩子们期盼已久的心上……”（《偷桃》）“有树的地方就会演绎生命，蝉在树干上脱胎换骨，挣脱生命原始的囚禁；有树的地方才会有音乐与歌唱，树梢是鸟的天堂，有风穿过的时候，连风陡然间也带了灵性，一层层翻起树叶，一缕缕送来芳香，黄昏的村庄里，炊烟在树丛中萦绕飘浮，使那矮窗有了风情，有了人声。”（《有树，真好》）“与母亲在一起，我感觉自己的心是那么平和，那么坦然，阳光下，我与母亲面对面坐着，轻轻地说着体己话，有风从身边悄然划过，我抬起头，看着风来的方向，不觉动了情，好久没有过这样的心情与体会。”（《到乡下走走》）“人生中有书相伴真的是一种幸福，有风有雪的晚上，偎着灯光，静静地看一本书，与书中人物同思、同想、同感应，那便是人生最美的一种境界了。床头有书，就如同枕着花香入眠，梦里，你真的就可以听见花在心中绽放的声音。”（《读书与做人》）“当我做出这个决定的时候，一种从未有过的自豪与喜悦让我的心冲动得厉害，快乐像一条闪着白色粼光的小鱼儿，趁机从体内的某个角落钻出来，将我的心房撞开了一个响亮的口子。”（《那年重阳，我十六岁》）“风，轻轻地吹来，优雅地掀动我的裙摆，我闭上眼睛，想起了那个常来小院的小女孩，不知道她明天是否还会再来。”“初夏时节，总有一些往事在心中缠绵，总有一缕眷恋让人欣喜，初夏，给人一种轻舞飞扬的感觉，有风的晚上，穿一件长裙，出来走走，让脚步悠悠，丈量青春的长度,看落花飞舞,把心思踩在脚底,生命还年轻着,在这样的季节里。”(《初夏时节》)“那之后的每个清晨,她都会早早地起床打开窗户,让春风带着暖意在身边荡漾,也让关闭过的心扉慢慢开启,让生命和着青春的旋律飞扬。”(《心里有阳光》)——由此可见,欧阳传芳散文创作的唯美,已经不仅仅是一般意义上辞藻的璨丽与文句的华美,更为重要的是,她从一开始就将唯美的因子,注入散文核心的表达,让纯稚的、活泼的、顽强的、奋进的、和乐的、阳光的,还有优雅的、超逸的、温顺的、体贴的、友善的、青春的等等所有表达,与唯美一起熔融,与唯美一起喷发,与唯美一起从散文的核心辐射而出,生发出引领我们觉醒人性、励志人生、向上向善、勇往直前的美好正能量!

作为70后的女性散文作家,欧阳传芳正进入新的创作突破期,正日渐形成具有个性标志意义的写作风貌。这是一个破旧立新、化蛹为蝶的过程,也是容易畏难却步、功亏一篑的时点,更是对作家写作精神、创作智慧和人生目标、价值追求的考问与检验。

我们期待着,同时也相信:只要欧阳传芳她愿意继续写下去,就一定会有更多更好的新作问世!

2017年3月6日于春谷

罗光成:中国作家协会会员、芜湖市作家协会副主席、中共南陵县委宣传部副部长兼县文联主席,在《人民文学》《安徽文学》《散文百家》《散文选刊》《清明》《雨花》《红豆》与《文学港》等多家杂志上发表作品两百余篇,出版有《草莓熟了的时候》《少年之水》等多部小说、散文集,其中长篇童年成长叙事《那些曾经花开的地方》入围第六届鲁迅文学奖。

目　录

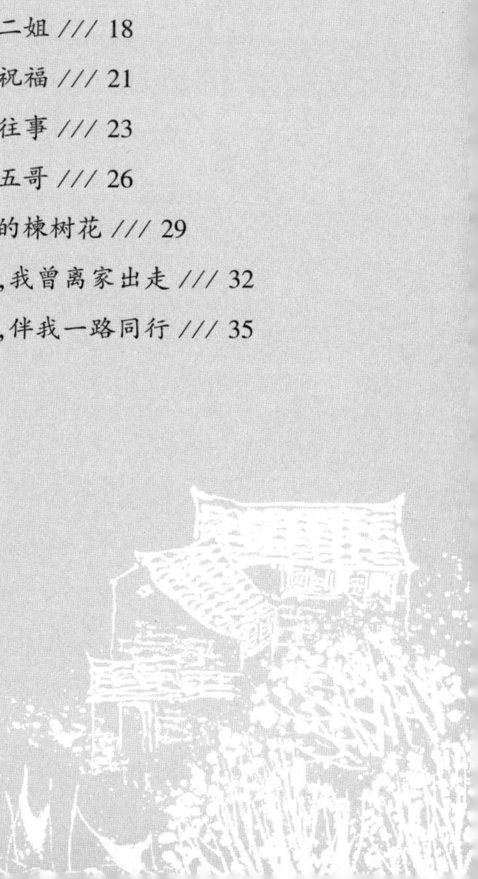

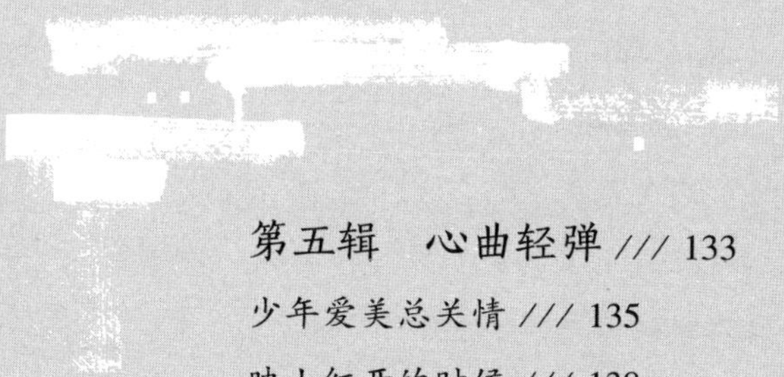

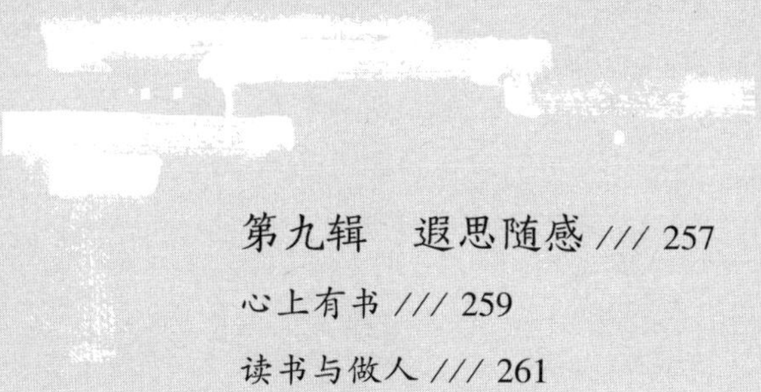

第一辑　亲情永恒

我与父亲

风在窗外呼啸,树枝上仍飘着几枚枯黄的残叶,在冬日的冷风里坚守生命的最后时刻,迟迟不肯离去。我立在窗前,看远山苍茫,心里有一种深深的凄凉。

我的手里捏着一封电报,那是老家发来的:“父病重,速归。”简短的黑字触目惊心,我的泪一下子涌出来,心像被钝器挫伤,疼痛缓慢而持久,令我无法自持。这么多年了,我一直在坚守着什么呢?一个愿望吗?我简直要诅咒自己。

小学三年级的时候,我与父亲开始了冷战,整整十一年了,这不是一个短暂的时期,这是一个不能改过、不可饶恕的罪恶的长途,为了坚守一种所谓的愿望,我走得那样远,陷得那样深,天啦,我都做了些什么?

冷战的原因并不复杂。一次班级语文测试,我考了第一,回家后,我高兴地向父亲讲述了这件事,父亲也很高兴,不过父亲是一个严肃古板、很少言语的人,当时只不过轻微地牵了一下嘴角,露出一丝难得的笑容,这已很不错了。大约过了一个多星期,此事差不多早已忘了。那天,我在餐桌上吃晚饭,父亲坐对面,姐姐将盛好的饭捧到父亲面前,谁知,父亲沉着脸一声不吭地将碗推至一边，奇怪而冷漠地盯着我。我的心一惊，但不知父亲为什么会这样，只好又低下头漫不经心地吃饭，可是，无论如何我是咽不下去了，眼泪涌出了眼眶，却没敢让它掉下来。父亲沉闷地说了些什么，我没有听清楚，大概意思就是他问过某某老师，关于我上次的考试情况，某某老师说不清楚或是不知道之类的，而可怜的父亲竟以为我在欺骗他。我委屈地躲到房间里，哭得好伤心。

第二天，我家来了一位远方的亲戚，没料到父亲将我叫到身边，指着我告诉客人，说我如何说谎如何骗他等等，这不过短短的几句话，却恰如一根无形的闷棍打在我的头上，使我幼小脆弱的心灵受到了莫大的伤害，我感到这是奇耻大辱，在客人面前，我无地自容，又羞又恼中，我顾不得父亲的权威，竟怒火中烧地冲父亲脱口喊道："你不是我父亲，你愚昧无知，我为有你这样的父亲感到惭愧……"说完，我大哭着冲了出去。

就这样，冷战拉开了序幕，我的倔强和任性简直令人不敢相信，我回避并痛恨着父亲，为了一个愿望，我拼命读书，我要让父亲知道我到底是不是很有出息。每天，我错开与父亲一起吃饭的时间，尽量不与他见面，放学时我通常是最后一个离开学校。那些日子，父亲更加沉默了，常常若有所思地看着我，一个晚上，我听见父亲轻声对母亲说："给六子做件棉衣吧，天这样冷，看她的手都肿了。"之后，是父亲长长的一声叹息。

功夫不负有心人。小学毕业时，我终于以最优异的成绩被县重点中学录取，全乡只有我一个。这在偏僻的乡村是很稀罕的事，邻居向父亲道贺："咱村出了一个女秀才，真是您老的福气啊！"母亲将鲜红的录取通知书捧到父亲面前，透过窗户，我似乎看见父亲的眼里有了泪意，他一边拭着眼睛，一边在太阳底下认真地看着，那样小心，那样仔细，我的心一酸，真想就此原谅父亲，可由于女孩特有的矜持、自尊与骄傲，我还是没有理睬父亲。

中秋过后，天气是一天凉似一天。一日，父亲将我的衣服和被子送到了学校。当时，我与班上的学生干部一起正在校长室开会，不知道这件事，是我的一个同学接待了父亲。散会时，太阳已经下山了，我匆匆忙忙往食堂跑，突然，我看到了一个熟悉的身影正走向校门口，晚风吹动他干涩灰白的头发，宽大的黑布夹袄在夕阳中显得格外灰暗和破旧，我鼻子一酸，几乎本能地喊了一声父亲，可不知怎么被哽在喉间，没发出声来。父亲走了，我呆呆地立在原地，很久很久……我不知道整个一下午，父亲一个人在偌大的学生宿舍里，是如何焦急地等待我？也不知道我的父亲在决定离开时，心里又是怎样的失落？

如今，整整十一年过去了，我没有与父亲说过一句话，自从接到电报时起，我的心便没有停止过忏悔，我连夜赶回故里，扑在父亲的床榻前哭得昏天黑地，父亲摸索着拉过我的手，断断续续地说："孩子，你……你回来了吗？""嗯。"我含泪使劲地点了点头。

"孩子，父亲没有知识，是个粗人，伤害了你，让你……受了这么多年的委屈，你能……原谅我吗？"

"父亲，不要再说了……"我哽咽着说不出话来，心中有如根根钢针在扎，痛得流血。

夜，更深沉了，风渐渐地平息，我没有睡意，守着昏昏灯火，记下这个真实、辛酸而又沉重的故事。

（原载1993年9月30日《安徽人口报》，并被选入中国妇女出版社1995年7月出版的《碧榭听歌》一书）

父亲·老屋·苦楝树

父亲老了,跟他陈年的老屋差不多。老屋的四周是碗口粗的苦楝树,那是父亲年轻时种下的。每到春天,树上密密匝匝地开满淡蓝色的小花,散发出苦涩的清香。

父亲舍不得他的老屋,就像当年舍不得我们离开家一样,一直守在那里,伴着他的寂寞与希望日复一日,年复一年。童年的记忆里,父亲是伟岸高大的,没有什么可以使他改变刚强的秉性,在艰难的岁月里,听不见他一声叹息,也不允许我们叹息抱怨。因为受父亲的影响,我们兄妹在成长的历程中表现相当出色,特别是两位兄长一年一个考上了大学,我也由乡村走进了城市,成就了父亲一辈子的梦想。伴着喜悦与满足,父亲也累弯了腰,苍老如树皮一样的皱纹日渐爬满脸颊,可他依然乐观,在老屋前开垦了一片荒地,播种了一季又一季绿荫,在饱满的希望中等待他的儿女回家看看。

去年夏天,我临时回乡,走下列车已是黄昏时分。当我背着挎包风尘仆仆地走近老屋,看见父亲正蹲在楝树下削竹子,夕阳的余光投射在他的后背上,显得孤独而清瘦,我轻唤了一声父亲,就觉得喉头被什么堵住。父亲转身见我,惊喜中透着不相信的神情,好久才说了一句:“回来了?”

晚上，我搬一把小竹椅，坐在楝树下乘凉，空气中有一种淡淡的湿润与清爽。楝花早已落尽，枝头挂着一串串青涩的果子，浓荫遮蔽了整个窗子，老屋真的已是千疮百孔，再没有了当年的气势，如一只巨大的甲虫伏在山脚下。厨房的灯亮着，父亲在为我煮绿豆汤，认真细致又那样满足。当我从父亲的手中接过还冒着热气的大碗绿豆汤时，心中满是感动。我那善良厚实的父亲啊，就这样在朴素的岁月里用一种深沉的方式爱着他的儿女。

老屋没有了当年的热闹，我们兄妹们一个一个如鸟儿振翅一般飞走了，留下的仍是当年的那些树，以一种亘古不变的姿态站在那里。老屋的地基十分潮湿，有的地方长了白色蘑菇状的斑点，显然，那是长年发霉引起的。部分墙体已裂开了缝，檐下四周，父亲铺的不少石头，也被雨水冲得十分光滑。阳光下，我突然有种担心，老屋会趴下来，老屋已支撑不住岁月的重压，那一刻，我有了一种强烈的恐惧与依恋——我要父亲与我同行。

当我告诉父亲自己的想法时，父亲沉思了一会，看得出，他很想去女儿所在的城市看一看，可是，最终却摇摇头，理由很简单，那就是：他老了，不想给我增添麻烦；再说，人一老，说不定什么时候就突然走了，晚上脱了鞋早晨就不穿了。我一听，心里一下子难过起来，执意要求父亲与我一起走，父亲很为我的孝心感动。那一天，他显得特别开心与满足，喝了酒，并且破例同意我将剩了多日的饭菜倒掉。说起来也许令人不信，父亲勤俭了一辈子，劳累了一生，可是，在我们参加工作前，却一直没有吃饱过，平时只吃七成。父亲活计重，饭量大，所以不是吃不下，而是不舍得，怕我们饿了肚子。直到今天，我那白发苍苍的父亲依然不肯轻易浪费一口粮食，也时常叮嘱我们不能忘本，无论做了什么大事业，都要记住自己的根。

我走的那天，下着小雨，父亲挑着两包花生和一些土特产送我去村口上车，就像当年在月光下挑着米，步行三十里的山路送我上学一样，父亲的胶鞋踩在石子上发出的声音是那么重，那么响，以至多少年后我仍害怕听到这种声音。

车子拐弯时，我远远地回首，看着隐在树丛后面老屋沉重的背影与那依然葱绿的苦楝树，还有拄着扁担、立在雨中送我上路的父亲时，我的泪终于流了下来……

（原载2006年11月10日《东南商报》，并被选入宁波出版社2010年12月出版的《宁波当代作家散文选》一书）

母亲与书

母亲没有读过书，却十分爱惜书。少年时的我，由于没有一个属于自己的书架，常常将书扔得到处都是，床上、枕下都是我的书。母亲看见，便将书搬到桌上，按照大小一排排地摆放整齐。

对于母亲的做法，我并不领情，有时我正在看的一本书找不见，就要冲着母亲发火："不要你收拾，你偏要收拾，看看吧，现在没了。"母亲歉疚地看着我，好像她真的做错了什么，有时，母亲会一边帮着找，一边骂自己没用，糊涂了。其实我知道，母亲也是在瞎找，她字也不识一个，怎知道我要的是哪一本？她这样做，无非是给自己心理一个安慰，所有的书被她一本本地送到我面前，又一本本地送回去。看她吃力地跑来跑去，我便不忍心再说什么。后来，母亲请人为我做了一个放书的木箱，可能是木料太厚，箱子很笨重，要两个人抬着才行，不过，箱子放在我的床头，平时取书倒也方便。有了这个箱子，母亲对书管理得仍然很细致，她一层层地将书码好，最下面铺了一块红布，里面还放了一颗樟脑丸。

母亲常对人说，自己一辈子睁眼瞎，斗大的字不识一个，可不能再苦了孩子。为了我们兄妹能够读书，母亲省吃俭用，一条裤子总是补丁摞着补丁，姐姐实在看不下去，瞒着她扯了布料为她做了一条；至于我们要买书，母亲从来都是很慷慨，她总是对我们说："只有读书才有出息。"我们读书的时候，母亲喜欢坐在一边看着，乐此不疲，冬天的晚上，母亲一边纳着鞋底，一边守着我们读书，浓浓的书卷气息让母亲感到很满足很幸福。

梅雨过后，母亲就把箱子里的书搬到阳光下去晒，一本一本地摊在草垫上，要是有谁家的小孩跑过来，母亲就紧张地喊："去别处，别处，这里玩不来的。"每年春末，母亲都要为我们晒一次书，这已经成了她的一种习惯，后来那些书我们不用了，成了旧书、废书，母亲依然还这样做，及至有一年晒书时，发现木箱里居然住了一窝小老鼠，书也给毁坏了不少。母亲气得不行，也心疼得要命，给木箱上了锁不算，还捉回了一只猫。我们劝她：反正这些书也没用了，放着也是放着，不如当废品卖了算了，可母亲却不舍得，至今还一直保存着。

去年回家时，我看见一切还是当年的摆设，木箱放在床边，里面的书一层层的依然整齐，只是早已泛黄陈旧。我一本本地翻看着，仿佛又回到了童年的时光——兄弟姐妹伏在桌上，聚集在一盏小油灯下看书、写字，母亲静静地、幸福地守在一边，虽是贫穷但却温馨的日子令我们感到那么充实和快乐。如今，近二十年过去了，这些当年的书还保存得这样完整，有的钉子已经锈蚀，可书页却没有怎么脱落与破损，钢笔的批注有些变得模糊不清，我埋着头，努力从中寻找过去的记忆与痕迹。

母亲扶着门框走进来。我慢慢合上手中的书，锁上木箱。当我拉住母亲苍老的手，将钥匙放在她的掌心时，母亲口齿不清地说："看书呢？"我点点头，心里突然就有些酸楚。母亲转身的时候，窗外正有一束阳光透射在母亲的肩上，我看见母亲的背驼着，像一个瘦弱的孩子，我的泪就在那个时候，一滴一滴地落在那个陈旧的木箱上，一点点地洇散开来……

（原载2003年5月29日《宁波广播电视报》）

新年夜，想起母亲

当新年的钟声在万家灯火的辉煌中响起，我走上阳台，看着远远近近闪烁的窗口，突然想起那远在乡村孤独的母亲，心里油然升起一缕悠长的思念和一种美丽而又伤痛的感觉。

母亲老了，独自一人在岁月的风寒里守着几间沉重的老屋，在一种不可预知的欢乐和痛苦里惦念怀想着她的儿女，此时的村口，该又多了母亲孑然孤立的身影，那一双因长久企盼而流泪的眼睛，想必在冬日的槐树下张望了一整个季节，也没能看见她的儿女从村口的那一条小路上走入她等待的视线。母亲半生的血泪养育的一大群儿女先先后后都离她远去，留给她的只是几间寂寞的老屋，晚年的孤独与凄凉又让母亲在这新年之夜万家团聚的时刻该怎样度过？我的白发母亲，你过得可好？

幼年，故乡有小院梨花如雪，母亲的膝前围着一大群儿女，洁白的月光照着，母亲感到幸福而自足。仰起头看远远的天，听儿女咿咿呀呀的歌谣，母亲常常会在不自觉中笑出声来，虽是贫穷却也美丽的日子，令母亲在许多年后还总是提起。

母亲的一生很苦很累，从未上桌吃过饭，总是一个人默默地坐在灶间的矮凳上，吃着一些残汤剩饭。长年累月，母亲就是这样对待自己，可她看着孩子们天真的笑脸，也就心满意足了。她没有感受到贫穷带给她的困苦与不幸，她很容易知足，不知道生活之外还有一些什么，她只知道守着孩子过日子，就是山村里女人们最大的幸福。

父亲一生似乎没有爱过母亲，还在我们幼年时，母亲便常受父亲的凌辱和打骂。记得在一个个漆黑的夜里，父亲把母亲推出门外，不准进来，任母亲在外面怎样哭喊，父亲就是不理不睬，也不让我们开门；更多的时候，母亲被父亲打得遍身青紫，不为什么事情，也无任何差错，只要父亲心情不好，这样的事便无法避免——尽管如此，善良可怜的母亲总还是小心翼翼地侍候着父亲，服侍着儿女，年年月月无半点怨言。

一年冬天，我从学校回来，因为在县城读书，离家较远，一星期回来一次，我到家时，天已经黑了，家里一个人也没有，只见满屋的狼藉：饭碗的碎片，推倒的椅子，一大片扯下的头发，家，静得让人心里发慌。我奔进房里，看见母亲色如纸灰样靠在床头，看见我，她张了张肿胀的嘴唇，没说出话来，就已流下两行热泪。我扶住母亲，禁不住眼眶发热："妈，父亲又打你了吗？""没有，没有……是，是病了。"母亲轻声说。"那……那你的头发怎么……""落的。"母亲还想隐瞒，我一把掀开被子，看见了母亲那褴褛的衣衫掩饰不了的伤痕和血迹……

我突然感到从未有过的、歇斯底里的疯狂和愤怒，我真恨不得狠狠打父亲一顿，让他也尝尝挨打的滋味，可是，我终究不能……伏在母亲的床头，我只能为母亲遭遇半世的委屈而失声痛哭。

家庭的不幸使我们过早地成熟和懂事，哥姐都先后走出了家门，生活在远离家乡的地方。那年，当我告诉母亲我也要远走的时候，母亲的眼里突然噙满了泪，拉住我的手："儿啊，你也不能留下来？你怎就忍心丢下娘，你们都是娘养大的雁鹅，长大了就飞走了，只留下我一个，孤零零的……”我无法安慰母亲，生活的进程给了我选择人生道路的机缘，在母亲与事业面前，我只能伤害母亲……三年过去了，我没有再回家看过母亲，不是不想，总是被一些俗务缠绕牵绊，无法脱身。如今，也不知我的母亲在尘世间可曾承受住岁月的风寒？又是新年，那在家乡守望等待了多年的母亲，在这新春之夜，又是怎样度过？

走过阳台，我的心有了一种不能自持的疼痛，面对家的方向，禁不住热泪滚滚而下，透过遥远的时空，我默默向母亲送去新年的祝福，愿我的祝福能在寒冷的午夜温暖母亲。

（原载 1994 年 3 月 6 日《芜湖日报·星期刊》，并被选入中国妇女出版社 1995 年 7 月出版的《碧榭听歌》一书）

长姐如母

大姐是十八岁出嫁的。记忆中,大姐踩着厚厚的冰碴儿,手里拎着一个小包裹,一路哭哭啼啼,随着一群接亲的人离家了,我与母亲站在门口,目送着大姐。

我对大姐比较陌生:大姐十三岁离开家去表叔家带孩子时,我刚出生,而她这一呆就是五年。表叔不想让大姐回来,并想办法准备把大姐的户口转过去,做个城里人。是母亲瞒着大姐为她订了亲,硬要大姐回来的;回来不到一个月,大姐就在母亲的安排下结婚了。

婚后的大姐并不幸福,姐夫在后母的挑拨下常对大姐大打出手,而大姐逆来顺受,大不了回家来哭一场。就在大姐临盆前,姐夫的后母还揪着大姐的头发往墙上撞,要她承认桌上的五元钱是她偷的。大姐无奈,只好含着眼泪承认是自己拿的。那天下着好大的雨,大姐淋着雨跑回家,哭得上气不接下气,仿佛要把自己哭死似的,母亲不敢留大姐在家,怕她晚上生了,连夜让父亲把她送回去。

大姐长得很漂亮,一张典型的瓜子脸,大眼睛,身后留着一条又长又粗的辫子,是标准的东方美人;结婚后的大姐剪掉了辫子,脸也没以前白净俏丽,但依然清秀,见过大姐的人都夸她好容貌。

可是，大姐并没有因自己的容貌而得到姐夫的喜欢，在大姐连生两个女孩后，姐夫十分生气，准备着与大姐离婚，母亲知道后，到大姐家去了一趟，这事才没有再提起。

上中学前，我没有去过大姐家，与大姐的接触也很少，因此，见了面也没什么话说，但我看得出来，大姐很善良温顺。一年冬天，母亲让我星期六别回家，就从学校直接到大姐家。天这样冷，回来拿点菜，路途远，不方便，还是大姐家近一些，顺便再看看大姐。

见到我，大姐很高兴。那时，大姐已经分了家，不与婆婆一起生活，显然是自由轻松多了。晚上，大姐杀了一只鸭，说我在学校生活太苦，要我多吃一些。以后逢着星期六，就来她家，我嘴里答应着，心里并不想到大姐家来，因为姐夫以前的行为让我记恨，尽管现在好了，但我依然不能原谅他以前那样对待大姐。

冬天的晚上，我在学校上晚自习，教室是水泥地面，冰一样的冷，没有棉鞋，一年到头，我只穿一双皮底单鞋。下了晚自修，我的脚就像石头一样硬，冷得没了知觉。到了寝室，用热水洗一下便又痛又痒，五个脚趾与脚后跟都溃烂了，有时袜子也脱不下来。脚背又红又肿，就像个冷馒头。双脚坏成这样，周六我还得走 30 多里的公路回家，只为省下七角的车票钱。

那天晚上，在大姐家，大姐端来一盆热水给我洗脚，当我脱下袜子，大姐看见我的脚溃烂成那样，心疼得流下了眼泪。她蹲下身，轻轻为我擦洗，一边洗一边埋怨母亲怎么就没有为我做双棉鞋，洗好后，大姐找来干净的软布包住疮口，用线一圈圈扎牢，在外面套上袜子，让我靠在被窝里。之后，大姐又用盐水瓶装满开水，瓶子外面裹了毛巾，怕烫着我。然后把瓶子放进被窝，把我的双脚搁在瓶上焐着……那个晚上很温暖，也很难忘，在那一间小屋子里，那一刻，让我刻骨铭心……

第二天，我离开的时候，大姐送我走了很远，一路上我们都在说着话,不记得当时都说了些什么,好像大姐一直问我“是否吃得饱?脚还痛不痛?”之类的。

那以后,大姐常来学校看我,给我送一些菜和米,满满一钵子腌菜里总会埋着一些猪肉或者咸鸭蛋。其实大姐家里生活并不好,我多次叫大姐以后别送了,她口里答应着,可隔不了多久又会送来。每次临走时,大姐都要从口袋里摸出一元、两元,硬塞进我手里,让我平时在餐厅买点菜吃,不要太苦了自己。我回家时,母亲也会给一些零用钱,一般是五角,很少有一元的,我把大姐给的钱攒着,后来全买了学习资料。

自从大姐知道我的脚冻坏了,就为我做了棉鞋,那双棉鞋一直穿到我中学毕业,鞋帮已经破了,我还没舍得扔掉——自那以后,在我参加工作之前,我的鞋一直是大姐在做,大姐自己已有三个孩子,也挺不容易的。记得当初大姐每次来学校看我时,总是特意穿着那一件蓝色的的卡上衣,那还是大姐结婚时做的,也是大姐的出门衣,平时不轻易穿。我常在心里想:倘若哪一天有出息了,一定要报答大姐,一定要为大姐做点什么。

我的孩子出生时,大姐的大女儿也出嫁了。看着大姐在岁月的风尘中一天天老去,再没有了曾经的端庄与美丽,这么多年田间地头的辛勤劳作,风里来雨里去的奔波,大姐已成了一个普通的农村妇女,对着大姐忙碌的背影,心里往往便会涌起许多的不舍与难过。

我善良朴实的大姐,一如我的母亲,给了我太多的温暖与爱,此生无言报答,只希望我的大姐平安、幸福。

(原载《作文周刊·综合版》第 373 期)

我的二姐

二姐出嫁了,那天下着好大的雪。我趴在窗台上,目送着二姐走上门前的那座土岗,洁白的雪地里,二姐的红装在送嫁的人群中特别耀眼。雪一直下,当二姐的红纱巾渐渐隐去,雪地里只看见一个小小的红点时,我发现自己早已是泪流满面。

我不舍得二姐,心里特别地依恋她。在家里,二姐就像妈妈,小时候一直背着我们,二姐的脊背便是弟妹快活的摇篮,摇大了弟弟又摇起了妹妹,一个接一个,她用忍耐和爱为弟妹换来了欢笑,换来了美丽无欺的童年。

早些时候,家里很苦。二姐没有读几年书,就辍学在家照顾弟妹。后来,为了减轻家里的负担,二姐一方面照顾我们,另一方面还去学校食堂做饭。学校就在山后,离家不远,二姐每天就这样来来回回地跑上好几趟。记得有一年春天,下着很大的雨,回来的路上,二姐不小心滑进了路边的小河,如果不是正在附近农田里放水的村民及时救助,二姐恐怕早就被水冲走了。

二姐是个很传统的人,能干,节俭,很顾家。结婚后隔个三两天就回家看看父母,帮着做些事,从来不闲着,实在没活,她就把家里的橱柜拾掇拾掇,该洗的拿出来洗,需要晒的就搬到太阳下晒,邻居没有一个不说母亲养了个好闺女。在婆婆家，二姐也懂事、孝顺，深得婆家人喜爱，结婚几年，没有听见过婆婆在人后责怨过二姐半句，总是说："我这媳妇方圆几十里没得挑的，可惜自己养的儿子，反而不如媳妇来得称心。"

每次去二姐家，她都要找些东西让我们带回来，比如摘些青枣、柿子，或者是蔬菜、南瓜什么的，总是不空手。不知从什么时候起，我们已经习惯了这一切，不再拒绝。刚开始，我不愿拿，二姐就对我一瞪眼，东西往怀里一塞，就推着我出门了。每次她都要把我们送过门前的塘埂才停下，临了不忘说上一句："路上小心点。"走了好远，回过头，还看见二姐站在那里看着我们。

后来，我们都长大了，去外地读书，便很少去二姐家。从母亲的口中，我们知道二姐仍然常常回来，给我们买些布料、鞋子之类。有时，我就在想：人世间有许多种情感，比如亲情、友情、爱情……哪一种情感都是美好的，在我们生命成长的过程中，我们时时经历着、感受着，心灵里温暖而又感动，倘若没有这些情感，那我们的人生该是怎样的苍白？而众多的情感中，唯有那至真至纯的亲情最让人无法割舍，一缕温馨，一丝甜蜜，总会在不经意中冒出来，在心中流动，悠长悠长，绵绵不绝……

我成家后，有一次回去，与二姐说起小时候的事，觉得二姐太苦，为弟妹牺牲得太多，心里总是有种不安和回报的意识。二姐听着听着就流泪了，她边擦眼泪边说："那时候家里苦，没办法，现在好了，你们都出息了，这比什么都强，在外面提起弟妹，我有多光彩……"说着说着，我也止不住哭起来，儿时的一幕幕，就像放电影一样在我的眼前活跃起来：学校门口，二姐用报纸包着一点油渣，悄悄塞进我的书包，在二姐的催促声中，我吓得双腿筛糠似的跑出学校大门；放学路上，我端着二姐在学校食堂分得的半碗肥肉，下山时，走得太急，一下子摔出老远，脸破了，碗也碎了，看着地上沾满泥土的肉块，我一边哭一边捡……一件件的往事，深深沉淀在心中，化作我人生路上前进的动力。

如今，我生活在远离家乡的一个沿海开放城市，感受着百味人生，每每在秋之落叶的孤独和空寂里，总会有一种浓浓的情愫萦绕心际，总会惦念着那在乡下的二姐——情，依旧那样浓；爱，依然那样深。

（原载2004年3月10日《中国教师报》）

一路祝福

油菜开花的时候，在她的养父母家，我第一次见到了她——我那抱养在别人家近十五年的三姐。

三姐长得很美，两根粗黑的长辫子拖至腰间，雪白的瓜子脸嵌着一双深潭似的眼睛，一笑便露出一颗珍珠般的小虎牙，样子非常可爱。但是，自我见到她后，就很少看见她笑，也不与我说话，沉静的表情像是有太多的心思。

一次，三姐去摘菜，我便跟随她。路上，她悄悄告诉我：养父养母不允许她与我们接触，害怕她会因我们的挑拨而离开。我问她怎么想，她低着头不说话，但我从她的神情看得出：她很想回家。为了不影响她们的生活和心情，第二天，我就回家了。

乡间的田野，油菜花正开得灿烂，刚下过雨的田埂小路上，散发着淡淡的菜花的清香，三姐送我，一路上，我们都很少说话，我害怕心里那一种即将涌出的情感，害怕那种沉淀太久的思念会在顷刻间汹涌而出，我拉拉她的手，轻轻地说："回去吧，别送了。"

她站住了，草尖上的水珠滴落下来，打湿了她的裤管和鞋边。她怔怔地、忧伤地看着我走去……走了好远，我回首，在满野的金黄中，一个穿绿底白点细花的女子，正静静地站在那里，定格成我生命中最美丽的记忆。

由于家里孩子多，负担重，母亲在生下我以后，便将我的三姐送给了别人。母亲常常叹息，说三姐被别人抱养的那天，下着很大的雪，漫山遍野的雪花铺天盖地，母亲的心情犹如雪花样纷乱，三姐抱着母亲的腿不松手，一直在流泪，来人几乎是从母亲的手中抢走了三姐——那年，她五岁。

三姐一直没有回来过，她是在养父母家里出嫁的。那天，我和母亲、哥哥都去了。三姐见了我们，几乎哭成了泪人。记得当时三姐的头上披着一条红纱巾，坐在床上，长长的秀发披下来，将整个脸遮去了一半，她就那种姿势坐着，用手捂着脸不停地哭，泪水顺着她的指缝流下来。母亲陪着她哭，问她是不是不愿意，姐姐点点头，欲言又止。那一刻，我终于知道，三姐是没有一点反抗力的，她的思想与行为已完全受控于她的养父母，她的情感，她的命运已都不属于她自己。

自那以后，我没有再见过三姐，一直到现在。我常常在忙碌的日子后，在拥挤的人群中，心灵突然间有所牵动，有所潮湿。我总在无意间寻找那个朴素清纯的乡间女子，那个与我一脉相连却无法同行的姐姐，我的心灵在每一段生活的路程里为她祝福。

多少年过去了，我奔波在多个城市之间，为着生活而风雨兼程，可是无论到哪里，我的心里，我的梦里都有一种不能割舍的情感，不能忘怀的思念，那就是我血脉相连的手足——我青春美丽的三姐是否仍一如从前，过得可好？

（原载 2002 年 9 月 1 日《宁波日报》）

四哥往事

很小很小的时候，四哥常和我们用笑声和快乐划过冬天寒冷、寂寞的时光。那时，四哥是我心中挚爱的四哥。

我们在火坛里炸豆子，炸花生，炸出来的豆子、花生酥脆、喷香，一粒粒小小的、似乎咧嘴偷笑的豆子和花生，撒满了我童年的冬天。

还有将冰冻贴到墙上，或者用草拴着，用一根小树枝敲着，边敲边喊，一点也不觉得冷。

要么，便是堆雪人，或者去很远的山坡上寻找野兔的脚印。雪很白，天空无鸟，山野很静，冷不丁树枝上的积雪掉下来，哧的一声，心头着实吓了一跳，可并不恐惧。

那时，我们是快乐的，满屋子装的都是笑声。那时，也很穷，兄弟姐妹六人挤一张床，煤油灯照着，一排小脑袋。晚上起夜，最里边的爬出来，要经过好几个人，其他的便嘟哝着，磨着牙，翻一个身，又沉沉睡去。

晚饭后，四哥坐在红木桌前读书，我们就在长凳上跪着，拿一张小纸片，或者火柴棒，凑在灯上玩火。四哥说："玩火，晚上会在床上撒尿。"其实，即使不玩火，有时也会尿在床上——梦中，到处找地方，以为解决了，醒来，床成了一片沼泽地。

兄妹众多，免不了打架，为争几块糖果，一幅画片，或者为抢一个小板凳，就在屋子中间揪起来，谁也不让，小的吃了亏，就大着声音哭起来。母亲问四哥："什么事？"四哥就朝我们瞪一眼："你们自己说。"

不知从什么时候起，四哥不再和我们一起玩了。围墙外的田野，还是原来的样子，麦子依然抽着长长的穗子，炊烟懒懒地消散在风中，太阳底下，邻家的花攀着篱笆，一路开到我家的小院里。

四哥长成了一个俊俏的农家少年，文静中透着秀气，也隐藏着一种寂寂的心思，书读多了，心就变得不安分，就有了向往，看着村外的大山以及山脚下延伸的那条土路，四哥的目光就走得很远很远，童年的满足与自信原来有一种很大的欠缺。

一段山路，一座竹桥，一条小溪，曲曲弯弯，桥与路撵着山溪，溪与桥牵着山路，一路欢腾而去。

四哥考上了大学，带着青春的梦想，带着大山的希望，也带着弟妹长久的欢呼与父母深沉的叮咛，四哥走进了城市。低矮的屋檐下，飞出了春天的小鸟，也飞出了翱翔长空的大雁……

对四哥，父亲心里一直存了一份内疚。那时，父亲还是生产队长，管着百多号人呢！村里的秧苗不够用，父亲就去邻村借，借回的秧苗泡在水田里。四哥和几个小伙伴并不知情，看见水里漂着秧，欢天喜地地拎了回家喂给猪吃，父亲气极，从田头追过来，用满是泥水的鞭子对着四哥使劲抽下去，母亲听说，哭喊着一路奔来，四哥已被打得满身血痕……晚上回到家，摸着四哥腿上的伤口，父亲后悔得心疼，哽咽着说："儿呀，打你时，你怎么不跑？"四哥就在那一次暴打后发高烧抽了筋，以致后来一生病就抽筋，母亲为此哭过多次。

一年村里发水，水退下后，可以捉到一些滞留下来的小鱼小虾。当时八岁的四哥，夹在人群中，远远看见稻田中间有一片蠕动的白。没有惊动他人，四哥悄悄脱了衣服奔过去，发现竟是一条足有十几斤重的鲢鱼，因缺了水无法游走。四哥紧紧按住，费了好大的力气把鱼弄回家，肚子和手早被鱼脊刺得鲜血淋漓。父亲要"打平和"，叫母亲把大鱼清炖好了，让一村人都来吃喝，最后连一口汤也没剩下，而我们兄妹，眼睁睁地看着别人吃过喝过而离去……父亲事后瞧着我们，瞧着我们这一窝眼巴巴孤立在一边的孩子，想必也有一些后悔吧，特别是对四哥，我想，父亲定会更多一份歉疚。

这样的日子，这样的情感，早已远去。

后来，四哥娶了四嫂，有了自己的孩子，自己的家，便很少回来。冬天的空闲里，提起笔，真的想在信中对四哥说点什么，比如童年，比如往事，比如现在父母的寂寞……可我什么也没说。

家，还是原来的家，只是家中少了原有的欢乐，曾经一群在屋檐下嬉戏的小鸟，都一个接一个飞走了，留下寂寞的父母，在季节的风雨里等待着他们的孩子归来。

（原载 1995 年 1 月 26 日《安徽人口报·月末版》）

难忘五哥

邻家的孩子来田间送水时，对父亲说家里来了客人，来人是送通知书的，五子考上大学了。其时，我们兄妹正赤着脚，在一垄水田里插秧，而父亲，则在田埂的另一头车水。

父亲搓搓手上的泥，招呼我们回家。我们直起身，看见太阳明晃晃地挂在半空，没到吃饭的时间，才半晌呢！我们疑惑地走到水沟边洗脚，父亲站在沟垅上一边擦汗一边说："五子考上了。"父亲的声音很轻，却透着一份隐忍的喜悦和颤抖。

真的?！我们惊喜地回身看五哥，见五哥正弯腰低头在整理剩下的秧苗，头上的一顶旧草帽几乎遮住了半个脸，太阳底下，五哥好像很平静，他一边浸着秧苗，一边用手推推沾着泥点的眼镜，对我们笑笑。一路上，我们谁都不再说话，心里却漾着一股柔软的甜蜜和感动。那年，五哥十八岁。

晚上，我们一家围坐在门前的苦楝树下乘凉，每个人的心里都被喜悦灌满。我和五哥一人一头地躺在凉床上，母亲拿着扇子为我们赶蚊子，父亲坐在矮凳上抽烟，空气里有一股湿润的凉爽与惬意。四哥说："五子没有手表，我的这一只给他吧。"五哥不要，兄弟俩推来让去的，最后父亲说："拿了吧。"五哥才停住。母亲说："明天挖点花生，卖一些，留一些家里吃，五子就要走了，没什么好的，吃一顿烀花生……”

在我们一次又一次地送行中，五哥读完了大一，又读完了大二。大二暑假将结束，五哥要回学校了。回校前的那天晚上，我们围着五哥坐在苦楝树下，月亮已升得很高，纳凉的人陆续回去了，我们家的草房前还在说着话。我抬眼，看见月下的树丛，挂有一串串青涩的楝果，叶子在风中轻轻摇曳，周围弥漫着一种兰草似的幽香，树叶中间，一只小小的萤火虫，轻盈地徐徐滑落，又寂然地划了一道弧线，像一颗流星，径直飞去……意兴阑珊中，那个清幽的夜晚就那样长久地留在我的记忆中。

五哥临行的那天早晨，母亲煮了六个鸡蛋让五哥路上吃，上车前，五哥硬塞给我三个，我摸着手中温热的鸡蛋，看着车子载着五哥绝尘而去，心里有种湿润的温暖，母亲用衣角拭着眼睛，二姐推推母亲：“妈，五子上学，是喜事呢，你哭啥？”于是，母亲又在阳光下笑了。

五哥这一去便没有再回来。寒假了，我和四哥都回家了，只有五哥迟迟没有回来。父亲一个腊月都在小院里劈柴，柴堆得像小山一样高了，父亲还没有停下来，父亲说：“过年了，孩子们都回来了，家里要烧炉子，热闹热闹。”可是，那一年的柴禾一根也没有用上；从那以后，父亲再也不劈柴。那个冬天，母亲来来回回在村口的小路上跑了多少趟，张望了多少回，也没有接回五哥，直到腊月二十四，家家过小年了，五哥的老师带着两个学生送来了五哥遭遇车祸的消息。

五哥的骨灰葬在北边的小山上。五哥走的时候是活蹦乱跳的一个人儿，回来的时候却是一个冰冷的小盒——我们一家没法相信这样的事实。父亲有些痴呆了，常常就一个人坐在门槛上自言自语:一根苦藤上长大的花,看着看着就出息了,现在怎么就没了呢?父亲说着说着往往会老泪纵横。母亲那几天一直抱着五哥的骨灰盒不松手,下葬时大哥抱着母亲,几乎是从她的手上夺下来。五哥走了,真的走了,在去天堂的路上,想我的五哥一定寂寞得很。

写到这里,有眼泪从我的眼角流出,凉凉的滑过脸颊。窗外月光如水,我的五哥又在哪里?泪眼迷离中,我想起了那夜挂在枝头青涩的楝果和那一只发着冷光的萤火虫,划一道长弧流星一样消失,我不迷信,可我分明看见我的五哥在这如水的月光中漂浮起来,升腾着,弥漫着,久久不肯散去。

此生此世,难忘五哥。

我的五哥,年年月月,你一人睡在那一垄润湿的黄土下,冷吗?

(原载 2004 年 4 月 7 日《宁波晚报》)

苦味的楝树花

我家的房前屋后种有很多楝树。楝树开花时,朵朵米粒般大小的紫白花开得密密匝匝,散发出一股草药般苦涩的清香。

幼年,我常和五哥一起在树下玩耍、乘凉,也认真地打架。五哥长我两岁,却常常要遭受我的欺负。夏天的晚上,我们一人一头地躺在凉床上,有时,为了争占更多的地方,我和五哥便挤来挤去,这时,赢的却总是我——因为五哥并不敢真挤,通常三两下便被我挤下凉床,"咚"的一声掉到地上。五哥气得从地上爬起来,脸涨得通红,对我高举着拳头,但并不敢往下砸,只对着凉床沿深深地擂下去。母亲在厨房听见,就喊出话来:"五子,你大些,她小些,为什么非要和她过不去,不能让着点吗?这孩子……"而我又总是在听到母亲的声音后开始大哭,于是,挨骂的又是五哥。后来,我们不打架了,改成吵架,每次输的仍然是五哥,因为我懂得恰到好处地在父母回来的时候,委屈地坐到地上撒娇,边哭边诉说自己有理。即使后来我们都长大了,也是五哥处处迁就我,依着我。

长期受着我的欺负,五哥很恼怒,一天晚上,五哥刻意要报复。他知道我晚饭后去了村子北边,就早早地爬上路边的一棵大树,脸上蒙着一块黑布,躲在上面。我回来的时候,路上一个人也没有,只有风吹着树叶的沙沙声，月光很亮，村庄里到处是树，映着月色，黑影憧憧。我一个人走在路上，听着自己的脚步声，心里竟觉得非常害怕，不敢回头，好像一回头，就会见着什么似的。正当我踮着脚，疑神疑鬼地往前走，突然从树上窜下一个黑影，挡在我面前！我立时吓得哭起来，一边哭一边连滚带爬地往回跑。因为恐惧，我摔倒了好几次，腿磕破了，脸上也渗出了血，后来的一段路，我几乎是爬回去的。当母亲从屋里走出来，看见我打着哆嗦，一脸泪水和血迹时，不由惊呆了……五哥知道祸闯大了，不敢回家，就一个人蹲在门外的鸡笼边掉眼泪。那个晚上，我开始发热，说胡话，梦中时时被惊醒，后来去了医院，五哥也跟着去了，后悔心疼不已。

我在家最小，因此也最受宠，哥哥姐姐无论去哪里，都要带着我，五哥也常常缠着要去，但结果总是只有我欢天喜地地跟在后面，直到走了好远，回过头看，仍见到五哥一个人孤零零地站在楝树下，眼巴巴地朝我们所走的方向张望。家里没人的时候，五哥便很小心、温和地带着我玩，用勺子细细地刮着瓜瓤，认真地喂我，我也乖巧伶俐，嘴里甜甜地喊着“五哥”。五哥见我听话，也不像往日父母在家时那样放肆地哭，心里很欢喜，摘下一串串青青的楝果，塞进我的口袋，说是葡萄……

楝树叶黄了又绿，绿了又黄，楝花开了一茬又一茬，五哥上了高中，又上了大学。那天，我踩着九月的风送五哥走出村口的小道，五哥站在土坡上长久地回望，那目光中有成功的喜悦与离家的怅然，有对未来的憧憬与对故乡的眷恋，五哥走了，带着对家乡的挚爱与对苦楝树的深情走向了山外的世界，走进了五彩的大学校园。

十九岁的心依然纯净，依然惦念着童年时的许多人和事。暑假的空闲里，五哥和我常常盘腿坐在树荫下，说着彼此的往事，说着童年的顽皮和快乐。一日，五哥突然问母亲：“为什么小时候总是我挨打多一些，而妹子总是有理？”母亲说：“你嘴巴硬，脾气倔，遇事不肯认错；妹妹嘴甜，会讨人欢喜。”五哥笑了，说我自小就坏，害他招了那么多的打。

五哥大三那年，临近放寒假时，我天天跑到村口的小路上，看远远的山路尽头，五哥是否回来了。可望穿秋水的眸子始终未能看见五哥清瘦的身影。我的心开始恐惧不安，一日比一日地焦躁，母亲催我：“把信找出来，再看看，会不会看错了。”“不会，怎么会错呢？我已经看了好几遍了。”母亲也焦急，常常一个人走到村后，用手遮着太阳看山下的小路，逢着有人上来，母亲就要问。终于，有一天，我们不祥的预感成了事实，多日来紧绷的心弦被骤来的狂风恶雨击断了——五哥出了车祸！

我趴在五哥冰凉的躯体上，抱起五哥的头大声哭喊着，我的心被揪得出血般疼痛而一万次否定这残酷的现实，黑夜和悲伤一点一点地吞噬着我，往事也一点一点地聚集到眼前，强烈地撕扯着我的心，让我不能自持，伤心欲绝。

五哥走了，五哥丢下了爱他的父母与兄妹，独自一人走了，没有留下只言片语，没有看一眼这块生他养他的土地和乡亲，也没有看一看这又开满紫白花的苦楝树。

时常，在有月光的晚上，我会想起五哥，想起与他在一起的日日夜夜。清幽的月光从窗外透进来，照在书桌上，这时，就有泪一滴一滴地落在桌面上，慢慢弥漫开来，抹不干，也抹不去，留下碎碎的痕迹。

苦楝树下，我依然回首，可再不见我的五哥，只有苦味的楝树花在惨惨淡淡地摇曳，如我断断续续、如烟如缕的回忆。

（原载1993年12月19日《芜湖日报·星期刊》，并被选入安徽文艺出版社1994年12月出版的《春归何处》一书）

那年，我曾离家出走

小时候，心思细密，真可谓人小鬼大，那种人之初所感受到的，总是父母亲的偏爱与哥姐对我的欺负，心中委屈极了，七岁那年，我为了那没有理由但却是尖锐的仇恨，离家出走了。

那是一个温和的早晨。吃过早饭，母亲和父亲商量，要送我去学校念书。我说什么也不肯。母亲一把扯过我，先是打了我一巴掌，然后不由分说拽着我就走。我又哭又喊地挣扎着，哥哥姐姐在一边像木桩似的站着，谁也不来帮帮我。我孤独无援，放大音量哭起来。母亲拖累了，发恨似的掼下我，高声骂着："你这个淘气鬼，不念书，长大了一定是个孬子，傻子，到时候，饭也没得吃！"我瞪视着母亲，听着母亲那尖刻的骂声，心里愤恨极了，此刻也顾不得许多，冲她大喊起来："你才是老老鬼，老孬子，老傻子！""好，你敢骂我，乱了章程是不是？"母亲冲过来，手指在我腿上不停地拧、掐。我一点反抗的力气也没有，只有毫无节制地放大音量哭，仿佛要把自己哭死似的……姐姐过来拉母亲，也跟在后面哭，最后母亲也哭了，那一天，我到底没有去学校。

中午，父亲回来，又用柳条丝抽我，边抽边骂："你要是不念书，就给我滚，再也不要回来了！"我坐在角落里，一个人伤心地哭，没有人哄我。“我算什么，就是狗也有个窝……”我实实在在地觉得像我这样的孩子真是太没意思了，哥姐欺负，父母也不爱我，在这个家里我是没用的，是多余的，我甚至想到——想到如果我死了，他们也一定不会伤心的。这样想着，我就站了起来，一直往外走，穿过院子，出了大门，上了去镇上的那条土公路。

我一直走着，不知道究竟要到哪里。脚下的破靴子又沉又重，湿漉漉地难受，路面因昨天刚下过雨，坑洼的地方积满了泥水，两边是车轮挤压出的厚厚的泥泞。我感到沉重和压抑，肚子也饿了，我留意路边的人家，看见孩子们都聚在一起玩耍，大人们各有各的事，没有人注意我的存在。我就这样一个人在阳光下毫无目的地走着，也不知走了多久，到了镇上。镇上的人穿得比较齐整，样子也漂亮，我低头看看自己的衣服，那是一件哥哥穿小了、改了又改的灰色上装，皱巴巴的口袋有一半已经耷拉下来。见自己这个样子，我心里非常难过，我为自己的贫穷感到无助，感到伤心，感到屈辱……我想哭，但却流不出一滴眼泪，我觉得心里像有无数只小虫子，在爬来爬去，撕咬着，翻腾着，我再也没有兴致数橱窗里的绿纽扣，很快地走出来，离开了小镇，沿着来时的路往回走。

一路上，我走走停停，身上疲乏无力，头也痛起来。太阳快要下山了，碧绿的杆状植物被夕阳的光辉涂上一层绚烂的金色，千万条金丝在风中闪动，流光溢彩，可我却没有一点心思看路边的风景，只想着家里人能来找我。我一边磨蹭着往前走，一边不停地朝前方观望，弯曲的乡间公路带子样向前延伸着，没有尽头，也看不见一个人影。我突然后悔和害怕起来，伤心夹杂着怨恨与恐惧使我一步也不想走了：我不能就这样一个人自己走回去，太没面子了！于是，我在路边蹲下来。渐渐地，天开始黑下来，村庄里陆陆续续亮起了灯光，迟归的孩子在母亲的呼唤声中响亮地答应着，牵着母亲的手,一蹦一跳地回家了,只有我,像个可怜的受气包,没人心疼,也没人要。

终于,我又走到了家门口,终于,我又回来了。屋子里只有昏黄的灯光,是那么安静,一点声息也没有。“他们一定都睡了。”我突然为这揪心的安静而难过,想想看,我丢了都没人去找,看来他们是真的不想要我了,我浑身上下都在发抖,连嗓子眼都疼,我不想踏进屋子,就在门口待着。这时,劳累与饥饿一齐向我袭来,我再也没有一点力气支撑自己,不知什么时候,歪在墙根下睡着了。

也不知过了多久,我在迷迷糊糊中被一双手抱起来,放到床上,我还听见断断续续的抽泣声与说话声:“六子性格刚烈,我打了她,也是为她好,没想到她就记恨,这孩子……”原来,我不见了之后,她们一开始并没在意,以为我是与伙伴一起去玩了,可是,直到天黑尽了,还没有见我回家,母亲慌了,一家人开始满村子寻找。父亲跑遍了周围的村庄,几乎喊破了嗓子,也没见着我,母亲吓得哭起来,在我回家之前,母亲还在别的村子里深一脚浅一脚到处找我,边找边哭……

几十年过去了,我也长大了,岁月与风雨将我儿时的记忆冲得支离破碎,可发生在我和双亲之间的那些往事,至今仍记忆犹新。

(原载《语文新苑》杂志1994年第四、五期合刊,并被选入中国妇女出版社1995年7月出版的《碧榭听歌》一书)

亲情，伴我一路同行

冬天的早上，一个很平常的日子，我睁开眼睛，发现床前站满了人，父亲、母亲，还有四哥、大姐以及其他亲属，我惊讶地看着他们，不知道发生了什么。

我想坐起来，却发现身子很软，一些力气也没有，母亲俯下身来，轻轻按住我，一边帮我掖着被角，一边小声地哭泣着问我："知道这是哪里吗？"这时候，我的意识已经很清醒，我知道这是在医院里，并且在这之前一定发生了什么！

所有的人都看着我，并且在微笑，父亲也夹在人群中，他咧着嘴，似乎笑了，但我发现他是在哭。父亲佝着背，双手张开放在胸前，好像要掏出胸腔里巨大的悲痛似的，那似乎一夜间变白的头发，乱草似的堆在脑后，我的心里有些难过，却又不知道说些什么。

一晃，十多年的时间过去了。回想过去，心里时时就涌起一份感动，一份迟迟不能回馈的爱与报答之情，常常让我止不住想冲动地大哭一场。

那年，我十九岁，初恋的重创让我心灰意冷，万念俱灰，头一年，五哥又遭遇车祸，本性脆弱的我，更加感受到生命的无常与软弱，一时间郁闷成疾，在一个清晨突然昏迷……记得那年正赶上冬修，所有的村民都到离家上百里的邻县修筑堤坝，我的父亲也去了，历时需三个月。家里发生的事，父亲并不知道，当医生告诉我母亲须准备后事时，母亲长跪不起，并让人打电话通知父亲。

我不知道父亲接到电话后，是一种什么样的状态？但我能想象得出，父亲的心一定碎了。因为父亲是晚上连夜走回来的，一向刚强的父亲一路上摔了好几跤，裤子的膝盖处磕破了两个洞，手也被芦苇秆扎得鲜血淋漓。由于焦急，父亲想抄近路，几次从干涸的芦苇塘中穿过，枯萎折断的苇秆，将父亲的腿与脚戳得鲜血直流，几次跌倒后，父亲又爬起来，脚步凌乱地往前奔。多年后，父亲与母亲说起当时的情景时，依然不胜伤感，他说：那天晚上，我就觉得走不动，双腿发软，有一种想爬的感觉，眼睛也看不见……

天亮时，父亲赶到了医院，他的手上身上几乎都是土，当他站在病床前，看见昏睡不醒的我时，终于止不住热泪横流，他翕动着嘴唇，半天也说不出一句完整的话。所有在场的人都流泪了，他们为父亲的不幸。是啊，世界上还有什么事比看着自己的孩子一个接一个地走掉更让人揪心和绝望？五哥去世还不到一年，我又成了这个样子！也许是亲人的召唤，让我割舍不下那份亲情，也许是上天可怜父母，不忍让他们再承受失子之痛，昏迷了四天四夜后，我终于苏醒了，当我睁开眼睛的一刹那，我看见的是一张张亲人的面孔。他们惊喜，欢笑，也在哭泣。

经历了这次劫难，父母亲最放心不下的就是我。我结婚后，他们依然还很担心我的身体，常常在梦中梦见我出事了，惊醒后就无法再安睡，即便是现在，我先生如果在晚上给他们打电话，他们也会惊恐万状，唯恐发生什么不测。可怜天下父母心，我不知道该怎样安慰他们，也不知道他们究竟还要牵挂到何时？

长长的岁月里，他们自始至终在爱着你，守着你，无论你是否长大，也无论你走得多远，在他们的心中，你永远都是一个孩子，你的生命与他们紧紧维系，也紧紧相连，随着岁月曼延……这就是我们的父母，这就是亲情与爱，在我们的人生之旅中，我们走得轻松，走得踏实，是因为从生命的开始，这种情感与爱就始终与我们同在，并伴着我们一路同行。

（原载2004年7月31日《宁波晚报》）

第二辑　乡思联翩

深切的怀念

那层薄薄的睡意消散后,剩下的便是格外的清醒与冷静,满屋夜的氤氲,白天的喧闹与烟尘躲在夜的黑幕后,窗外,月华如水,稀疏的景物如同浸在显影药水里,透出清晰的轮廓,往事呢?就在这样的时刻,不经意中撞开心房,我的心渐渐浸入水底,深切地怀念起我的五爷爷……

小时候,常听父亲说起五爷爷,说他的聪明、勤奋、努力与坚强,最终出人头地,成为一方人物。其中的发达与荣耀,如同一枚诱人的花环,闪耀在我童年的心空中。也就是从那时起,我的心里萌生了长大要有出息的愿望……至于后来的沉重,已丝丝缕缕消融在过去的岁月中,与五爷爷年轻的思想、没有完成的心愿一起化作烟尘,如风一般消散了。

五爷爷是我爷爷的亲弟弟,排行第五,因此称之五爷爷。少年时代,五爷爷离家到四川读书,十四岁考入国立中学,十九岁进入黄埔军校学习,毕业后曾在军中任职,官至团级;后因五爷爷生性慈悲,无意杀伐,遂转至地方政府,曾任一县之长。五爷爷为官清正,甚有口碑,一时间,曾是家乡父老乡亲的骄傲。可是,这样的辉煌并没有持续多久——1949 年后,五爷爷就被强制关押,理由是:

他是国民党军官，并且直接受过蒋介石的训话。殊不料，这一关，就是二十八年！试想，人生能有几个二十八年？五爷爷满腹的诗书，出众的才华，刚刚起步的事业以及和美温馨的家庭，都随着那一扇沉重的铁门一起被关闭，被碾碎，曾经所有的繁华一瞬间灰飞烟灭，终成往昔。

五爷爷被关押后，身为“县长太太”的五奶奶自然也无法幸免于难，她与两个幼子一同被赶出公馆，娘家因为受到她的牵连，所有财产被封，一家人顿时失去依靠，连个栖身之所也没有。无奈之中，这位也曾一度荣华富贵的少奶奶只有带着孩子，沦落街头，四处乞讨，流落于人世风雪之中，其间的凄凉与冷酷，岂是这位大家闺秀的少奶奶甘愿承受？可是，世态炎凉，人情淡薄，一个无助的柔弱女子，除了悲叹与眼泪，又能怎样呢？

五爷爷那时年轻气盛，并且，虽被关押，依然每天关注国事，在狱中撰写了大量文章，只可惜无法投递，那些洋溢着才气与风骨的文字，我是在五爷爷出狱数年后看到的，其中的文采与大家风范是我辈无论如何也无法达到的。五爷爷不仅才华横溢，仪表也是气宇轩昂，无论处在什么样的状态下，他的意念始终让他保持一种军人特有的气质与威严，走路从不低头或者佝偻着腰背，总是大步流星，脊梁挺得笔直，就是垂垂暮年也是如此。与五爷爷在一起，让人感受到的是一种文化与风骨，一种人格的魅力与尊严，时间与磨难，可以损耗他的生命，却无法摧毁他的形象与气概。

受过高等教育的五爷爷，当初连做梦也不会想到：因为他的缘故，他的两个孩子没能上过一天学，成了地道的文盲，连名字也不会写，这是五爷爷心中永远的痛，终生的悲……他悲痛：因为他，妻子和孩子们付出的代价太大了——二十多年的天天日日啊，乞讨的路上，他们承受的又何止是自然界的雨雪风霜？有人骂他们“狗崽子”，有人向他们扔石头，母子三人真的像狗一样地受着他人的欺凌，伴着屈辱和眼泪，伴着饥饿与疼痛，孩子大了，母亲老了——她的身上再也找不见当年穿旗袍时的风采，其间的酸甜苦辣恐怕也只有他们自己知道。

时间，可以洗清一切；岁月，终会还人清白。经历了二十多年的桎梏生涯，五爷爷终于解脱沉重的羁绊，走出高墙，还担任了市政协委员……

如今，五爷爷逝世亦已十多年了。唉，谁能料到红尘内外人世的如许变迁更替，沧海桑田！时光如水，无法带走的沉重随岁月一起沉淀在时代的深处，当年那个十九岁的黄埔军校学生呢，那个身着戎装器宇不凡的青年军官呢，那个励精图治曾经甚有作为的家乡“父母官”呢，还有那些酸甜苦辣、悲欢离合的一件件往事、一种种遭遇呢？……是否都已化作一缕烟尘，几丝清风？

愿我的五爷爷心中不再有疼，不再有泪，愿我的五爷爷带着爱与温暖上路，在天国的路上，永远走得从容与安详。

（原载《作文周刊·综合版》第369期）

春天的祝福

又是清明时节。小雨纤细而绵密地飘洒着，小村静静地卧在雨雾里。村庄里的树木都簇然一新，湿漉漉的，像在等待什么。懒懒的炊烟从高高的房顶上跨过，消散在青灰而低垂的天空里。

桃花汛早过了，该是油菜开花了。乡村的小路上积着浑浊的雨水，到处都弥漫着水气，路人的笑脸看不真切，却觉得亲切、随和。每年这个时节，家乡的田野上就多了许多鲜活的灵气，成千上万只小生灵在风里雨里舞出生活的色彩与韵味，那是因为——放蜂的老人就要来了。

清明一过，油菜花就开得招摇和烂漫，饱吸着春日的雨水和足够的阳光，仿佛一夜之间，田野就金色一片，让人看不分明，想不清楚到底是在梦中，还是醒着。清晨起来，山坡上就突然冒出一些红红黄黄的帐篷，旁边存放着一排排整齐的箱子，不用问，一切约好了似的，是放蜂的老人回来了。

老人到底从哪里来，好像没有人问过，也没有谁听他说起过。看得出，在春天的热闹里，老人是孤独的，怯生的，他很少出门，看见村庄里的大人小孩，谦卑地笑笑，算是打了招呼，然后低下头急急地走开，好像欠着别人什么，目光里含着惊恐、不安和忧伤；老人没有妻子、儿女、亲人与朋友，只有密密的蜂群是他的知己，在高寒的星空下伴着他的孤独日复一日；他很少说话，脸上的沟壑抒写着世事不尽的艰难和沧桑。

阳光灿烂的日子里，我常去看他，看他细致地在太阳下一遍又一遍地扫着蜂箱。慢慢地，老人与我熟悉起来，他常一边扫着箱子一边回头与我说话。帐篷的门口，老人精心地为我准备了一只矮凳，每天，我坐在上面，一面吃着蜂蜜一面看那些进进出出、飞来飞去的蜜蜂。从老人的叙述中，我知道了蜂后、蜂王以及许许多多以前闻所未闻的东西，恍惚间，我成了一只累死的小蜜蜂，躺在花丛里，等待着众蜂将我抬回去，又恍然化成故事中的一位古人，着一袭夏布长衫，踏着木屐，在幽幽的雨夜叩出清凉的足音，一切都恍如梦境，一切都缥缥缈缈，老人的故事美丽而充满忧伤，像一粒粒雨后的种子，播在我湿润的心田里，慢慢萌生，缓缓沉淀。春日的星空下，我成了老人唯一的朋友，有我相伴，老人不再那样寂寞，他开始自觉或不自觉地把我看成他生命中的伙伴与寄托，看见我，他苍老如树皮一样的脸上便有了温和、喜悦与感激的笑容。

与老人相处的日子里，我发现了他外表的冷漠里掩藏着一颗纤细的心灵，敏感、固执却不失热情。他把蜜蜂看成了自己的孩子一样珍贵，每天细心地查看好几遍，天一下雨，老人就开始念叨：蜜蜂又要在风雨中走失一些。这时，他就心疼得不行，一个人站在山坡上，像要唤来那些迷失在风雨中弱小的生命，然后一道回家。我知道老人绝对不是仅仅为了自己的利益才这样，而是真正在心底里滋生的一份真情，一份与自己生命日日相伴中产生出的长久而深厚的挚爱与怜惜。

一天，我去田野，看见三三两两的伙伴趴在花丛里捉蜂，每捉住一只，他们都眯着眼睛，咂着嘴唇，做出夸张的神情，然后才不舍得似的慢慢地吮着蜂尾挤出的蜜。我抵挡不住那份惬意的诱惑，忘却了与老人之间的友谊，也淡漠了老人爱蜂如命的深情，拿起瓶子，看准那正在采粉的蜜蜂，屏住呼吸，用手指轻轻一夹，蜂便被捉住，装进瓶子里，看着瓶子里那一只只垂死挣扎的蜜蜂在拼命扑腾，我开心地大笑起来。突然，我前面的光线暗淡下来，放蜂老人奇迹般站在我的面前，用一种失望而复杂的目光看着我，我的心一抖，下意识地放了手中的蜂，老人没骂我，但我却羞愧地哭了。

从那以后，我再也不去见放蜂老人，我像小偷一样躲避着他。时常隔着窗户，我看见老人站在山坡上，怔怔地朝我家的方向张望，隔得太远，他的目光看不真切，但是我能感受得出那里面一定隐含着忧郁、希望，还有企盼和哀怨……对老人，我的内心里是一种羞愧，一份自责，无颜见他；可是，幼稚的我在那样的年纪，并不知道自己的回避却给放蜂老人带来了深深的伤害与刺痛。

春天过去了，放蜂老人走了，仿佛一夜之间，山野变得冷寂潮湿了，他和来时一样，悄无声息地离开了小村。那天早晨，妈妈看见我的窗台上放着几大瓶蜂蜜和一些蜂蜡，是放蜂老人留给我的。他留下的不仅是蜜，更多的则是对我的宽容和爱，用他那一颗凄苦忠厚的心。我追出村外，早已不见了放蜂人，面对空旷的山野，我心中感到孤寂和凄冷，那一刻，我分明听到有声音在轻轻唤我的乳名，那声音亲切、细微而遥远，顿时，远山在我的眼前迷蒙起来，幻化成一块沉重的背景。

又是清明时节，小村里依然一片宁静，雨水滋润的田地里，油菜花如往年一样，开得芬芳，开得灿烂，可是，却再没看见放蜂老人，一丝难言的苦涩与负疚萦绕心际，我感到深深的失落……春风化雨，愿远方的放蜂老人在春天的每一个日子里收获阳光，收获希望,也收获快乐与芳香,透过遥远的时空,愿同在蓝天下的放蜂老人能够听见我心灵深处的长久祝福。

(原载《七彩帆》杂志 1995 年第二期)

老　九

老九三十多岁了，还是光棍一个。从我记事时起，便常见他光着脊背，捧一只堆得高高的饭碗，蹲在我家门前槐树下的石板上吃饭，往往哽得脸红脖子粗的也不忘说几句俏皮话，气得妈妈拿棍子撵他："你这个断子绝孙的九疤子，叫你一辈子讨不到老婆。"老九也不生气，笑嘻嘻地回去，照旧又端来一大碗饭菜，照旧蹲在石板上，一边埋头扒饭，一边静静地听着长篇评书《岳飞传》。听到高兴处，竟用手拍着满是疤痕、如两截春来拱起梅苞的大腿，往往黑腿拍得通红，才想起碗中没吃完的饭，赶紧捡起落在地上的筷子，来个"秋风扫落叶"；听完了，似乎还没尽兴，直起身，懒懒地伸个腰，将空碗扣在头上，嘴里哼着"长子来看灯，他挤得颈一伸；矮子来看灯，他挤在人网里蹲……"之类的黄梅调儿回家了。

我不喜欢老九，说不清为什么，后来，稍稍年长些，看了鲁迅先生笔下的阿Q，才把幼年的情结解开。其实老九并不怎样令人讨厌，只是少了一个关心他、疼爱他的女人，少了一个温暖像样的家，正因如此，老九的日子过得很马虎，很松散，也很不像一个正常人家的生活，每天有种得过且过的虚浮和无奈。他常常与人大碗喝酒，大声划拳，赤着古铜色的背，在桌前三番五次地敬酒，不醉不归。主人家女人在厨房忙活,心就有些不踏实,不高兴,少不了要抱怨几句,总怕自己的男人吃了亏。醉了酒,老九乘着酒意:“这样的人生有几回?热闹一场,火一场,这才叫尽兴呢!”

老九无儿无女,可是喜欢小孩,常常拿几片干红薯,在人前逗小孩儿玩,女人们嘴很刻薄,就在一边打趣:“老九,你也生一个,免得日后没人送你,人家的娃终究是人家的,哪有自己的亲?是不是?”老九一下子蔫了,也不答话,悻悻地挠着头皮走回去。有时,老九高兴,就来我家闲坐,父母各忙各的,没人与他搭话,他就嘻嘻地露出几颗黑牙,转过头小声小气地与我说话。我盯着那牙,总会想起菜园地里雨后的烂菜根,有一种腐蚀的成分,于是,干脆偏过头不理他,嘟着嘴走到一边去。身后就听见老九长长的叹息,可是过不了一会,他又忘了,照旧笑嘻嘻地塞我口袋里几片干红薯。

老九很穷,只有两间破旧的草屋,屋顶因长年累月的烟熏火燎而挂满了灰尘和蛛网,屋里空空的只有一张红木床,一只矮脚凳,两个用碗口扣住的菜坛子。傍晚时分,如果看不见老九出门,一定是一个人坐在门口的矮凳上抽烟,这时,老九是安静的,孤独的,眼睛怔怔地、迷茫地看着远方,像是在想心思。我轻轻走过去,通常会吓他一大跳,他不骂,也不恼,仍旧抽他的烟。

老九干活极认真,能吃苦,不惜力气,村里人家有急事,只要喊一声,老九从不推辞,庄户人家到了农忙时节,总是要请个把帮手——只管饭,不付工钱的那种,而这时人家想到的只有老九。妈妈说:“老九人不错,善良老实,只可惜没娶上老婆,往后岁数大了,就更难了。”也有人张罗着为老九做媒,但人家一上门,看见那两间破屋就直皱眉头,勉强吃了中饭走人,就再也没了回音。次数多了,老九的心也冷了,不想再折腾。老九每天闲不住,今天帮这家割麦子,明天帮那家堆草垛,无论做什么,都是乐呵呵的,不喊苦,也不要什么报酬，到了晚上，主人家准备上几杯酒就足够了。

老九有一桩家传的手艺，做得精致、细实，方圆几十里都有名气，那就是砌锅灶。他砌的灶省柴、结实而且很漂亮，灶梁上用彩墨画一枝梅花，含苞欲放，中间端端正正写个“福”字，两边就是“吉星高照”、“龙凤呈祥”之类的。庄户人家，谁不想有个好灶？每年，都有外村的人来请老九，逢着本村人砌灶，老九一般是不要工钱的。“乡里乡亲的，要什么工钱？不怕寒碜？”老九在我家砌灶时，常听他说这句话。而不给钱，父亲总有些不好意思，觉着欠了人家，晚饭时，父亲就在饭桌上一个劲地劝酒、劝菜。这时候，我们小孩子也会寻机问老九一些古怪的问题，比如“那龙凤呈祥是什么意思来着？”老九含含糊糊，也说得不很清楚，勉强应付过去。看他醉眼朦胧的模样，我们就要笑话他，父亲在一边责备：“小孩子，没大没小，下次再这样，看不揪掉你的耳朵才怪！”我们吓得赶紧溜回厨房，而身后，是老九对我们一连串的呼唤和对父亲的怪怨：“小孩子家，凶他干什么？又不是什么大不了的事！有孩子才热闹，热闹呢！”

后来，我长大了，去外乡念书，平时难得回来，也很少再见到老九了。听说他买了一台收音机，也不再东家西家的串门子、听评书、说俏皮话了，偶尔到我家走动，也少了以前的笑声。妈妈说：老九的心老了。

一年暑假，我从学校回来，吃过晚饭洗过脸，妈妈对我说：“去吧，去看看你九叔，一个人也怪可怜的。唉，这几年又生病，身体也没以前那样好了，还常惦着你……”我从妈妈的絮叨声中走出小院，到了老九的破屋前，见门关闭着，里面也没有灯光，我轻轻推开门。“谁呀？”老九从黑暗中走出来。“是我，九叔，这几年您过得还好吧？”我亲切地问道。“好，好！六子长大了，也长高了！”老九边搬过矮脚凳边打量着我，连连催我快坐，然后忙着去洗碗、泡茶。

从老九的屋里出来，天上有了星星，湛蓝的天空好高好远，我迎着夜风缓步向家中走去，老九那黑暗破旧的老屋慢慢地被甩在身后，隐进昏昏的夜色中，渐渐溶化成一块沉重的背景。

老九真的老了，连同岁月一起走向衰弱，走向沉静。

（原载《七彩帆》杂志 1995 年第四期）

香婶

小时候，每到吃饭时间，我都有一种担心：隔壁的香婶又要过来。她会端着一只碗，边吃边走进来，然后就坐在桌边的石磨上。

桌子上，摆着几样小菜，有半碗是母亲腌制的咸鸭，平时，家里人也不舍得多吃，我们兄妹从不主动去夹，通常是母亲一人一块分给我们，由于人多，轮到最后，母亲往往只能浇一点汤。日子虽然清苦，但因母亲的精心调理，却也觉得十分温馨。

香婶是我家邻居，丈夫做木工，常年在外，家里有两个孩子和几亩地全靠香婶一人打理，日子过得也不容易。母亲怜惜她，因此，她到我们家也就来得最多，几乎每天都来，端着碗，身后跟着两个孩子，坐在磨凳上边吃边聊，不知不觉间香婶就伸过筷子，自己夹菜吃。香婶不看我们，只看着菜碗："尝尝你家鸭子什么味道。"边说嘴里就已经吃上了。两个孩子眼巴巴地看着她，吵着也要吃，于是，香婶就骂："好吃的鬼，过来，给你们一人一块。"于是，两个孩子的碗里就都有了。这时，香婶仍然不看我们，自顾自再夹一块，然后就骂骂咧咧地推搡着两个孩子出了门，拐弯的时候，香婶碗里的那一块就埋进儿子的饭里。第二天，他们照样还会过来。对此，我非常恼火，眼睁睁地看着她将碗里的鸭子夹得只剩下零星的几小块,香婶走后,我总是要抱怨母亲,而母亲总是那种息事宁人的态度:“算了,算了,有得给别人也是一种福气。”

后来,我想出了一个办法:一到吃饭时间,我就将院子的门闩上。香婶见门关着,就在外面大声喊:“家里没人吗?”母亲边应着边急急去开门,我趁机赶紧将菜碗收起来,只剩下一些萝卜、豇豆之类摆在那里,哥哥姐姐们对于香婶这种不请自来的行为也不高兴,对我的做法自然不会干涉或阻止。等到香婶坐下来,我已经若无其事地在吃饭了。慢慢地,香婶似乎从中察觉出什么。一天,她刚出门,我就将柜里的菜端出来,还没放上桌,香婶就又从门口折回来,我一时愣在那里,不好意思地看了看香婶,心里突然觉得像欠了她什么似的。那以后,香婶看见我就要对母亲说“古怪丫头,长大了要找个恶婆婆”之类的。

香婶依然还是过来串门,依然大大咧咧地说话,有什么说什么,不隐藏不忌讳,一个乡下女人特有的粗俗与善良都在香婶那儿一一体现。一年秋天,父亲生病,母亲到处借钱,可结果还是差很多。香婶知道后,将家里的一头猪牵到收购站卖了,当香婶拿着一沓钱塞进母亲手里的时候,母亲很感动。逢着力气活,只要看见,香婶也会过来帮忙,每年双抢,我家的稻子有一半是香婶帮着挑回来的,而她家田地里也常看见我们兄妹的身影,两家的农活做起来就像一家似的,不分你我。

一个春天的午后,香婶将孩子交给我母亲,就跟着村里的拖拉机上街买化肥。回来的路上,拖拉机上坐的人多,天又黑,下坡时拖拉机翻了——香婶就那么走了,走得那样突然,听说她的眼睛睁得好大,始终不肯闭上。我想,她走得太匆忙,心里一定还有好多好多牵挂吧?也就从那时起,我总要常常想起香婶的好处来,少了香婶的大嗓门,家里真的冷清了许多。每当黄昏时分,看着香婶两个还未成年的孩子寂寂地坐在门槛上,等着香婶回家,心里便突然地酸痛起来。

“共看明月应垂泪,一夜乡心五处同。”想起故乡,想起那被岁月烟尘模糊了的香婶,心里总会浮起太多的往事,太多的回忆。

(原载 1999 年 6 月 8 日《镇海报》)

偷　桃

成阿妈的后院里有一棵很大的桃树。早些年，桃子结得不少，鲜润光亮，远远看一眼，目光就会被牢牢粘住。记得，自打桃花落了，孩子们的眼睛就盯在上面，从青桃一直要盯到桃子红了，熟了。阿妈时常就站在门口，指着院子告诉那些在墙外探头探脑的孩子："那些桃不能吃，上面都是眼毒呢！"

阿妈下地的时候，往往就会有三五个孩子聚拢来，隔着矮矮的篱笆墙，仰头看树上的桃子。太阳明晃晃地刺得人睁不开眼，他们则眯着眼儿起劲地、一遍遍地数那树上的桃子，乐此不疲。一阵风吹过，枝头饱满结实的桃子便裸露出来，沉甸甸地在风中摆动，大部分桃子挤在一起，也有一两个零散生长在枝叶间的，桃尖微微露着一点点红，像婴儿胸前的红兜兜，每一个都是那么鲜亮清新。树下的孩子牵着嘴角，一边议论一边咽着口水，个头大点的顿时有了主意，拉过小的耳语一阵，小孩子撒开腿往家跑去，不一会就又跑回来，手里多了一根长长的竹竿。然后，小手互相牵扯着一起翻过围墙，站到桃树下，试着用竹竿敲打桃子，一下，两下，叶子纷纷落下来。随着树叶一起坠下的也有三两个桃子，有力地落在地面上，同时也落在孩子们期盼已久的心上。他们惊喜地叫着，顺着墙根往下找，这才发现桃子都滚到墙边的水沟里，咕咚咕咚沉下去了，地上除了许多片叶子和残枝外，一个桃子也没有。就在他们准备更加用力敲打时，却听见望风的孩子在那边压着嗓子喊："不好，阿妈回来了，快跑！"顿时，他们慌忙扔下竹竿，四散向家中逃去。

回家后的阿妈，看见一地的残叶与水沟里慢慢浮起来的青桃时，心中有数，知道是谁干的，就站在自家院子里，冲着外面高声吼几句。躲在家中的孩子听得真切，悄悄拉开窗户，露出一点点缝隙，心虚地向这边张望，一连几天不敢再照阿妈的面。

有月光的晚上，他们又会凑在一起，叽叽喳喳说上好一阵。等到纳凉的大人都回去了，他们便猫着腰，蹑手蹑脚顺着墙根绕到后院，看见阿妈房里的灯光熄了好一会，这才一个一个爬进来，摸到树上。月光下，每一个桃子都会投下一片暗重的黑影，一看就知道，孩子们利索地把汗衫扎进短裤，将摘下的桃子从领口放进去，不一会，汗衫就鼓起来，看看差不多了，他们就招呼着准备走，喜悦和兴奋使他们忘记了害怕，黑暗里彼此嚷嚷着谁多谁少，房里的阿妈听见声响，就轻轻起床，迅速打开院门，孩子们一惊，还没等阿妈走近来，溜下树的已飞一样逃去，躲在叶子阴影里的大气也不敢出。阿妈围着树看了半天，也没看出什么，叶子映着月光，背面黑黝黝的，一点看不真切，阿妈骂上几句就转身回屋，还没等她躺下，就听见"咚、咚、咚"地有人先后从树上跳下来，接着就是急速奔跑的脚步声，阿妈再也睡不着，靠在床上，无奈地摇摇头："唉，这群小馋猫，真拿他们没办法。"

阳光一天天炽烈，吸收着充足的水分与营养，桃子一天比一天耐看，白里透着红，鲜润得要滴出水来，空气中飘散着阵阵甜味。选一个响晴的日子，阿妈开始下桃。孩子们看见，就一起跑过来帮忙，七嘴八舌地凑近阿妈：谁曾偷过桃，谁又折过树枝——一个个争着抢着向阿妈表功。阿妈笑着点点头，心里想：到底是孩子，天真着呢！临走时，阿妈就朝他们的口袋里塞进几个桃，顺便叮嘱一声："明年不要再偷了。"孩子们就都答应着、簇拥着、嬉笑着，呼啦啦一起挤到树阴下吃桃去了。

渐渐地，桃叶黄了，稀了，树上再也没有一个桃，只有蘑菇状的一块块树油还顽固地留在那里，显示着过去的繁荣，孩子们的心思，经过一整个季节的起伏，也慢慢收回来了。

阿妈的桃在那样贫乏的岁月里，曾经一度灿烂着孩子们的日子与记忆，无忧的童年生活里，孩子们为那些艳丽甜美的鲜桃而欣喜着，欢呼着，也在月夜的憧憬与奔跑的汗水里一天天地成长着。

（原载2003年8月20日《宁波晚报》）

七大嫂

山村的日子，一年四季也没有什么大的起伏，总是流水一样平缓而宁静；老老实实的庄户人除了侍候好田里的庄稼，安分地守着几亩薄地过一种与世无争的生活外，就是希望娶一个贤惠能干的好媳妇。

七大嫂刚嫁到村子里的时候，便没有才过门小媳妇的娇矜，结婚第二天就下地干活，帮着婆婆挑水、喂猪，闲下来的时候就纳鞋底、织毛衣，一年到头看不见她与别人悠闲地聊天、拉家常。后来，孩子一个接一个地出生，人口多了，日子也更苦了，小姑小叔子就有了不满，有了怨气，接着是吵架，动手分家。

家变小了，可日子更难了，每天风里来雨里去的，七大嫂精心操持着这个除了一屋子张嘴向她要吃要喝的小孩儿就一无所有的家，瘦得只剩下皮包骨头，眼睛深深地凹了下去，黯淡无光，没有一点女人的妩媚和灵气，脸上松树皮一样垒起的皱折，让人不敢想象她才是一个三十出头的少妇。七大嫂常年穿一条又宽又大的黑布裤，裤脚短了，只罩到腿肚下，裸露出半截细长精瘦的腿脚，下面拖一双没有扣绊的大口布鞋，真有点儿像鲁迅笔下“细脚伶仃的圆规”。她时常捧一只粗瓷大碗，碗里是又清又稀的芋头粥，身后跟着三五个光着身子，也同样捧一大碗稀粥的男孩，走东家串西家地捞点菜吃，家里的饭桌上总是一碗又黑又苦的腌芋叶，看不见一点儿油花，孩子吃着就哭，不想再伸筷子——七大嫂无奈，每天早上或晚上，就端着一只碗，带着一大群孩子，赶在人家吃饭时凑过去，看见有咸萝卜、腌豆角之类的，也不要人家喊，厚着脸皮夹起一筷子，一口一口地咬下来，均匀地分给紧跟在身后，像南瓜钮一样依次递增、大小不一的孩子，然后，边走边吃，急急地回家。

七大嫂能干，不怕吃苦，每天天没亮，七大嫂就起床，点火烧饭，然后布谷鸟似地叫醒一个个熟睡的孩子，分配好放牛、扫地、看鸭子、拾柴等各种事务，自己就扛起钉耙一路小跑着去田头翻种，也不知她瘦精精的怎么有那么好的神力。逢着孩子偷懒，七大嫂就扯着嗓子站在村口骂，一边骂一边就抢着把孩子耽搁下来的事做好。一个女人，一年到头，除了永远做不完的农活外，还要管这么多孩子的衣食生活，艰难与痛苦可想而知，整个人就像一部机器，不停地旋转，机械地劳作，哪里还有一点女人的思想、娇柔与情感？苦难的生活使她的情感和心灵日渐麻木，她几乎忘记了自己是个女人，是个需要呵护、需要男人疼的小媳妇，她不会对着自己的男人撒娇，不会温情兮兮地巧笑，她失去了一个女人应有的妩媚与多情，而这一切都是生活“赐”给她的，她除了接受，无力改变。

七大哥不疼七大嫂，除了常打她外，还在外面拈花惹草。其实，七大哥生得又蛮又蠢，矮黑、粗壮，没有一点山里汉子的威猛与美德，可七大嫂偏偏爱他，也怕他。七大哥懒得很，常常不出工，从田里劳累一天回来的七大嫂，不但不敢吱声，不敢说七大哥一句不是，还要事事迁就他，依着他。稍有不满，七大哥就会摔盆子掼碗，骂骂咧咧，还要把家中存着的细米偷偷埋到院子里，到了晚上，将米取出来，送给心上的妹妹。七大嫂知道他这些偷鸡摸狗的事，却不敢把他怎么样，只能自己哭哭啼啼一阵了事。而逢着别人说起来，七大嫂则遮着掩着："没有这回事，都是瞎传的，哪能信呢！"

一年秋天，正赶上刨红薯，七大嫂病倒了。为了不耽误农活，她硬是撑着下到地里，一个人又是砍藤、刨薯又是挑地将红薯弄回了家，等到稍稍歇息下来，整个人就如同散了架一样，再也不想动弹。七大哥却骂七大嫂太懒，睡在床上装死，边骂边把她拖下床，用脚踩她的手。七大嫂气愤至极，忍无可忍之中，对着七大哥一脚踢了过去。这下可捅了马蜂窝，七大哥找来一把五齿钉耙，对着七大嫂的头猛砸下去，七大嫂身子一闪，五齿钉子便不偏不倚落进了她的手臂，血淋淋的有如耶稣受难似的悲壮，大大小小的孩子躲在一边瞅着，谁也不敢上前阻止，等七大哥走了，便一拥而上，围住七大嫂放声大哭。山村的泪水浸着太多的野蛮与无知，山村的女人一辈子走不出男人的羁绊，她们的青春与思想、生命与爱情被一点一点埋藏在那片土地上，埋藏在孩子们的哭喊与贫穷中。山村的故事里流泻着太多的凄苦与忧伤。

黯淡的日月啊，总是这样在小山村的山顶上缓缓流过，没有一点雄壮和辉煌的影子，即便放飞的季节，也看不见长发上的一缕红绫，天空中的一枚彩翅，昏沉沉的日子就这样被埋进又深又黑的土壤，繁衍无穷无尽、一季又一季的迷惘与无望。

（原载《七彩帆》杂志 1995 年第四期）

邻家女孩

记得小时候，邻家的小院里植有一棵栀子树。每到清明时节，洁白的散发着浓香的栀子花便三三两两地绽开，丝丝缕缕的芬芳随风飘来，诱惑了我多多少少的心思。

邻家有一个如栀子花一样清纯美丽的女孩，女孩有着丝一样的长发。时常在落日黄昏，我便看见女孩捧着一本书，坐在栀子树旁的竹椅上，静静地看着。夕阳的光辉投射在女孩的脸上、身上，有一种青春逼人的饱满与明艳，让人生出一份少有的依恋和向往。可是，生活就像隔着一层轻纱，女孩在我的视线里若即若离，甚至连一句话也没说过，更不知她叫什么名字，感觉中只是邻家的女孩很漂亮、文静，也会写诗。

隔着矮矮的围墙，我天天能看见女孩，看见阳光下盛开的那一朵朵如雪的栀子花。有时，我真想对女孩说点什么，可是，岁月如流水样地逝去，从春到夏，从秋到冬，花开了又谢，谢了又开，我终究什么也没说。只记得在我最渴望的日子里，女孩曾对我轻轻地笑了笑，那笑容带着阳光的明媚与灿烂，注入了我生命的某一个黄昏中——我的心瞬间温暖起来，一种久被忽视的心情突然有了被理解的欣慰与喜悦，晚霞的余晖中，一切是那样简单、温馨和美丽，女孩的笑容如一缕清风掠过我的心灵,我所有的自尊和渴望清晰起来,我的心里滋生出一股长大了要有出息的愿望。为了女孩,为了那一院栀子,也为了心中流淌的梦,我记住了那个瞬间,我萌生的希望定格在那一个绮丽多彩的黄昏里。

渐渐地,我在长大,栀子花的馥郁浓香覆盖了我整个童年。我活得快乐而又真实,邻家女孩是我生命线上的一道风景,给了我诗一样的梦想和对美的朦胧的追求和希冀。我不觉得自己是孤独的,我始终认为,在这花香的一角,有我生命的知音,并且一直生活在这种涂满色彩的满足里,我感谢邻家女孩。

后来,我离开了家,在细雨蒙蒙的季节里踏上了去异乡求学的道路。临行的那天早晨,妈妈告诉我:邻家女孩给我送来了一束正在绽放的栀子和她的祝福。

妈妈将花插在盛有清水的杯子里,花香溢了满屋。我沉静地看着杯中的清水和洁白的栀子,心里涌起一份不能自已的感动,难舍的心情让我的眼里顷刻间涌满了泪,我铭记着女孩的祝福,踏上了远行的路程。

多少年以后,我慢慢忘记了生命中的许多琐事和渴望,忘记了少年月光下的憧憬和思想,忘记了那许许多多单纯、不着痕迹的日子,可无论怎样,无论走到哪里,我始终忘不了邻家小院和邻家女孩,还有那芳香的栀子和温暖如昨日的祝福。

(原载 1998 年 5 月 11 日《镇海报》)

远方的来信

春天还没过完的时候，我接到了她的来信。

望着信封上娟秀工整的字迹，我感到亲切与熟悉，多年来，我与她一直用这样的方式维系着我们之间深沉的友谊。

她是我的同学、朋友，也是我曾经的竞争对手。初中头两年，我们常常同挤一张铺，同吃家里带来的咸菜与花生米，我们同行、同思、同感应，亲密得跟一个人似的。可是，中考预选后，我们之间却有了一层不易觉察的隔阂，原因是她比我多了十几分，因为这十几分，我感到好生尴尬，并开始动摇信心。我的心有了丝丝的疼痛，后期相处的日子里，我们仍然微笑，但是明显地少了那份真诚，这主要是我。中考结束，她上了一所中医学校，我则上了高中。

毕业后，她分在家乡的县医院做护士，而我却成了一名教师。高中三年，她多次让同学带信让我放假时去她家，可我一直没有，我心里一直有一种莫名其妙的情感——忌妒。我逼迫着自己不与她交往，可我并没有忘记她，我时常私下向同学打探她的消息，这种情况一直持续到我收到她的第一封来信为止。信中，她真诚地叙述了我们曾经在一起的点点滴滴以及后来出现的意外，她说她很难过，希望我能和她联系……看完她的信，我开始不停地谴责自己的自私与庸俗,灯光下,我一边擦着泪水,一边铺开洁白的信纸……

多年来,我们一直就这样通着信。其间,我回过几次老家,但都没能见到她,一次是她去省城进修,一次是她随车去接病人了。虽然没能见到她,但我相信:我的朋友在家乡这片美丽的土地上,一定生活得很好。平时,我与她很少打电话,只在逢年过节时互相问候一下,更多的时候,我们还是喜欢一纸素笺带来的浓浓真情。薄薄的几页纸,内容也不深刻,但是却很难得,从中,我知道我的朋友仍一如既往、平静而充实地生活在家乡的小城,不同的是,她在小城有了一个家,有了一个可爱的女儿。

今年春天,因为防治传染性非典型肺炎,她所在的医院安排她去了市区,参加一线救护工作。信中,她说她感到很光荣,但并不轻松,作为一名护士长,一名领队,她感到肩膀上有一份沉甸甸的责任,她不能有半点闪失,因为后方有那么多的同事与亲人在看着自己,她所奔赴的前线又是那么需要她,她有点紧张和害怕,不过,也充满信心……捧着朋友的来信,我能感受得到朋友临行前的那份担忧,那份执着,也能想象朋友在春天温润而晴朗的日子里紧张而有序地工作着,清新的南风在朋友的天空轻轻地吹拂,带给她与她的病人们一缕缕春天的希望与温暖,一切都会好起来的。

在这个春天的最后一段日子里,我像个守望田园的老农,一直等待着朋友的信息。终于,在一个晴朗的午后,我接到了朋友的第二封来信。字里行间,朋友尽量显得轻松,但是,我还是隐隐感到了不安——这不安来源于朋友对工作的认真与负责。每天,她都要出入非典病房数次,目的是给病人心理上一个安慰,虽然,在身体上没有过多的接触,但是,在心灵上她与病人的距离拉得很近,病人出院了,疑似排除了,可其中的一个护士却被感染,目前正在隔离……

桌子上放着朋友的信，熟悉的信封与信笺，熟悉的称谓与署名，窗外是一地的阳光，青青的树叶在风中悠闲地飘……我坐在窗前，久久无语，我不知道该对朋友说点什么，在如此严肃的话题面前，我开始为朋友担心——前天的报纸上，刚刚刊登过一篇《倾心救治非典病人 又一医生以身殉职》的报道。从放下报纸的那一刻开始，我就一直有一种搁不下的牵挂和担忧，我希望这场灾难尽快过去，希望朋友与她的同事能够平安回家，也希望那位年轻的小护士能早日走出那一扇冰冷的玻璃门，走在阳光下，呼吸青草与鲜花的芳香。

（2003 年 10 月 11 日，写于宁波日报社）

记忆犹新菊花香

十多年前,我在家乡的村小教书。学校四面环山,宿舍是几间老式的平房,建在山脚下,房前有一大片竹林,穿过去,就是一望无际的田野。我平常很少回家,一个人住在简陋的宿舍里。与我相邻的是一对已经退休的老教师夫妇,他们没有孩子,可是却拥有一片丰沛、美丽的花园。那里原是一块荒地,老人经过整理、翻耕,并在四周垒了一些石头,算是花园的围栏,平常也有放学的孩子站在围栏外探头探脑,趁老人进屋,迅速摘了一朵花逃去。到了春天,所有的丁香、月季都开了,粉色的,深红的,真是晃花了人眼,侍弄花草成了老人晚年最大的乐趣。

我尤爱老人园中的菊花,深秋时节,当所有的花都逐渐凋谢、枯萎时,那一蓬蓬嫩黄娇艳的菊花正开得婉约、深沉。初始,只有豌豆粒大小的花骨朵,慢慢地一天一天地就饱满、壮实起来。不经意间,某个霜寒露重的清晨,就见楚楚的叶片中间,举着大朵大朵嫩黄的花蕊,高贵、典雅,沉静而又美丽,说不出的气质就在那一瞬间震撼了你,无须感叹,那份超然怡情的风采让你领悟出什么叫丽质天生,什么是天然玉成。

老人看我偏爱菊花,在又一年的初春时分,便给我拿来两个空花盆,又从园中剜出几棵小小的菊秧,要我为花盆培好土。我平时虽然喜欢花草,却不爱自己种植,觉得那太麻烦,又要耗费很多时间,划不来。但盛情难却,既然老人如此热心,我也只好装作酷爱养花的模样,为花盆填了土,老人小心地将花株分植于两个盆中,浇上水,临走时,他们叮嘱我用心待花,现在是植花的最好时节,只要不忘浇水,花通常是不会死的。

我遵照老人的吩咐,每天起床后就给花浇水,刚开始一天一浇,半杯水浇两株,后来嫌麻烦,便一株两杯,省下三五天不用再浇,后来实在拗不过清晨时的瞌睡,索性不浇了。通常起床时,早读也开始了,匆匆洗把脸挟起课本就直奔教室。老人见我无心养花,也不言语,就自己拿了喷壶过来浇水,待花渐长时,老人用白色塑料袋,装一些有机肥,植入盆中,上面再重新培些新土,日复一日,老人伺候孩子般精心护理着这些花草,浇水、施肥、喷药、拔草……天气渐渐暖和,我的花并没因我的偷懒而死去,在老人的照料下,它们一天天地成长并绿叶葱茏了。

老人平时不爱说话,因此,我与他们之间的交流很少,但我看得出,老人有着山里人原有的质朴与善良,还有着知识分子的宽厚与睿智,我尊重并爱戴着他们。逢年过节,老人包饺子或裹肉粽,总要给我送几个,我若推辞,他们便沉下脸,一声不吭地拿过我搁在书架上的搪瓷碗,用力倒进去,看也不看我一眼转身就走,留给我一个坚定的背影,看着老人急急离去的脚步,我的心里好温暖,好温暖。

转眼已是深秋,盆中的菊花吐蕾绽放了,粉嫩鹅黄的花朵极华贵,极富态,像一名出浴的妃子,裸在月光下,悄无声息地漫溢开丝丝暗香,虚掩的门里就透进一股麦芽糖般的绵绵甘醇。静谧的夜里,馨香就那么一缕缕、一丝丝地轻浮于软软的月光里,映着半壁清辉，我似乎就听见茧在心上抽丝的声音，幽幽的，沁凉婉约，青春的心里悠然滑出几许缱绻，几多柔情……

许多年过去了，每当我踌躇街头，流连那一盆盆怒放的菊花时，我就会想起故乡的两位老人，想起那一段平静却也美丽的岁月，当年，我曾站在教室的窗前，不止一次地看见老人将花盆从我的房中搬进搬出，多少次，我想对老人说声谢谢，可这样的机会，不曾有过。我天生脆弱，我害怕眼中会滑出多情的泪水……今天，我是如此深切地怀念着老人哟，怀念那些满溢花香的日子，真想问候一句：家乡的亲人，你们还好吗？

（原载 2004 年 10 月 4 日《宁波晚报》）

我曾经的“小伙伴”

曾经，我们家不养狗。母亲说：狗是有灵性的动物，吃不饱，看着揪心。因此，很多年，家里都不曾养狗。

我八、九岁那年，一个秋日的黄昏，我在烧晚饭，却听到柴垛里有微微的响声。拨开柴草，看见一只黑色的小狗，正蜷缩着身体躲在那儿，目光怯怯地看着我。看上去，它像一只无家可归的野狗，可能已有很多天没吃东西了，瘦得只剩下皮包骨头。我轻轻地捧起它，将它放在腿上。这时，我看见小黑狗的后腹处有一个小洞，因为发炎了，里面正淌着脓水。我仔细地看了看它的伤口，觉得并不严重，于是，我用温水将浓血清洗干净，然后用一些旧布条给它包扎好。在我做这一切的时候，小狗顺从地趴在我腿上，不时抬起眼睛看看我。我觉得小狗实在可怜，不忍心再将它送出去。晚上，母亲收工回来，也没有说我什么，就这样，小狗留了下来，成了我朝夕相处的“小伙伴”。

每天我上学，它会送我很远很远，直到我大声呵斥，它才依依不舍地离开；傍晚，它早早地就等在我放学回家的小路上，远远地看见我，便飞一样地跑过来，拼命地摇着尾巴，不停地舔着我的手，表示着它的亲热和友好。我通常会拍拍它的脑袋，有时，我也会嫌它碍手碍脚,将它赶到一边去,这时,它就显得很失落,在一旁忧伤地看着我,像一个做错事的小孩。

慢慢地,黑狗长大了,它的毛乌黑发亮,再也没有了当初的那种瘦弱。一天晚上,我们一家在灯下聊天,突然听见有爪子抓门的声音,开门一看,是黑狗,它耷拉着脑袋,没有了平时的精神,门一开,它就走了进来。这时,我才看见它的身后还跟着一条脏兮兮的小黄狗,瘦骨嶙峋的,惊恐的眼睛不停地东张张,西望望,不敢跨进来。黑狗回过头呜呜地叫着,意思是请它进来。小黄狗一边不安地看着我们,一边慢慢地、试探性地走了进来。母亲不允许我再收留它:"家里没有给它吃的。吃不饱,看着它瞧你时那直勾勾的眼睛,会揪心的。"我说:"那我就每天少吃一点,省下来给它。"母亲态度很坚决,最后,我只好开门,放走了那只小狗,黑狗也跟了出去,直到它们消失在黑暗中,我才关上门。

第二天,黑狗没回来,以后的几天,也一直没见它的身影,直到第六天,黑狗才拖着疲惫的身体回家了。它整天躺在窝里,焉焉的打不起一点精神,吃得也很少。我担心黑狗会死去,就到处找那只黄狗,可那只狗像从地球上消失了一样,怎么也找不着。不久,黑狗真的起不来了,也不再吃一口食物,它就那样静静地躺着,目光始终忧伤地看着远方,我知道它是为了那只离去的小黄狗……

一个寒风凛冽的下午,黑狗挣扎着起来,它走到我身边,用力地蹭蹭我的手,并且在房前屋后走了走。我流着眼泪,使劲摸着它的脑袋,希望它能活下去。可当它回到窝里躺下的时候,就再也没有起来。

从那以后,我们家真的没有再养过狗,为的是那一份割舍不下的依恋之情。

(2001 年 12 月 13 日,写于宁波日报社)

第三辑　故土草木

槐花盈香

有那么一种时刻，一个人静静地坐在窗前，看午后的阳光，看阳光下斑驳的树影，看青青的树叶在风中闲闲地飘。这时，一种遥远的记忆似乎从远方缓缓而来，轻盈地撞击心壁，推开蒙尘的岁月之门……山村的槐香啊，便再一次扑面而来，充盈我生命的整个空间。

五月，又是槐花开放的时节，故乡的路口，那棵盛载我记忆和思念的古槐是否又在唤我归去？清晨的朝霞里，母亲是否又在踏露采花？那长长的竹竿，声声敲击的可是母亲对儿女长久的牵挂？

幼年，故乡的槐花如雪，洁净的小院里，时时飘着炊烟与槐花的混合芳香。当早晨的第一缕阳光越过小院的土墙，照在木格窗户上时，母亲便解下围裙，去房间取出竹篮和长竿，带我到村外的山坡上采摘槐花。远远的路口，有牵牛的儿童对我们回首轻笑，竹制的背篓里插满折断的新枝，枝上挂着一串串沾着水珠的槐花，鲜洁如玉，孩子的背篓在晨曦中渐渐远去。我蹲在母亲的身后，静静地看那一朵朵繁茂的槐花从母亲的手指间滑下，一点一点填满篮子，香味从指缝间缕缕盈出，并不灼热的风滑过我的脸，那时，我的心也香了。

太阳一竿高了，牛早已拴在槐树下，悠闲地嚼着新割的青草。空气里裹着若隐若现的香味，抬眼看过去，到处是白茸茸的花朵，晶莹剔透，软软地，让人赏心悦目。孩子在树下唱着歌，传得很远，虽然不成调子，却透着快乐。不知什么时候，村口突然窜出来一只黄狗，活泼泼的，与人厮磨、咬拽，跑前跑后，时不时又低下头嗅嗅地上落下的散花，或者用嘴咬着一两根枝子，亲昵地凑过来，落在人的脚前。坡上清脆地传来女人的叫唤，孩子听得真切，回过头看看太阳：还早着呢，没到吃早饭的时间。于是，又自顾自地玩着，就是不愿搭一句腔。

母亲的竹篮已经满了，地上还堆放着几束新枝，拾起撒落在地的朵朵残花，我帮母亲扛着竹竿，高高的槐树下，母亲的影子被拖得很长很长……阳光在母亲的发间温柔地跳跃，路边的树叶青青的，有节奏地上下摆动，尚未来得及隐身的露水珠，怀抱着一个个太阳，树林深处金光点点，让人恍如梦中，美丽而又迷惑。这个平常的乡下早晨，在村庄的小路上，我与母亲一前一后地走着，心里少有的安宁和感动。我默读着母亲的不易和艰辛，生命里便多了一份回报的意识和掩藏的深情，于是，我记下了一切，关于那个早晨的内容——阳光、槐花、母亲。

槐花落尽了，羽状的叶片开始覆盖树干的时候，母亲便晾制槐花。那是一个精细而复杂的过程，稍有疏忽，花就烂了。母亲一遍一遍地挑选朵大洁白的槐花，放在开水里，烫过的花蜷缩在一起，像枯干的竹叶，挪到阳光下，会有一种淡淡的清香，夹杂着一些不易觉察的土腥味。母亲说：再过几天，如果不霉的话，就可以撒上一些糖精，干制的槐花就成了，像米虾似的，晶莹浓香，“即使不吃，看着也有味道呢！”听着母亲的话，我就觉得口中真的有了虾味。

到了冬天，一碗咸肉蒸槐花就成了我们许久的盼望。随着母亲揭开锅盖，一屋子的浓香，土墙草舍里，飘荡着我们兄妹的欢声笑语，朴素的日子，因为母亲的用心调理而有了情调，冗长的岁月里有了温馨和爱。

母亲老了，随岁月老去的还有那些槐树。家乡的小村里再没了当年的纯净和热闹，故乡的槐花啊，它的馥郁甜香，到底没能留住那一个个当年置身树下的农家少年，伴随着记忆与怀念，他们都走出去了，开始了另一种人生。

（原载 1999 年 11 月 15 日《宁波教育报》）

故乡栀子

又是栀子开花的时节。我独自走在异乡的土地上，嗅着来自空气中淡淡的花香，心里悄然滑过一种叫思念的东西。

故乡的小院里，那株生长了几十年的栀子树，是否仍如往年吐蕾开花了？真想回去看看。这些年，为了生存，我像一尾游鱼穿梭在城市的大街小巷，几乎忘记了生命中原有的梦想，忘记了家的温情和那站在栀子花下多年守望的母亲。

小时候，常记得母亲坐在小院的阳光里，周围是她大大小小的孩子守在膝前。有风吹过来，带着浓郁的香味，母亲似乎很快乐，脸上充满着一种年轻的光辉，她不紧不慢地从栀子树上采下一朵朵洁白的栀子花，然后一个一个地戴在我们的头上。母亲总认为栀子花是一种洁物，可以避邪祛灾，每年春天，我们都要戴一个整季的栀子花。我喜欢母亲的那份细致与认真，每每抬起头，总看见太阳底下母亲脸上细细的绒毛与微微的汗，那时候，我感到心平静而温和。

我常常在每个清晨给邻居送花，每家每户地跑，一点也不觉得累，倒是有一份快乐涌在心间。花从母亲粗糙的手上剪下来，放在围兜里，沾着露珠的花是那样洁白，又是那么柔嫩，我甚至不敢用手去摸，怕碰破了那一层如粉如珠的肌肤。就在那一个个朴素平静的早晨里，就在那一缕缕馥郁浓香的枝柯间，我懂得了对生命的爱与珍惜。

伴着童年的梦想，我们渐渐长大，不再需要母亲的栀子花，青春的心如放飞的风筝走得很远，校园五彩的生活几乎使我们忘记了以前的岁月，不再那么眷恋家乡的小院。母亲依然开着她的小窗，窗台上放着盛有清水的玻璃杯，里面插着三两朵栀子花，等我们回家的日子里，花已枯萎了，清水依旧。于是，每一个梦里、醒着的清晨，心里都留有花香与那岁月一样厚重的母爱。

好几年了，我没有再回去，一直生活在外乡的土地上，我如那些行色匆匆的路人一样，奔走在水泥与石灰的建筑间，心少了一份纯真，多了一份疲倦。身边有来来往往的车辆与行人，尽显城市的繁华，置身如此热闹与忙碌之中，心却渐渐空了，孤独了，原来我只是过客。

一样的天空一样的风，可心情不一样，暖暖的阳光下，我背负着思念站在路口，对面的楼层敞开着窗户，我看见晾晒在那里的五颜六色的衣服，在春风中悠闲地飘动，那才真是一片家的风景啊。我的心突然地因眷恋而被牵得隐隐疼痛，我想：我该回家了。

回家看看当年的小院，小院里已老去的栀子，还有母亲。

（原载 2003 年 5 月 9 日《宁波晚报》）

山冲·水渠·豌豆花

劲冷的风里，豌豆的第一朵花开了，羞怯地匿身于缤纷的枝蔓中，若隐若现的，香味淡淡的，找不着痕迹与来路。当阳光深了、暖了，白色蝴蝶样的花瓣便一朵一朵地开得繁茂和热闹起来。

白昼渐渐长了，晴空里传来清悦的鸟鸣，田园里的豌豆藤碧绿一片，簇拥着繁花在阳光下放开手脚肆意地生长着，每一株豆蔓都充分展示了它攀援的技巧，将触角伸向垅埂上的杆状植物，慢慢地一点一点地向上爬行，直到把整个垅头埂尾染成一道翠绿欲滴的屏。于是，蜂儿、蝶儿都争先恐后地飞来了，挑野菜的小孩儿拎着篮子也来了，驻足地边，弯腰撅腚地看，瞅准了一只正舞在花蕊里的精灵，悄悄伸出两只手指，近了，猛一下捻住，那一双振翅欲飞的翅膀便捏在小孩儿的手里。阳光下，孩儿小小的、稚嫩的脸上渗出一层细细的汗珠，兴奋得手舞足蹈，挽起竹篮，飞一样地跑去，山冲那边有他的伙伴。

故乡的田野不是那种一望无际的平原，而是参差不齐的山冲，冲与山之间落差很大。山包不高，大大小小连成一片，中间是狭长的空地，谷谈不上，只能说是山冲，冲冲相连，有着相似的景致。带子一样串起冲的就是那一条条小小的水渠，水质清纯，一如山妹子的天生丽质与多愁善感。每年冬天，村民都要一条接一条地清理渠底的杂草与淤泥,四月的雨水一到,水渠灌满的就又是大家一年的希望。也许是易侍候、不娇养的缘故,水渠两边植的都是清一色的豌豆,有个立脚的地方,不用浇水,豌豆也能囫囵着挺直身子长起来。一方水土养一方人,家乡的冲头山尾平实无奇,祖祖辈辈的冲里人过着自足而温饱的生活,鸡犬相闻,人情醇厚,倒也其乐融融。

青春的风,明晃晃地落在水波上,一蓬蓬的豌豆藤温温婉婉,连绵着沟边垅头,一朵朵的豌豆花,悠悠颤颤,晃花了人眼,映亮了天边。家乡狭长的山冲里,豌豆就这样生长着,青春着,伴着清澈的渠水一路抒情下去。岸上的水田里,男人光着脊背劳作,阳光撒在水里,碎碎的堆金堆银,山妹子就在冲的那一边,手里拎着香喷喷的荷包蛋,用草帽遮住眼睛,轻轻唤一声"哥哥",蜜一样甜进了哥哥的心尖里。

半月后,豌豆的花稀了,却添了一只只小小的青豆荚,怯生似的,在绿叶里探头探脑,身子弱得让人怜惜。过不了几天,它就挣足了劲,吸收着阳光与营养,仿佛突然间长大了,像一个愣头小伙子,让你惊喜中透着满足,也透着不相信。谁家的小孩牵着母亲的衣角下田了,一转眼的工夫,孩子不见了,母亲站在埂上扯着嗓子喊,可就是没有半个影儿,老农牵着牛蹭过来帮着寻,却发现小孩稳稳地坐在豌豆的垄沟里,身边是一小堆生生嫩的豆荚。半年的希望与收成打了折扣,老农心疼得不行,啧着嘴想吼,最终却软在小孩儿泪汪汪的眼睛里。

豌豆花开尽了,渠水仍如往日般清澈,缓缓地向前流淌着,带走了山民们一年的辛劳,送来了又一年的盼望,来年的山冲里,一定又是好一垅的豌豆花,开得招摇,开得灿烂。

(原载 2003 年 5 月 28 日《中国教师报》)

有树，真好

家门前的菜园边有几棵树。少年的许多时光，我就是在树下度过的，捧一本破边损页的书，靠着粗糙的树干，一坐就是几个小时。

夏天的傍晚，母亲将凉床搬到树下，我们兄妹抬来一桶井水洒在地上，当白天的暑气慢慢散尽，这个夏天的傍晚就会变得很轻松和惬意，一家人围着凉床，用笑声和快乐划过这段时光。譬如，下豆角棋，很简单的一种玩法，可因为孩子的执着与天真，争论不休，就构成了一个小小的战场，父母谁也不支持，任由我们自己玩去。累了，可以躺在凉床上，头顶上是如伞的树冠和博大深邃的蓝天，星星在树丛里眨着眼，如烛火取影，茸茸地试着你的心，这时，你会感觉睡在摇篮里，身上开满了朵朵鲜花。

有树的地方就会演绎生命，蝉在树干上脱胎换骨，挣脱生命原始的囚禁；有树的地方才会有音乐与歌唱，树梢是鸟的天堂，有风穿过的时候，连风陡然间也带了灵性，一层层翻起树叶，一缕缕送来芳香，黄昏的村庄里，炊烟在树丛中萦绕飘浮，使那矮窗有了风情，有了人声。邻家少年悄悄在树下撒泡尿，然后转身就跑，来年那块尿渍的土地上或许又会长出一株新的小树来。

有树，真好！

家乡的菜园里，那几株树极大极大，几乎遮蔽了整个菜园。春天，父亲有空的时候，就喜欢到树下坐坐，闻闻花的香；夏天，擦去一天的汗水与沉重，父亲可以静静地在浓荫下喝一杯茶；到了冬天，就让父亲靠着树，在暖暖的阳光下打个盹儿。园子里一共有六棵树，那是父亲年轻时为我们种下的，等到大姐出嫁，长兄结婚，园子里只剩下了四棵。在一个暖冬的午后，父亲把我们叫到一起说："剩下这些树归你们，一人一棵。"

剩下的这四棵树我们谁也没要，是因为我们不再需要，我们兄妹几个都像鸟儿一样飞走了，我则飞到了城市的天空，这里也不需要父亲的树。父亲的屋子空了，心思也重了，常常对着那些树发呆，不知道那些树还能用来做些什么。看着父亲忧郁的目光，我能感受得出父亲老年的寂寞，目前，陪伴他的只有这些树，树下曾经的欢乐不再。我时常想对父亲说点什么，比如生活，比如这些树，还有父亲年轻时的希望与现在的孤独，可我终究什么也没说，我天生多情，天生脆弱，我害怕自己的眼里会爬过一种叫作泪水的小虫子。

树是一种希望，父亲当初为我们植下这些树，就是为我们营造一份生活的希望。他知道他没有更多的能力为我们置办家当，只能为我们每人植下一棵树，这份朴实的愿望让人感到踏实，感到温馨，即使什么也没有，田园里还有一棵属于你的树，你的心里也一定不会再那样惶恐，那样无着落。村子里一眼望去，到处都是树，郁郁葱葱的，年轻饱满，透着生命绿色的希望。

童年的许多快乐无忧的时光随着岁月的流逝走远了，阳光依然明媚，可树下的那个读书少年不再，树还是以一种亘古不变的姿态立在那里，与我夕阳中的父亲一起，成了我心中一道永远的风景。

父亲不老，他是一棵没有年轮的树，永远年轻！

（原载2003年9月15日《宁波晚报》）

喜欢柳树

多年来，一直喜欢柳树。

喜欢在柳树下读书，喜欢在有月光的晚上在树荫里走走，或者静静地靠着树干，看旷野月华如水。

爱上柳树，说不清为了什么，是它在黑色的土地上总以一种山的方式站立？还是绿色的憧憬支撑起我少年时的一片晴空？是它盘根错节时的坚韧，抗争着季节的风霜雨剑？还是它纤丽柔媚的姿态，唤醒女儿心中的一种风情？是，或者什么也不是，谁能说得清呢？

二三月间，乍暖还寒，柳树的枝头就已萌生了点点绿意，泛着淡雅的奶黄，颤巍巍的稚嫩令人心动，柔软的枝条在阳光下轻轻摇动，拨着清洌无纹的水面。这时，栖身于树下，心里便会少有的恬静、安宁。到处是飞舞着的花絮，缠绵于风里，裹挟于足下，看着看着，心头恍然间浮上一句——初春的岁月，柳絮如潮。

有闲的日子里，与三五个知己，在树荫下一路漫行，聊一聊自己的生活，谈一谈别人的人生，再听听枝条有节奏的摆动声，这时，忍不住就想让心放开，好好地野一次，疯一次，轻狂一次，放肆一次。

还记得，中学时代，校园里有一口水塘，塘埂上分散着几十株柳树，或早或晚，我们在树下读书、沉思或者幻想，有时摘几片叶子在手中把玩，有时幽幽地望着水面，上面飘浮的片片落花，总让人想起清幽多情的古人，还有黛玉的含泪葬花……少年的心思最易为一滴雨、一缕风而情动感伤，于是，悸动的情怀中多了一点沉重，但不会长久，或许瞬间就会消失，清晨的阳光探过树丛的缝隙，照在我们的脸上，透视着生命柔韧的色泽，年轻的感觉真实而明媚。

学校里有一名美术老师，他买了一部相机。记得在春天的午后，他的身边总跟着一群要求拍照的女生，以柳树为背景，在塘埂上来来回回地照相。后来，我们班也有人去了，我也在其中。今天，再把那时的照片拿来看，发现自己竟然傻得可爱，表情严肃地坐在那里，故作沉思状，手里居然还捧着一本书，眼睛却看着别处，身后是纷纷披下来的柳条，只可惜是黑白照，如果是彩色，想必景色很美。

柳树的形态并不规则。有高高大大长得茂密的那种，树身很粗，褐色的枝干透着岁月的风雨和苍凉；也有弯曲着身子，佝偻的脊背，好似驮负了千年的艰辛和欲望；更有细细长长的那种，披着绿得逼眼的枝条，像展开的屏风，似少女的长裙，招惹妩媚；那些初插的新枝，则多了许多灵气，青青滑滑的身体蕴藏着无尽的气势和能量，长大后终成气候。

随着日子渐渐的暖和，早期的花絮早已追风而去，觅不见一丝踪影，柳树已是繁茂成荫了。当暮色渐浓，夜风初起，路灯渐次亮起，学生们便三三两两地离去，柳丛深处，跃动着夜的斑斓与寂静……

许多年过去了。生命中太多的东西，有时只给你留了一个瞬间或片断，使你在想起或走近的时候，有了一种缺憾和更多的留恋。这些年,对柳树的情结一直没有改变。

喜欢柳树,喜欢那份淡然和轻松,浓绿和柔弱,恬静和安然,今天,明天,伴随终生。

(原载2003年12月3日《中国教师报》)

遐思悠悠萤火虫

夏天的夜晚，刚刚下过雨，屋里沉闷得很，于是，一路走着，来到了这一片碧绿的草地。夜空黑沉沉的，路灯的光远远地透射过来，依稀可以看见路，我停下来，想找一块地方坐下歇息。就在这时，我看见了一颗小小的流星，剪破暗红色的夜，径直向我飞来，落在身边的一棵小树上——萤火虫，没错，是萤火虫。我兴奋地伸出手，轻轻地将它托在掌心。

算起来，我有多少年没有再见过这可爱的小生灵。城市的夏夜是繁华热闹的，看不见萤火虫小小的身影，然而今夜，在这城市的郊外，在这一片繁花绿草中，我居然与它相遇！这幼小的生命，一定是倾慕这片绿荫而来，它飞了多少的路，最后才决定在这里栖息？

萤火虫身体只有一粒米的大小，全身披着一层灰褐色的软甲，头很小巧，身体瘦长，腹下几道横纹能发出清冷的光，这光曾带给我儿时多少的快乐与惬意。夏天的夜晚，我们一群农村少年，拿一只玻璃瓶，大呼小叫地在田垄、草地上到处捉萤火虫。我们疯疯地跑，放肆地笑，月光水一样泻在身上。夏日的夜静谧、美丽，空气中飘着稻花的香味，乡村的田野里蠕动着一种欲望，萌生着生命初始的喜悦。累了，我们就坐在草丛中说话，看天，也用小手支着脑袋，长久地思考。瓶里的萤火虫已有十几只，聚集起来像一盏灯，看起来很亮，我们一边摇着瓶子，一边往回走。

萤火虫沿着瓶壁寻找着出路，它们在互相的挤压中挣扎、攀爬，希望钻出瓶口，看着它们可怜的小小的身体，在一次次的努力中跌落，碰撞，心里便有了许多的不忍，打开盖子，不舍地将其一一放出来。手中的精灵颤动着翅膀，飞了，远远地落在树丛的阴影里，匿身于茫茫夜色中。男孩子则拿着瓶子下河摸鱼，有萤火照着，河底的鱼睡着了似的，动也不动，双手拢去，鱼已在手中。

关于萤火虫，还有一段美丽的传说：据说很久以前，有一对孤苦无依的兄妹，他们相依为命。后来，妹妹出嫁了，有了孩子，难得回去，哥哥想念妹妹，就在晚上来看她。一次，哥哥在回家的路上撞瞎了眼睛。从此，伤心的妹妹便化成了一只萤火虫，夜夜照着哥哥行路…… 于是，后人传吟：萤火虫，打灯笼，照舅舅，回家门。——虽然这只是传说，但这美丽凄凉的故事却教给了我们善良和关爱。

一年又一年，我加了一岁又一岁。这期间，我们成长、进步、文明，我们不再去捉萤火虫，也不再傻傻地笑，沉静了许多，成熟了许多，乡村的原野依然很美，只是我们没有了曾经的稚气与天真，也少了许多快乐与幻想。

如今，很难再寻萤火虫的踪迹，同龄的人恐怕也将少有忆起。我的孩子生在城市，对萤火虫只有一种概念——一个会在夜间飞行发光的小动物，具体的就一无所知了。有时，真想带着孩子回到乡下，让他也在我当年奔跑过的土地上寻找那一粒小小的萤火。

夏夜，那一只小小的精灵穿越岁月厚重的雾霭，在我的心头温柔地跳跃，我真的希望窗外有一颗流星翩然划过，伴我安然入梦——梦回童年，梦回故乡……

（原载 2003 年 7 月 16 日《宁波晚报》）

家乡的糯米藕

又是鲜藕上市的季节，菜市场上到处可以买到那种泛着铁锈白的嫩藕。可是，买上一两节回家尝鲜，却再也吃不出当年的味道了，那种黏黏甜甜的感觉，只有家乡的糯米藕才有。

年少时，每到采藕时节，母亲都要做一些糯米藕让我们解馋。一大家子人围着一张小方桌，桌上放着刚刚出锅的糯米藕，丝丝缕缕的香气便在屋子里弥漫开来。母亲一人一块地分下去，最后往往还剩下一些，母亲便全倒进了父亲碗里，而父亲又把夹到我们碗里，我们心疼父亲，又放回去，这样推来让去，直到藕都凉了，母亲发话："吃了吧，再不吃我可要生气了！"这时，我们才拿起筷子，一小口一小口慢慢地吃，那种绵甜淳厚的味道至今想起来还觉得满口余香。母亲坐在一边，笑眯眯地看着我们吃，这时候，最满足的人不是我们，而是母亲。

糯米藕是家乡的一道菜，它有着绵、软、甜等特点，因此，谁家办喜事都少不了它。其实，它的做工并不复杂——只是将新鲜的藕去皮后，洗干净，切去头盖，塞进拌有红糖和香料的糯米，再用牙签封住头盖，不让糯米流出来。放在锅里用温火慢慢地焖，等你嗅到一股甜味，香喷喷的糯米藕也就做成了。母亲擅长做菜，无论什么菜,只要经过她的精心调理,味道就不太一样,尤其是糯米藕,同是一种做法,别人家的,吃起来却硬邦邦的,少了那种入口细腻滑爽的感觉。每年冬天,母亲都要准备一些干柴,用来烧炉子。到了年边,家家户户都要做一些糯米藕或藕圆子存放着,母亲也一样。那些日子,我们一边吃着母亲烧的小火锅,感受着家的温暖,一边学着母亲的样,将那一节节已煮熟的糯米藕放进滚烫的汤水里……伴着那翻腾的沸水与香气,我们渐渐长大了。

现在,已有很多年没有再尝过家乡的糯米藕。母亲托人捎过两次,千里迢迢的,到了我这儿,早已不能吃了。当我将那包得严严实实的包裹扔进垃圾桶的时候,心里便会涌起一份愧疚与无奈:我那可怜善良的母亲,怎么就想不到这些呢?

生活就是这样,留在记忆中的永远都是美好的。其实,吃不吃无所谓,重要的应该是一份真情——那种亲情的欢乐至今让我怀念,还有小方桌边那一分实实在在的、暖暖的温馨。

(2004年5月14日,写于宁波日报社)

山村的土戏台

在故乡，最有名气的便数黄梅戏，其次好像是庐剧、淮剧等。“戏院”离我们村不远，也就二三里路，所谓“戏院”，那是当年队部大院里临时搭建的土台子，有半人多高，台上高高地挂着蓝色布帘子，算是幕布，戏班子演员似乎很卖力，但行头比较简陋，只那么几套服装，反反复复地穿。

正月时分，我常拎着小板凳，随村里那些穿黑色大襟褂的老奶奶一起出来看戏，那时戏票大概只卖到5分或者一毛吧，小孩子不需买票，只要跟着大人就能进去。记得，那些年来得最多的是一个庐剧班子，班子里有一个姓黄的女主角，娘家就住我们邻村，这时候，有些乡亲的戏票就不用再花钱买，女主角的娘逢着那些老熟人就送上一张，满脸溢着笑，拿到薄薄的一张粉红色纸片的人儿，光彩得跟什么似的，觉得自己有了多大的脸面，早早进场找个靠前的地方，一边候着一边闲闲地唠着嗑。这样悠闲的时光一年也就那么两三回光景，忙碌了一整年，只有这个时候，爱热闹的乡亲才能歇息几天，邀上同村的妯娌、姐妹，拖上一两个孩子，一起出来看戏。

对看戏，我是没有耐心的，村里面的小孩儿大部分也和我一样,台前台后地跑,我们经常钻到后台看演员化妆、挂胡子,那些花花绿绿的衣裳,倒是令我们羡慕了好久,眼馋了多少年,还有演员发髻间佩戴的亮晶晶的假坠子,令我们惊叹不已,回去后自己也仿效着动手来做,将长长的鹅毛管剪成数节,用线串起来,再用一根铁夹子夹住,吊在辫子上晃来晃去,觉得美极了。

演得最多的有那《张万郎休丁香》、《狸猫换太子》、《王婆骂鸡》、《小辞店》之类,一般一天演一本,一出戏通常有五六本,有时十几本也不一定,就像现在的电视剧,一集一集的,看了上一集便不忍割舍下一集,那十几天内,乡亲们是每天都要来看的。《休丁香》好像每年正月都要上演,而且都是压轴戏。说的是心地善良的郭丁香,在父母的包办下,嫁给了不务正业的张万郎,而张万郎薄情寡义,喜新厌旧,狠心地休掉了可怜的丁香。丁香再嫁后,荣华富贵,张万郎却遭到上天报应,突如其来一场大火,家产被烧光,两眼被烧瞎,从此沦为乞丐,及至一路乞讨到丁香门前时,张万郎羞愧难当,投河而死。记得,每当演到可怜的丁香被狠心的张万郎赶出家门时,台下的老奶奶们便一片唏嘘,用衣角不停地擦着眼泪,长时间沉浸在戏里不能自已,虽然这出戏她们早已看了好多遍。

记得最清楚的是那次演关于岳飞的戏。其中有一节,岳飞被皇上金牌召回后,秦桧又诬陷岳飞要造反,并把岳飞关进牢里,严刑拷打……看到这里,台下乡亲气愤不已,大声叫喊,连连催促:"岳飞快跑!快跑!"其中有一老农居然腾地站起身来,抄起板凳,直蹿到台上,叫着骂着:"打死秦桧你这狗奸臣!"当时台上台下一片混乱,饰演秦桧的那位演员吓得躲进幕后,迟迟不敢出来——想来真是荒唐可笑,不过,也由此可见农民的纯朴、憨厚与善良,他们懂得正义,憎恨邪恶,胸襟可谓光明磊落,一片赤诚。虽然是看戏,但他们却早已将自己置身戏中,与戏中人同悲共喜,不分你我。

对于戏曲，我只喜欢黄梅，黄梅曲调悠扬婉转，听起来清脆悦耳，就像一串青春的风铃被晨风拨动，明月清辉般掠过心尖，说不出的美丽。小时候，我不但喜欢看黄梅戏，自己也爱唱，早早晚晚总是哼哼着。淮剧太土，咿咿呀呀的，有时候我听着听着就倚在奶奶身边睡着了，一觉醒来，戏也已经散场。

一转眼，就是几十年的时光，如今，整天忙忙碌碌的，我再没时间与心情看戏。过去的岁月，有时想起来就像一场梦，遥远而又恍惚，但却又那么真实，那么快乐！真想再回到当年的土戏台旁，认真地听一回家乡那土得掉渣的庐剧，看戏台上出演那一场场被简约了的人世悲欢。

（原载 2006 年 8 月 12 日《宁波晚报》）

乡村五月

五月的农事赶着人呢！天一放亮，路上就有人影在动，田埂上绿草浅浅的，光脚踩在上面，有一种温软的舒适，却也透着一股凉凉的后劲，没睡醒的孩子揉着眼睛，在母亲的催促声中慢腾腾地牵着牛出了门。渐渐地，太阳爬上了山坡，田野被灿灿的阳光一道道剥开，露出厚实饱满的胸膛。

男人早早扛着犁下了田，脚步急匆匆的，迎面见了人，随便搭上一句话，另一个声音就响应着，淡淡的，朴实本色极了，或者一声不响甩过一支烟，对方也不客气，弯腰拾起来点上，抽一口，又埋下头各做各的事。水田里漂浮着一层稀薄的铁锈红，软绵绵黏糊糊地印着人的腿肚子，那是沤在田里腐蚀的红花草，太阳一照就成了这样的颜色。下田的女人用废弃的袜筒包着腿，担心那水锈污了皮肤，回家后取下来，在河里搓几下，晾干后接着用。

阳光直直地泻下来，田里的水已没有了刚来时的那样凉，有了甜酥酥的暖意，痒痒地试着人的心。这时，就有荤话从田那边传过来，远远地隔着几道埂，这边就接应开了，乡下人不懂婉约，坦露的粗糙中也道出了一份真情，纵情的笑语里却掖着焐熟了的心愿，在太阳下变成一支歌，从这头飞向另一头。说笑间，男人的心思忽然就热起来，抽空偷偷瞅自己的女人一眼，目光里有了怔忡与游移，于是，就有人打趣："快看哪，山虎想媳妇想得厉害，那眼睛还能瞒得了谁？"女人嗔怪地呵骂一句"没正经"，可心里却甜着呢！风，活泼泼地走来，吹得笑声满田埂都是，蛙鸣也来赶场，密集成一片，仿佛远远的潮汛轰鸣着汹涌而至。

村里的槐树开满了花，白玉样的花束团团簇拥在一起。树下有小孩举着长长的竹竿打槐花，身边的篮子早已满了，地上稀散着一粒粒碎花与残叶。冷不丁树丛里钻出一只狗，跑前跑后嗅着地上的花，撒娇般咬拽着孩子的裤管，在身边蹭来蹭去，赶也赶不走。一家家的门都敞开着，里面飘出一缕缕米饭的芳香，桌子上摆着几个精致的小菜，还有一瓶酒。女人解下围裙擦擦手，满意地看看桌上，然后不紧不慢地走出来，站在村前的高坡上，响亮地唤一声："吃饭啰——"田里的男人听得真切，抬头一看：哟，太阳偏西了！看看别人，仍不见有收工将歇的意思。水里的人影一阵晃动，男人走上田埂，将衣服搭在肩膀上，望一眼田里的活计，朝村里走去。

响晴响晴的日子里，家家都忙死人，日子好过了，心情也爽朗，邻与邻之间的人情味总是那么浓浓的、足足的，偶尔拌几句嘴是常事，不消一根烟工夫就忘了。一年四季，村子里的人就这样过来了，忙得津津有味，从容不迫，也忙得满足踏实，有成就感，看着嫩绿的秧苗儿在自己的侍候下，一点点地就长成了饱满的谷子，心里那个暖和就如同搂着炕上的媳妇，说不出多惬意。

月亮一竿高了，堂屋里的灯亮着，路上还有三三两两收工的人，边走边说着话，找岔儿落在后边的，准是一对恋人，避开人悄悄亲热着。牛就拴在村前的大树下，悠闲地嚼着新鲜的青草，小孩儿为长辈打来洗脚水，端来矮凳，然后躲出去玩。空气里飞着淡淡的花香，树叶因照了一天的太阳，此刻正绿得能掐出水来，飞蛾不时地飞来扰人一下，遂又疾速地飞走……

乡村的五月走远了，可感觉就像昨天，布鞋上仿佛还留着湿湿的青草味与露水的痕迹，眼角仍残留着浅浅的睡意，清晨的矮松树上那一层层网状的雾，好像还凉凉地贴在额头上，湿了头发却醒了精神。当年赤脚走在山路上的情景以及乡村里一些平常的人和事，就这样定格在我少年的记忆里，并将随岁月一起永恒地珍藏在心灵的深处。

（原载2004年9月10日《宁波晚报》）

小镇风情

小镇很小,只有一条青石铺就的街道,窄而长,石上两道车辙深深地积着水,让人浮想它的年代久远和当年作为古驿道的繁华,几家老字号的店铺,依然是古旧的铜招牌,水渍和青苔斑驳地爬满墙壁,透着岁月的痕迹。

初夏的早晨,刚刚出山的太阳照在从深墙宅院里探出来的古树上,眩目耀眼,年轻的女人拎着篮子从院墙下走过,鞋跟悠闲地叩着青石路面,不紧不慢地折进厚重的木门里。空气里飘散着一种油炸的香味,那是小镇上的点心铺开始炸油条,三三两两的人等着,拿到油条的,用纸包着,放进篮子里,打声招呼先走了。余下的仍很有耐心地守着,有一搭没一搭地说着话,店家的笑脸隐在油烟后面看不分明,却觉得亲切和温暖,小镇慢慢地热闹起来。

赶早市的乡亲挑着担子,急急地奔小镇而来,一路上怀揣着希望:卖了好价钱,该给女人扯一条裤子,要那种水洗呢的布料;还有孩子,个头早已窜至父亲的腰际,身上还是那件小时候的旧汗衫……临近小镇,狗吠的声音变得密集,红兜绿裤的小孩儿在路边跑来窜去,边嚷边闹,来不及过多注视,小小的快乐的脚步声又急急地远了,好一群可爱的小精灵。

小镇西首的青龙河，早已退了喧嚣的激情，温顺地在小镇外拐个弯，向东而去，两岸的树木碧绿清新，像被雨水洗过一样，静静地等待着什么，桨声单调，渡船里红红黄黄的伞，一起静默在青青的河面上。镇上的孩子早先都听过老一辈关于青龙河的传说：河底有两条青蛇，其尾交缠，其首箍住小镇，待它们长至两首相接，由蛇变成龙时，这里遂成一片汪洋……每每听完，小孩儿们一脸惊恐，不过长辈及时安慰：等蛇长成龙要好多好多年，有一千一万年那么遥远，你们这辈子不会遇到。于是，释然。

下雨的日子里，小镇很静，行人也少，不需要撑伞，尽管让小雨滋润好了，脚下的青石光滑温润，雨点像洒在荷叶上，晶莹地滑动，又像是落进沙地里，无声无息。敞开的门里传出说话声，若远若近，淡淡的听不真切，又似老友相逢时的笑，近在眼前。没有风，懒懒的烟爬过高高的围墙，渐渐消散在青灰的天空里。

一个人走着，在这样窄的街道，两边是厚重的风火墙，幽长的青石道，恍惚间突然成了古人，独自享用这份清静。一袭长袍，踏着木屐，清润的足音由近而远，一切都虚无，一切都缥缈，渐渐淡入雨雾中的楼台……小镇千年的时光，顷刻间在眼前浓缩成一幅岁月的长卷，其间风土人情，悲欢离合，犹如千帆过尽，给后人留下这一份幽幽的思古心绪。那一刻我分明听到有声音在唤我的乳名，那声音亲切、细微而又遥远。

小镇走过了悠长悠长的岁月，真的已不再年轻，镇上的人们踏着青砖，在日子与日子间讲叙着小镇的过去与现在，一代一代，永不间断。

（原载2004年6月19日《宁波晚报》）

第四辑　七彩梦幻

情系童年

记忆从弯弯曲曲的小巷里流淌出来，弥散于我平静而迷乱的心空，踩着昔日的小径，我走进过去的无忧岁月，采回童年的串串笑语。

穿着开裆裤、光着脚丫子的年岁，我便在故乡古老的小村里和儿时许许多多的伙伴一起撒欢、追逐，一路上紧跟着、相陪着卖零食的小贩，直到小贩的零食卖空了，推着吱呀响的车子出村走远，我们才扫兴地回来。迎面往往会撞见货郎，“叮咚叮咚”响地摇着货郎鼓，那时，我们便又会一拥而上，嘻嘻哈哈地跟上去，这里摸摸，那儿看看，红红绿绿的头绳紧紧地牵拽住我们童稚却好奇的目光，不忍放手，直到人家担起挑子，吆喝一声：“走哇！”我们才不舍得似地悻悻地折回身。可不一会儿，刚才的不悦就一扫而光，大家又在小村里互相打闹，追赶，或者捉迷藏……跑得实在累了，就坐在村前的大槐树下，有一搭没一搭地说话。结巴子小扁趁这空档开始一个劲地夸他外婆家的红苹果——小扁的外婆住在村外的镇上，摆着一个地摊，零售一些水果和小菜，有时也会来看小扁。因此，外婆成了小扁在伙伴们面前骄傲和炫耀的资本，也许是受那梦想中苹果的诱惑，大家一起歪着头，围坐在小扁身边，以不相信的神情望着他。这时，小扁并不看我们，扬着脑袋，咂着嘴唇，仿佛那香甜的苹果就在他的口袋中装着似的。过了好久，大家从小扁的神情上窥探不出一点儿破绽，于是，一齐就都羡慕极了。

夏日的午后，我们更是来劲了，避开午睡的大人，相互推搡着奔到村外的小河里洗澡。河水润凉，浸在滚烫的身上真舒服！我们乐啊，笑啊，可到底还是不敢下到河水深处，只用两手抓住河边的柳树根，将半个身子浸在水中，打着水花。即使如此，却也不敢玩过了头，倘若忘了时间，被午睡醒来的大人发现，将是大祸临头，大人会毫不留情地扒下我们的裤子，用细细的柳条在屁股上猛抽，并且绝对不许哭，哭一声便要罚跪。但这样不幸的遭遇很少，我们玩够了，就从水里爬起来，坐在太阳底下晒，等头发衣服都干了，大人从身上划不出道道也就过关了。这时，我们就可以悠闲地待在树荫下打包，一种纸做的四方形的包，背面算输，正面算赢，打得浑身出汗，心中却无比欢悦，任妈妈在村前喊哑了嗓子，就是不肯搭腔。

有时，我们也会趁人不备，爬过矮矮的墙头，钻进人家的后院，用一双沾满灰尘的小手，去抓坛中腌着的咸豆角，藏进裤子的荷包里。路过前门时，怕被主人发现，就用手护住那被汤渍濡湿的一大片，一边急速地走开，一边悄悄用眼角的余光朝门洞里张望。然后，找一个无人的角落，开始肆无忌惮地大吃起来，直吃得满嘴渍迹、唇边发白，也全然不顾。口渴了就去塘边捧几口水喝，吃饱后又撒着欢儿在村前屋后奔跑。碰见卖香瓜的，伙伴们就呼啦啦一下齐围了过去，成半个圆圈，傻傻地守在盛瓜的篮子边伸长脖子看，先啧啧称好，轻轻摸几下。瞧得久了，胆子也大了，趁卖瓜人不备，抱起一个香瓜，撒腿就跑，急得卖瓜人又叫又骂，却不敢追上来——怕追离开时篮子里的瓜要被孩儿们全拿了去，而偷瓜的人则常常是提心吊胆，没命地跑……童年的我们就是这样，整日傻傻地玩，傻傻地笑，在每间熟悉的老屋里穿梭戏耍，丝毫也不知疲倦，常常是弄得一身汗水一身泥，回到家，妈妈心疼得很，脱下衣服又是埋怨又是叹息。

落叶飘尽了，河水渐渐地凉了，我们不再跑到小河里洗澡，也不再爬过矮矮的篱笆墙偷吃坛中的咸豆角，这时，我们会不声不响地坐在门槛上看天，专注的神情含着梦的期待……

如今，我们都长大了，各自走向了远方，去陌生的城市感受百味人生。尽管，时日久远，可我并未忘记那脆生生的豆角，那黄灿灿、甜润润的香瓜，并未忘记小村里那一份份纯洁明亮的快乐和心情……一切的记忆并未随岁月的流逝而出现丝毫的褪色，却是日渐清晰，日渐难忘。

（原载《语文新苑》杂志1993年第四、五期合刊）

远逝的乡情

童年的我，从六七岁开始，便和许许多多的伙伴一样，常拎着竹篮在田埂、山头上打猪草。赶上红花草花开时节，便逗留于田埂。偷一两把红花草是不犯罪的，即使被村里的大人发现，顶多呵斥几声，并不认真追究。这样偷偷摸摸着，篮子很快就满了，可也并不急着回家——田野里到处是阳光和清风，站在天底下，看青青的山，绿绿的草，还有远远近近的人群，心里盛的全是美丽和快乐。

不远处，驼六爷吆喝着牛儿朝这边走来了，我赶紧让到一边。驼六爷其实根本不驼，只是一只眼睛蒙上了一层水雾样的东西，样子很凶，平日我们都怕他，也恨他。驼六爷走近我身边，朝我的篮子里使劲瞅，以为我又偷了他家的红花草。我生气地将篮子避到身后，并不理他，他看不出什么，朝我瞪了一眼，然后赶着牛下了田。

已近晌午，收工的人们都已陆续回去，只有驼六爷还在没命地抽打那头瘦骨嶙峋的老牛。在驼六爷震山响的鞭子下，那牛终于倒了下来，嘴里吐着一大团一大团白色的唾沫，呼呼地喘着气，像是要死了。我走近前，却看见牛的双眸里噙满了泪水，正哀求地看着驼六爷，目光里全是痛苦和无助。驼六爷高举着鞭子，使劲地抽，大声地吆喝，没有一点怜悯与同情。牛扭动着身子，又跪在驼六爷的脚前，依然流着泪……

我哀伤地看着那头瘦伶伶、皮早被抽裂开露出鲜红血肉的老牛，泪水禁不住簌簌而下，我在心里恨死了驼六爷，千万遍地诅咒着他，我发誓要拔掉他那刚刚出土的黄豆芽，让他那颗吝啬的心好好去疼。

过了许久，那头衰老的牛终又在坚硬的皮鞭下挣扎着站了起来，拉着沉重的犁铧，一步，两步，三步……头抵着地面，身子佝偻成一团，在黑色的土地上艰难地蠕动。当老牛走过我身边的时候，我的心阵阵发抖，我再也顾不上什么，将那满篮子偷来的红花草倒在了它的面前……

没过多久，那头牛终于病倒了，整日躺在牛棚里什么也不吃，只是睁着那双无神的眼呆呆地看着栏外。终于有一日，老牛的眼里好像有了生机，精神也好了许多，它开始缓缓地站起来，挣扎着走到塘边喝水，回来的时候，老牛走上了村前土坡，抬起头静静地看着远方，那里有绿色的田野，有悠悠的清风，有它生活过、耕耘过的土地……老牛流着泪，一直站着，迎着西风，迎着那斜沉的夕阳，长久地伫立着，再也没有回过头——老牛死了。

许多年过去了，生活中许许多多的事都已随时间远逝，而童年那满篮子的红花草和老牛那双无助的眼睛却一直在我记忆的长河里若隐若现，使我纯净的心灵时时压抑和疼痛。终于，今天，我用手中的笔，将昨天那不曾逝去的情，记载在这片洁白的天地里。

（原载 1995 年 5 月 25 日《安徽人口报·月末版》，并被选入中国妇女出版社 1995 年 7 月出版的《碧榭听歌》一书）

半篮桃子

七岁的那年初夏，姑姑给了我半篮桃子，让我拎回家。出门的时候，我数了数，一共十二个。

我拎着篮子，沿着窄窄的田埂向前走着。五月的原野到处是一片葱绿，风暖暖地吹过来，带着新禾与青豆花的味道，田野深处，有一种生命初始的悸动。我不紧不慢地走着，前面是一条水沟，穿过去，再翻一个小山包，就可以看见自己的家了。

我停下来，轻轻揭开篮子上的红布，此刻，我知道自己最想做的是什么。当我的目光掠过那一个个成熟的、白里透红的桃子时，我听见自己咽口水的声音。周围一个人也没有，我的手悄悄滑过桃子，一个，两个，三个……整整十二个，我的手一个一个又一个地滑过去，触摸着，轻捏着，却一个也没有拿出来。我用力地舔了舔嘴唇，然后重新盖上那块布。

夕阳像一枚鲜红的图章悬在山口，执着地停在那里。我继续上路，水沟被我远远地甩在身后。我一路盘算着，家里六个人，除去父亲不在家以外，每人可以分两个，那么还剩两个，这剩下的两个怎么办？给谁？留给父亲的话，恐怕会烂；妈妈不会要，她不舍得多吃；五哥呢，似乎也不会……我摸摸已经有些发干的嘴唇，最后决定:现在吃了它。

我蹲下来,将篮子放在田埂上,夕阳的光辉照在那一个个泛着诱人色泽的桃子上,每一个都是那么可爱,每一个都是那么强烈地引诱着我,我感到胃在收缩,在蠕动,口水再一次不可抑止地爬上来。我抓起一个桃子,在裤子上蹭了两下,就放在嘴边,可我只是闻了闻,又在迟疑中放下了。

我拼命抑制住自己的渴望,可目光就像一只只贪婪的虫子,不停地在篮子里游来游去。记忆中,我吃过一次桃——四岁那年,妈妈去城里卖豆角,回来的时候买了一斤山桃,个头很小,外面有一层青色的茸毛。远远的,妈妈就举着手中的布包,我们兄妹欢笑着一齐拥过去。饭也吃不饱的时代,我们唯一地奢侈了一次。

翻过山包,我看见了家门口的那棵洋槐,村口有小伙伴快乐的吵闹声随风传来。一路上,我不停地走走歇歇,短短的路就这样被我迟缓的脚步一点点地拉长——直到夕阳沉入谷底,直到风中有了凉意。

篮里的桃子,被我捏得软软的,一次又一次地拿出来,又一次又一次地放回去,最终我一个也没有吃。不是我不想,而是我觉得不能,不舍得,我吃了一个,就意味着少了一个,尽管没有人知道,也没有人会责怪我,可我心里不愿意。

因为爱,我不舍得,又因为不舍得,我明白了心中的这份情,爱有多深,情有多沉,我无法计算,我能计算出的,只有篮子里温暖地躺着的那十二个桃子,还有一个七岁孩子眼中的渴望与忍耐。

回到家,妈妈按照我的安排,每人两个。当我从妈妈的手上接过那两个熟透的红桃时,心里有一股热热的冲动和幸福。我坐在哥哥姐姐中间,一小口一小口、轻轻地咬着,甜甜的桃汁沁入心底。

多少年以后,我还无法忘记那个黄昏,无法忘记那个拎着篮子徘徊的童年,贫穷的岁月没有让我学会贪婪,学会自私,倒是让我学会了珍惜,学会了爱。

(原载2002年6月14日《宁波晚报》)

那件白毛衣

那是上小学一年级放寒假的日子里，下了好大的雪，纷纷扬扬的雪花漫山遍野，村庄、树木、山坡都被埋进厚厚的雪里，屋檐下挂着一尺多长的冰凌，老人与孩子抵不住寒冷，都偎进被窝里，路上几乎看不到行人。

我穿着一件旧棉袄，那是哥哥捡姐姐穿过的，后又轮到我身上，已经没有多少样子了。穿在身上，感觉很冷，里面像空的一样，我一个劲喊冷，手脚冻烂了，脸也冻坏了。父亲见我实在熬不住，咬咬牙，给我买了一件白毛衣。

纯白柔软的绒线毛衣，在那时的农村是极稀罕、极珍贵的，紫红色的金丝线镶着薄薄的荷叶边，又深又大的口袋缀着两个红色绒球，一晃一晃的，非常活泼、好看。我乐得眉开眼笑，用手摸了又摸，看了又看，可就是不舍得穿它，我把它小心地折好、叠平，压在箱子底下，等待着春节后新学期开学的那一天再取出来。

我家穷，兄妹共六人，贫苦的日子使我们自小养成了节俭的习惯，从不浪费一口粮食，衣服也是老大穿过了，老二接着穿，一直到破得实在不能用了，才把它拆开，用来缝补其他衣服。父亲平日爱吸烟，七分钱一包的大铁桥，也不舍得买，有时在天擦黑前偷偷在路边捡别人扔掉的烟头，回来用纸卷着抽；父亲也爱酒，很爱，平日里不见父亲喝，只有到了春节，他才喝几杯，那年春节，父亲没有喝酒，父亲说："酒会伤身体，不能喝，比不得年轻时候了……"我听了，心里酸酸的，我知道：父亲省钱买了那件毛衣，怕我心里不安才这样说的。

正月十六，学校开学了。那天，我穿上那件漂亮的白毛衣，心里快活得像一尾游鱼。妈妈领着我，一路上招来许多大人的围看，他们羡慕、赞叹，手中牵着的孩子，站在一边怯怯地望着我，有的则一个劲往大人身后躲。我高高地抬着头，不可一世的样子，那一刻，我觉得自己是世界上最美丽的小姑娘，谁也无法与我相比。

学校里，同学们穿得很破旧，为此，我在受到羡慕的同时也受到了优待——他们爱和我说话，爱趴在我的课桌边仔仔细细地看我的白毛衣，老师也常常对着我笑，有时还抱着我玩。那些日子，我的心骄傲透了。记得一个星期天，数学老师领着他的女儿来到我家，面红耳赤地向母亲说明来意：他的女儿要去镇上表演一个文艺节目，没有合适的衣服，想借穿我的白毛衣。母亲爽快地答应了，临出门时，老师一个劲冲着母亲微笑，谦逊的笑容里包含着太多的不安与感激。

不久后，一个阳光明媚的日子，母亲洗衣服，我不情愿地脱下毛衣上学去了。傍晚回家，姐小声地、却带着一丝惶恐地告诉我："你的毛衣丢了。"我一惊，姐又说："是晾在外面时被人拿走的。"起初，我不信，但从妈妈的神情中我知道了这是事实。我一下子蹦了起来，又哭又喊地诅咒着那个偷去我毛衣的人，我没有心思吃晚饭，一直在哭，到了晚上九点，我才在泪水中昏昏睡去……

许多年过去了，我也长大了，衣柜里有了一件又一件色彩艳丽的毛衣，可是，我总也忘不了那件童年的白毛衣。

（原载1993年9月15日《新安晚报》）

那年暑假，在城里

每年放暑假，城里的表姑都要将她的三个孩子送到我们乡下来。母亲很宽厚，对她们从不嫌厌，待得久了，她们对乡下也有了一种特别的感情和依恋。离开的时候，一个个搂着我的母亲不肯走。直到表姑等急了，冲她们火起来，她们才拿起包，在我母亲耳边悄声说：明年还要来。

我小学毕业那年，表姑将我接过去，说要让我“在城里过一个暑假”。表哥、表姐见到我，高兴得快要跳起来，拉着我到处转。每天，只要表姑一出门，家里便成了我们的天下，我们会毫无顾忌地爬上阁楼，取出存放在里面的西红柿，常常能将一兜西红柿吃光。有时，她们还拿出家中存放多年的老酒，让大家每人喝一口，然后再偷偷地放回去。

同一条街道上，有几个与我们年龄相仿佛的女孩，常常过来一起玩。我们游公园，逛商店，跑到城外的护城河里游泳。刚开始，我不敢下水，她们便骂我胆小鬼，然后便不客气地从水里冲上来，强制性地将我按住，有的抓腿，有的抓胳膊，几个人抬着我，大声喊着“一，二，三！”“扑通”将我扔下河，然后就按住我的脑袋，不让我挣扎，也不让我沉下去，我常常被水呛得眼泪直流，却觉得十分开心。慢慢地，我也学会了游泳，并且体会到前所未有的乐趣。一有空,我们几个就溜出去,而且一待就是半天。玩累了,我们便跑到附近的工厂,找个阴凉的地方坐下来,看轰隆轰隆的机器是如何一点一点吐出那些精致的塑料制品,日子就这样在我们快活的笑声中一天天过去了。

玩得最多的,还是猫捉老鼠。长长的小巷里,一个在前面跑,另一个在后面拼命地追,没有一点女孩子的文静。撞了人,也不道个歉,一低头,便一溜烟地跑了,等到人家回过神,早就没了人影。现在想想,那时候怎么那么会跑?

那时城里的女孩,差不多每人都有一个蓝色的小袋子,里面盛着彩色的玻璃珠,鲜艳而美丽,如同一颗颗晶莹的宝石,令我羡慕不已。有一次,邻家小女孩和表姐正在嬉闹时,我悄悄捡起女孩的袋子,藏在庭院的水井盖下面,等我跑回来的时候,见女孩正哭着一路寻找而去。看着小女孩离去时无助的背影,我突然很后悔,后来我一直没取那包玻璃珠,却也没有勇气还给她,直到我离开表姑家,也没有人知道这个秘密。这秘密伴着我的歉疚与不安一直到今天。

表姑很严厉,不允许大家每天这样疯;姑父很和蔼,对我也客气,从来不发火,也听不见他大声说话,有时从外面回来,会出其不意给我们一个惊喜——每人一本书。记得最深的,是姑父带我们去县委大院里看露天电影,开映前,他一边与我们说话,一边为我们驱赶蚊子,高兴时还唱几段黄梅,在他面前,我们感到非常放松自由。

短短两个月很快就过去了,当表姑为我收拾东西,准备送我回乡下时,我竟然难过得流下泪来,表姑笑了,说:“一个暑假,把这孩子养家了……”

(原载2002年8月9日《宁波晚报》)

打　架

上县城的重点中学本是我早已向往的事，可是，第一个星期从学校回来，我便再也不想去了。

开学的第一天，我与人打架了。那天早晨，我打饭回来，发现桌上的书包不见了，我的位子上坐着两个胖胖的、陌生的男同学。我很诧异："你们怎么跑到我的位子上？"

"谁在你的位子上？我们昨天就占了！"穿汗衫的小胖子冲我愤愤地、大声地说。

"是你的，你能把它喊答应吗？"另一个小胖子冲我不屑地乜着眼睛，"喊呀，喊呀！"他用拳头擂着桌子，挑衅似地叫嚷，边嚷边不怀好意地嬉笑着，周围看热闹的同学也跟着笑起来，教室里的空气因带有戏谑而使人变得难堪。

我的脸涨得通红，一把抓住胖子的文具盒，用力地砸在地上。胖子一怔，继而迅速地跳起来揪住我的头发，拼命往下按。我感到头索密密地疼，本能地用手护住，可手背还是被胖子的指甲抠得血糊糊一片。

第二天，老师调整了座位，我还是原来的课桌，胖子在我后面。此后的日子，并没有平静，胖子隔三差五总要闹上一回，不是把我辫子系在桌脚上，就是在我的背上偷偷写下：乡巴佬，没见识。更多的时候，胖子很用心地将白纸撕成细细的碎屑，放在手心里，用嘴一吹，纸屑纷纷扬扬如白雪般全落在我的头发上、衣服上，胖子乐得眉开眼笑，冲着我的后背手舞足蹈："戴孝喽，戴孝喽……"

有一次，我在做作业，冷不丁后背被捣了一下："不准靠我桌子，再靠我就不客气了！"胖子狠狠地说。我将桌子朝前移了移，可没一会儿，胖子的课桌又悄悄挪上来，紧紧挤着我的背，连转身的空隙都没有。我侧过头，看见胖子正捂着嘴窃窃地笑，我不明白他们笑什么，正在狐疑间，突然，我看见靠我的这一面桌边涂满了黑色的墨汁，浓浓的墨水发出怪异的味道正慢慢渗进我的白衬衫。看着洁净的衣服被弄得这样污垢不堪，我再也无法忍受了——多日来所积聚的愤怒和屈辱撞击着我的心，我腾地站了起来，用尽全身的力气，对着那张又白又嫩的胖脸"啪"地就是一巴掌，还没等他反应过来，我又疯了一样推倒了他的桌子！胖子愣了，他大概压根没有想到，眼前这个满身土气的乡巴佬，小丫头，也并不是他可以随心所欲欺负的对象。

那个下午，我与胖子都被老师叫进了办公室，在各写了一份检讨之后，我一直没有流一滴眼泪，不是不想流，心里也觉得委屈，但是，倔强与自尊不允许我在那样的环境下表现软弱，我始终抬着头，一副傲然不羁的样子。临出门时，老师拍了拍我的肩膀，轻声说："我知道，你受委屈了。"我用力咬着嘴唇，冲老师摇了摇头，心里却温暖、柔软得发疼，突然间控制不住，泪如泉涌。

田野里，阳光正好，我拎着书包，极不情愿地走在回校的路上，心里充满了懊丧和苦恼。我害怕面对那些极不友好、对乡下人充满歧视的目光，害怕再回到那种尴尬的境地，可是，为了母亲的面子，也为了一种所谓的希望，我还是努力向前，脚下路正长……

我虽然是一个生在乡下、长在乡下的孩子，可我有我的自尊，我从未和人打过架，这次打架却使我的自尊得到了满足，纯净的心灵变得刚强起来。

作为不富裕的农家孩子，我上学是不容易的，自尊使我更加发奋读书，我珍惜我所拥有的一切。

（原载 1994 年 4 月 17 日《芜湖日报·星期刊》，并被选入中国妇女出版社 1995 年 7 月出版的《碧榭听歌》一书）

假　面

那天,收到同学的来信。信中告诉我:史芬没考上大学,回家了……放下信,我的那颗悬挂了太久的心突然间有了一种放飞的轻松,一种说不出的怪怪的窃喜。

第二天,我便乘车去看史芬。我想到史芬一定很需要安慰,作为同学,我该对着她那张因失败而变得忧伤苍白的脸表示同情和关心,告诉她友爱是永恒的,我永远是她的好同学,好朋友。另外,我该用我热切的目光望着她那双因绝望而流泪的眼睛,说一些"失败了别灰心,成功属于强者"之类的话,让她感受着我的真诚,并且推心置腹地让我知道:她不再念书了,她不是那块料……然后,我再面露忧郁地拉住她的手,表示为她惋惜,同时应该也为自己昨天的窃喜感到惭愧。

史芬是我的初中同学,我和她极要好,初三时一直同铺。平时,我们几乎穿一样颜色的衣服,她带的零食与我的放在一起,不分彼此。冬天的晚上,下了晚自习,我们俩常常一起靠在床上,明亮的灯光下,我们一边小声地聊着白天的课题,一边悄悄分享着彼此的美食,其他床铺的同学都十分羡慕我们。我们常去校外的小山上读书,回来的路上,我们疯疯地唱着歌,手里却捧着采来的大把野花，边走边嗅着花的芳香，那种快乐是真实的，伴着我们在一起的每一个春日黄昏。回到寝室，我们把花插在放有清水的杯子里，然后，一块儿夹着课本去教室。在班上，我是班长，她是学习委员，成绩也一直不相上下；在老师眼里，我们是最有出息和希望，也是最团结互助的好学生。大家都认为，我和她是老师心中的得意门生，也是班级的荣耀。

毕业前夕，学校进行了模拟考试。那一次，我意外地比史芬多考了几十分，史芬哭了，一个人躲到学校的丁香树丛里哭了好久。晚饭后，我一直在找她，可就是没她的人影。我想不出史芬会去哪儿，就告诉了老师，最后班上所有同学都去寻找，却看见史芬低着头从树丛后面走出来。她的眼睛红红的，不说一句话，以后的几天里，面孔也总是阴阴的，一副冷漠的样子。尽管后来，我和她仍谈笑自如，可我知道彼此间已少了一份真诚。

预选过后，学校评选地区三好学生，名额只有一个，中考时可以加十分。那次评选，我一直心存希望，而且总认为非我莫属，史芬虽然成绩不错，但在其他一些方面毕竟没有我出色。此事在我心中已成定局，但结果却是史芬被选上了。我堆着满脸的笑容向她祝贺，可心里却好失望、好酸痛，我知道这关键的十分意味着什么，它将可能改变一个人的命运及其一生的走向，我不可能不在意，也不可能随随便便对待，当结果摆在我面前时，心里的难过与伤感可想而知。面对史芬，我依然表现出很大度，但这只是一种表象，内心里的嫉妒只有我自己知道，这种不露痕迹的痛苦一直折磨着我，直到毕业时，她上了一中，我上了二中……几年过去了，我没有再见过史芬，但我心中一直没有忘记她，一直有一种无形的不安和隐痛，一直到今天……

史芬见到我，一点也不惊讶地问："你知道了？"我点点头，满脸的忧戚和难过，我努力酝酿着杰出的语言，让它像神奇的止血粉，洒在朋友受伤的心口上，但望着朋友那没有一丝忧伤的笑，我却什么也没说出来。史芬走过来，温存地抚着我的长发，劝我不要为她难过："胜败乃兵家之常事，塞翁失马，焉知非福？说不准明年还能考上重点……"我惊喜地看着她，摇着她的肩膀，为她的信念和希望表现出少有的高兴和喜悦："对，明年再考，一定要再考！"我说得很真诚很动情，笑得十分灿烂，可心里却疼疼的，怪怪地疼痛着。

离开的时候，太阳已经下山了。我踩着七月温热的风行走在薄暮黄昏中，看着身边熙熙攘攘的人群和人群中那一张张充满各色情调的脸面，突然感到很茫然。

（原载 1994 年 1 月 23 日《芜湖日报·星期刊》）

青春高速路

那一年，高考结束后，我知道自己没有希望，因此也不抱什么幻想。

学校门口贴着红纸，上面密密麻麻写着中榜者的名单，我明知道不会有我，可我依然仰着头在寻找。字开始跳跃，跳跃的字中果然没有我，直到最后一行，我已完全看不见，只有黑色的一片，我离开了——尽管有足够的心理准备，但是直面落榜的现实，心里还是难免无限的懊丧。

走在七月的阳光下，我没有什么感觉，柏油路面像被晒化了。我低着头，一直走着，心里乱得像一团麻。从学校出来，我就一直这样，眼睛看不清任何东西，周围都是白色的阳光。

我不想再走大路，便拐上了林中小道。午后的山野没有人，只有阵阵热浪扑面而来。林边的地里种满了红豆，密不透风，褐色的豆荚在太阳下不时爆裂。我觉得自己已经没有一丝力气，双腿像灌了铅似的沉重。于是，我坐下来，在路边稀疏的树荫下，我忧伤地看着远方，不知道今后的路该怎样走，不知道自己的未来在哪里。极度的无望让我顷刻间泪如雨下，我将脸埋在双腿间，真想就那样与时间一起凝固。

我的不少同学考上了大学，在踌躇满志中各自奔赴前程。临行前，他们都来看我，给我送来了资料和整理过的笔记，更多的是对我的鼓励与期盼。握着他们的手，我突然有种咫尺天涯的感觉，昔日的同窗如今却是天渊之别，看着他们满脸的笑容与自信，听着他们不着边际的高谈阔论，我有了一种局外人的无奈——站在他们中间，却一句话也插不上……说不清为了什么，我的心终于有了一种不甘，一种悸疼，我知道自己应该怎样选择。

我开始整理课本，虽然，我不知道结果会是怎样，但在路程当中我不能停步，我必须向前，不为别的，就为这遥远的距离——我要追上他们，与他们同行。

坚定的意志往往来自信念，信念产生了，便不再觉得艰难。此后的日子，我突然感到一种前所未有的力量。这力量驱动着我，使我每一步都迈得那么踏实，那么稳重。虽然我学得很苦，却也感到十分充实和快乐：一个个清晨，我迎着朝阳，在竹林中背诵；一个个深夜，我抱着课本，在晚风中归来……无论遇到怎样的困难，我从未想到过放弃，我不给自己一点放松的理由。就这样，我背负着一个心愿，在青春的高速路上狂奔。每走一步，我就觉得离我的同学近了一点，虽然满面灰尘，可我毕竟能看见前方的目标。临近考试边缘，我似乎能触摸到一种气息，感受到一种遥远却清晰的召唤。

我的汗水没有白流，努力终于有了结果，踏着轻快的节奏，我踌躇满志跨进了大学校园……成功与失败的感受截然不同，连阳光都有了一种香味，走在同样的路上，可这时的心情不一样，同样的季节，同样的景物，可内容已经不同。

奋斗的终极就是结果，重点在于过程，人生就是这样——不要害怕目标的高远，只要有追寻的勇气、热情和执着，只要心头时时燃烧着坚定不变的信念，一往无前地走下去，你会发现，一切都在意料中。

（原载 2002 年 7 月 22 日《宁波晚报》）

那一年，初为人师

那一年,师范学校毕业,我被分配到家乡的村小,担任语文教师兼班主任。

村小共有十二名教师,除校长与我是正规师范毕业以外,其余的都是民办教师。每天,他们除了日常教学之外,就是回家种地,喂猪……四五十岁的人,便一个个苍老得厉害。我去报到的那天,校长与我推心置腹谈了整整一个小时,意思只有一个:希望我能担起毕业班的重任。我当时既感动,又不安,感动的是校长能够如此相信我,不安的是自己能否胜任如此重托?

我搬来了行李,住在学校。每天一放学,所有的教师都走光了,学校里只剩下校长一家三口和我。我除了看书学习、备课上课外,其余的大部分时间都用来家访,给学生补课。开学后不久,我就发现这些朴实的农家孩子,一个个基础都很差,有几个成绩好一些的,也是忽上忽下,不稳定。我很焦虑,守在台灯下,批改着他们错误连篇的作业,常常是夜不能寐,有时,改着改着,真就有了一种放弃不做的念头。

学校建在山脚下,每天来上学的孩子得绕五六里的山路,有的早上还得替家里放牛、割草,来得很迟,有个学生甚至干脆将牛牵到了学校。在这样的状况下，我首先充分利用中午时间——每天，一吃完午饭，我就将学生集中在教室里，从四年级的课程开始一点一点补起。放晚学后，我也常常将成绩较差的学生留下来，为他们补课，同时，还鼓励他们抽出时间看一些课外书。

我从我的一些同学那儿弄来了大量的科普书籍，分发给学生。课堂上，我也不失时机地告诉他们一些自然常识以及伟人、科学家的故事。我深知自己的特长，凭着自己动情的讲解，往往能很快煽动学生的情绪，使之深深地沉入其中。讲台下，我看见的是一双双入神的眼睛以及眼睛里充满的渴望和向往，通常下课了，这些可爱的孩子还稳稳地坐在位子上。

当山里那些憨厚善良的村民，知道了我对他们孩子的帮助后，一个个感动不已，他们不仅支持、赞扬，还到处传说，有的竟让自己的孩子捎来了花生、黄豆和莲藕——他们就用这种最朴实的情感方式表达着自己的心意。我不肯收下，常常拎着送回去，讨来的往往是一顿温暖慈祥的呵骂，最后还得拎回来……长长的小路，不尽的乡情，心里竟漾起许多温柔的感动。

就这样，我坚持了一年。去学区参加升学考试的那一天，我早早起来，好好将自己收拾了一下，守在学校大门口。我看见我的那些学生，一个个挺着小胸脯，一副成竹在胸的样子。我没有告诉他们要如何自信，如何镇定，只是在临行前，我送给每人一个信任的微笑，一个鼓励的眼神，我相信他们能读懂我的目光，我的期待。

三天后，我从外面回来，刚进校门，就见校长一路小跑着朝我走来，我的心开始怦怦地跳，我预感着校长要说什么。果然，校长说出了我心中的答案，正如我所预料的那样——我所带的班级名列全乡第一！

“全乡第一！”家长们欢呼，感动，甚至无法相信这样的事实。

当初，刚刚接手这个班时，这是一个名次倒数的班级，成绩差得一塌糊涂，花名册上有十几个学生的名字下面都划上了红杠杠，没有哪个老师愿意接受他们！当时，也有好心的老师私下里劝我不要接手这个班。我呢？刚从学校毕业，并不知道其中的原委，还有就是凭着一种初生牛犊不怕虎的拼劲，仅仅用了一年时间，我的学生就有了质的飞跃。这一年，只有我自己知道，其中付出了多少艰辛与努力。

校长紧紧握着我的手，重重地点头，我长长地舒了一口气，第一次认真而放松地笑了。

那一年，我火一样的青春就这样书写在乡村小学的讲台上，有艰难和辛酸，也有欣慰和满足。

（原载 2002 年 8 月 19 日《宁波晚报》）

心里有阳光

在一所乡村学校里，有一名年轻的女教师。初来时的一些新鲜和感动之后，她开始每天很少快乐，不停地抱怨学校的环境太差，上课也懒洋洋地打不起精神，总想着有一天能跳出去。

这天傍晚，她心情不好，就一个人沿着校外的小河堤散步。那时正是春天，田野里到处是一片绿意，小路两边开着朵朵淡蓝色的小花，空气清新而又凉爽。村民们三三两两地扛着农具收工回家，乡村的田野就像一幅不加修饰的图画，美丽而自然，透着饱满生命的气息。可是，这名年轻的教师依然没有感受到春天的温暖，因为，她的心里没有阳光。

太阳下山了，女教师开始往回走。就在她转身的时候，她看见不远的山脚下有一个小黑点在艰难地向这边蠕动，她走过去，惊讶地发现竟是她的一个学生！一个十二岁的少年，背着一大捆比他个头高出一倍的树枝，粗乱的枝条，像小山似地重重地压在他的肩上。他尽量曲着身子，让身体平衡，每迈出一步，都要努力地将屁股向上抬一抬，因为负重，他的脸憋得通红，但他还是一步紧挨着一步向前挪动着。女教师赶紧奔过去，帮他一起将柴弄回了家。

这哪里像一个家?！屋里漆黑一团，一个瘸腿老婆婆听到响声扶着凳子走出来，一个七八岁的小女孩在灶间烧晚饭。听说来了人，老婆婆摸来一支蜡烛点上，微弱的烛光照着这个狭小而又阴暗的屋子：四壁都被烟熏黑了，一个土坯砌成的灶头前，有一张小木桌，上面放着一堆布鞋，再就是一张木板床，除此外，好像什么也没有了。男孩为老师倒来了一碗水。平时，她很少注意他，只知道他是一个不太说话，穿得比较破旧的普通学生，此时，他正站在她的面前，清澈单纯的目光友好地静静地看着她，她第一次感到有些惭愧。

这是一个不幸的家庭。孩子的父母先后病逝，剩下这老小三人。老人多年前摔断了腿，只能扶着东西走路，而孩子又还那样小。在这多灾多难面前，老人没有倒下去，她每天不停地做布鞋，成人的，儿童的，几年中做了几百双，然后让村里人顺便捎到城里卖。老人的右手因为长期用顶针，手指上留下了一圈深深的沟痕，因为"熟能生巧"，在黑暗中老人依然可以纳鞋底，就这样，老人用一双手和一种生的意志支撑起这个家。

离开的时候，老人紧紧地拉着老师的手，幸福地说着她的孙子和孙女。她说：她要好好地活着，再活二十年，等孙子孙女都长大了，考上大学，有了工作后，回来接她。说这话时，老人使劲地睁着眼睛，脸上的笑容像绽开的花朵，好像她的孙子孙女已经在满眼的阳光与春风中，开着车子来接她了。

老师的心灵被深深地震颤了：一个在苦难与不幸中挣扎的乡下老人，心里没有滋生一丝对生活的埋怨，在贫苦的人生中能活得如此充满自信与希望，这不是一种盲目的乐观，应该是一种精神的力量。她看到的是生命的阳光，而不是阳光下的阴影，她的心里始终揣着一个饱满的希望，这希望的光芒照得她心里透亮。

年轻的老师决定资助这个男孩，并且决心就在这乡村小学校里播种希望。因为她终于明白了:生活的阳光处处都在,只是她没有感受到而已。她把自己这些天来的思想细细地过滤了一遍,她觉得应该丢掉一些东西,至少是那些晦暗的情绪,让多一些灿烂的阳光进驻到自己年轻的心灵。

那之后的每个清晨,她都会早早地起床打开窗户,让春风带着暖意在身边荡漾,也让关闭过的心扉慢慢开启,让生命和着青春的旋律飞扬。

于是,她就写下了这篇《心里的阳光》。这名女教师,就是十五年前的我。

(原载 2003 年 3 月 5 日《中国教师报》)

请为自己祝福(外两章)

请为自己祝福,在每一个平凡的日子里。

因为心中有爱,生命才会年轻;因为有爱,我们才能在忙碌的日子里不失希望,匆匆赶写人生;因为有爱,即使贫困潦倒,坎坷一生,但依然不失做人的气概和精神;因为爱,我们变得富有,我们路上的风景才更迷人;因为爱,阳光下才有那么明媚的笑脸,烛光下的眼睛才会那样动人;因为爱,蓝天博大,心灵更宽广。

请为自己祝福吧,即使天空有雨,但雨过后依然是天晴;即使曾经错过,错过的又何尝不是一种经验,一份收获?花开花落,岁月春秋,任何生存的皱纹或者青春都会走过;广阔的蓝天下,邈远的宇宙间,每天都有生老病死……芸芸众生,我们又岂能全都把握?

请为自己祝福,无论昨日怎样,无论明天如何,只要心中有爱,我们就不会一无所有。

(原载 1998 年 5 月 15 日《宁波教育报》)

忘忧草

我总爱做梦，爱编一些没头没尾的故事，爱对着西沉的夕阳叹息，爱坐在无人的小山坡沉思，爱在潺潺的小溪边徘徊，爱在长长的午夜流泪，也爱在宁静的天空下歌唱……我喜欢自然，也热爱真诚，我希望有属于自己的一小块天地，不容许别人侵犯，我洁白青春的心灵容不得丝毫尘世的污垢。

有人说我单纯，其实，我也有深奥复杂的思想，有执着向上的追求，有五彩缤纷的愿望。尽管，我的天空有云有雾也有阳光，我的心里有悲酸有欣喜也有淡淡的苦愁，但是，我的生活总是有新的盼望，新的梦想，无论什么成为结局，我依然是三月的清风，依然是太阳帽上的嬉笑，依然是满月下的一株忘忧草。

十八岁

十八岁，我抱着玫瑰色的梦想，踏上青春蓝色的航道。一路上，雨润烟浓，芬芳依序，飞花点缀着绿地，细雨抚摸着牧童的歌谣，清风扬起我的风采，告诉蓝天：风流是青春的追求。

依依回首，身后有许多关切的目光，伴着我的理想，随我去远航。风沙不足以使我迷茫，黑暗的沼泽也不能使我忧伤，沿着已择定的轨迹走下去吧，含笑走到尽头，让昂扬的情绪抒写出：力量是青春的助手。

十八岁，我跨过一道道命运的沟壑坎途，在深山峡谷中与水同流；十八岁，我鄙视，鄙视那暖烘烘的享受，避风的港口，淋着阳光、抱着怀旧的思想；十八岁，我自信而从容地走过，鲜花盛开，阳光在我左右。

（以上两章原载《语文新苑》杂志1994年第三期）

青春如期走来

青春的日子里，总有一些不可捉摸的情绪，单纯明净，有时也复杂深邃，但并不成熟；青春的旅途中，总会留下一些浅浅的痕迹，幼稚肤浅，却很真实……在这里，为青春的封面作一个写真。

——题记

青春如期走来，心儿很复杂又很简单：花坛旁，多了一份叹息，小雨中，偏飞出缪斯的幻想，每一次月下深深的沉思，都是串串美丽的记忆；每一次黯然落叶的早凋，却飞来友人迟到的祝福；每一次欢笑的歌声，总是招来路人不满的神采。真不知是应该尴尬还是应该忍耐，青春总是款款走来，总是在朗朗的月夜，在绿树白花的篱前。

青春如期走来，脚步很沉重又很轻快，梦里多了一份期待，笑里又含着淡淡的悲哀，故事里有甜甜的苦涩，日记里却满是相思的无奈。雨夜，去哼一首童谣以示昨日的萦怀，清晨，去摘一瓣桃花以示青春的潇洒，不要在晦涩的心情下向友人叙谈旧时的老话，不要在孤独的境界里忧伤地吟诵："'梧桐更兼细雨，到黄昏、点点滴滴。这次第，怎一个愁字了得'！"不要让易逝的青春年华消磨在无为的自嘲与长久的叹息中，不要悔恨，不必伤感，青春只是生命里一个美丽却带着一丝丝忧伤的过程,它终究会过去,会走远,等到你只能守望青春的背影,你才突然明白,原来的自怜只不过是“少年不识愁滋味,……为赋新词强说愁”而已。

青春如期走来,生命如鲜花般才刚刚绽蕾,人生如初萌的芽叶正迈出有力的第一步,一切都是新鲜的,蓬勃的,悸动中藏着太多的欣喜,羞怯中泻着心灵的多情,如梦如诗,如歌如潮。

带着清澈的思想,走到蓝天下,轻轻挥动你手中满握的阳光,带着明净的心情,站到绿地上,掬一捧流动的月色放进口袋,试着在每一个日子里放飞自己,体验青春,试着在疲惫的背后认真微笑,试着走回家,看看妈妈的眼睛里,自己是否已经长大……

（原载《语文新苑》杂志1994年第三期）

第五辑　心曲轻弹

少年爱美总关情

我母亲个头不高，因为遗传的关系，我也瘦瘦小小的。小时候，并不觉得矮有什么，只是上了高中以后，自己依然像个孩子一般，于是，有了一种不如别人的感觉。

那时候，哥哥已经上了大学，他经常给我写信，一方面要求我提高成绩，另一方面就是要求我每天跑步。因为矮的缘故，哥哥的大学生活过得很不开心，常戏说自己是个“三等残废”，并为以后找女友困难而开始忧心忡忡。

当我意识到矮个是一种缺陷时，便开始有计划地锻炼，起初是每天起早跑步，傍晚放学后打球，不论什么体育活动都积极参与。开始几天还新鲜，可是，没过多久，我就觉得太累，不想再练下去。尤其是跑步，因为起得早，整个上午人昏昏欲睡，打不起精神，心里十分恼火，觉得这样下去真是一种折磨，更主要的是我对体育本身一点儿都不喜欢，整个过程都是在勉强、逼迫自己。几个星期以后，我的耐心开始一点一点地消失，但我咬咬牙，仍然在坚持，又过了一段时间，我发现自己真的不行了，所有的意志与恒心都崩溃瓦解，我终于在不言放弃中放弃了。

以后的日子里，内心里尽管有些不踏实，但我总是能找到理由来安慰自己：有什么了不起，不就是个头矮一点吗？外国的列宁、拿破仑，中国的鲁迅、邓小平……不都是矮个吗？可是说归说，心里到底还是有点虚，特别是看到那些与我同龄却比我高出半截的女同学，她们苗条、标致的身材如同春风中的细柳，妩媚而迷人，尤其令那些少年初长成的男生神魂颠倒，我既羡慕又妒忌。每当这时候，我就开始后悔自己没有坚持。哥哥来信再次提到我锻炼的事，要我一定不能偷懒，他还特地加了着重号以示提醒。

倘若不是后来发生的事，我想，我是无论如何也不会再去做什么运动了。高一上学期，我不知不觉喜欢上了我的一位老师，是那样的喜欢，那种初萌的情感、那种不露痕迹的迷恋令我不知所措。老师很重视我，是因为我成绩优秀而非其他。我内心里十分迷茫而困惑。这时候，我真正感到矮个给我带来的痛苦，我无法像那些青春饱满的女生那样美丽动人，那样招惹目光；这时候，我几乎恨透了母亲，如果不是她，我想自己也不至于这样矮。为了弥补这种缺陷，我尽量寻找机会穿高跟鞋，着长裙，有时是西装短裤。但不管怎样，我还是觉得有一种缺憾，那就是我不青春，我赢不了老师的感情——在他眼里，我永远只是一个长不大的小女孩，而非年轻姑娘。

我试着去跳舞。起初，觉得挺难受，慢慢地，我竟然喜欢上了这项运动，而且还带动了不少女生。老师不允许我们跳舞，我们就在晚自习以后躲在寝室跳，那种青春的疯狂与热情几乎让人不能自持。从那以后，我由跳舞到走步，再到跑步，后来是游泳，我不再觉得运动是一种不可忍受的事情了，虽说还不太喜欢，但至少能接受并能坚持。

后来，我虽然没能走进老师的视线，没能在他年轻的生活里留下一些情感的记忆，但那一段少年的情怀，青春的悸动与美丽又何尝不是我人生道路上一个点缀,一种过程,一种对生命的坚持与对生活的执着的信念。

爱美,并且为美去运动。尽管生命存在许许多多的缺陷,但是青春旅程中的太多风景会带给你一个又一个梦想与追逐。

(原载《向阳湖》杂志2002年第四期)

映山红开的时候

我曾答应过，在映山红开的时候去看他，可是，我至今没有。

我不知道，在这冬日的寂寞里，有谁知道我的心情，我的烦躁，我的多年来一直掩藏在心灵深处的思念和难过。

我想诉说，哪怕只是简单地说说也好，可是，谁能懂我。

这些年来，我一直不敢去想他，不敢去想那些流逝的岁月，我不想，可是，我并没忘记。

记不清是第几次，我又踏着失落和沉重，独自萧瑟地走，走尽繁华，走得回忆褪了色。遥望无星无月的夜空，我禁不住潸然泪下。我感动于对他爱的真情，陷入了一种深深的迷狂，就这样，关闭了很久很久的渴望和伤感猛然汹涌而来。

是在上高二的时候，我渐渐爱上了我的老师，仔细想想，这该是我生命中最伤痛而又最苦涩的真正的初恋。

那时候，我在县城读书，每个星期回家一次。学校建在一个坡地上，周围都是平房，还有几亩菜地，针叶松与宽大的美人蕉错落地环绕着校舍，教室后面有一口清碧的水塘，两边栽了不少垂柳，风景很美。学生们每天傍晚都躲在树下读书，水塘的斜对面就是老师的宿舍，我们可以一边读书一边看老师们进进出出。我的老师很年轻，大学毕业没几年，我对他的情感如同琼瑶笔下的《窗外》。我多次将他当成康南，隔着教室的窗户，看他在校园的林荫道上，腋下挟着课本，踩着水泥路上的落叶，安然走回办公室的背影。从高一上学期他就开始教我们，大家在一起不像师生，更像是朋友，一点不拘束。有时候，下了晚自习，他便来教室与我们一起聊天，虽然熄了灯，但窗外的月光明净如水，我们围着老师，谈理想，谈未来，一个个慷慨激昂的。有时，我们也会为了一个话题争论很久，辩不过老师，我们就强词夺理，非得在气势上赢了他，老师并不计较，总是在离开的时候冲我们挥挥手，笑一笑。我就那样在月光下，看着他的笑，心里会涌起许多的欢喜，即使回到了寝室，也会在不自觉中想起他的笑，自己也会悄悄地笑了。

暑假的一天，我到学校取通知单，因为放假，校园里看不见几个人，长长的走廊上，我遇见了老师并随他一起来到了房间。他打开后窗的玻璃，让风穿过来，我感到舒适而且清静，我们相对坐着，坐了整整一个上午。也就是在那个上午，我知道了关于他的故事。

五岁的时候，他的母亲就去世了，那时候，他还不会说话，别人误以为他是哑巴。父亲是退伍军人，性格急躁，就因为照顾几个孩子，一辈子没有再娶。他大学毕业那年，哥哥结婚了，妹妹也已经上高中，眼看日子越来越好，可意外的灾难让整个家庭陷入无限的痛苦之中。哥哥结婚没到一年，因为遗传的基因，患上了与母亲同样的病症，去世了。

家庭的变故让他的妹妹变得消沉、自暴自弃，时常逃课，考试也不参加，即使参加也不答卷或者将卷子揉作一团，扔进垃圾桶，为此，他生气、焦虑，压抑，却也非常无奈……

那个中午，我真想能为他做点什么。即使什么也不做，说几句安慰的话也好，可是，我什么也没说。我说不出来，心里却承袭了他全部的忧伤。

老师极有才华，听他的课感觉是种享受，无论多难的题，在他笔下三两下就能得到答案，令我们惊讶不已，怎么就那样聪慧，简直是个天才！有时，我们故意恶作剧，从买来的资料中找出一些十分复杂古怪的题目让他做，通常情况下，他能很快做出来，即使遇有做不出的，他带回房间，第二天准定给我们答案。这时，我们几个女生就围着他欢呼起来，叽叽喳喳地吵个不停，问他是怎样想出来的。老师还有一个特长，就是写一手很漂亮的粉笔字。每次上课，我都痴痴地看着黑板，看他挺拔的背影，这时，人就很容易丧失现实感，生活就是这样，方寸之间，往往很难把持住自己。我喜欢老师，也爱他的字，后来在底下我也私自模仿过，但都不像，也就不再练习了。

每天不用看课表，我也知道哪节课是他的，晚自修，甚至不用抬头，我就能知道是他的脚步。上课铃一响，想着他踩着铃声准时走进教室，我就莫名地兴奋、喜悦和激动，我总是在一种不自觉的心情中盼望着能看见他。傍晚去树下读书，本来可以不走他的门口，可我偏偏要扯着同学从那条路口经过，为的就是能够看见他。下课了，看着他的背影跨出教室，走上水泥道，然后拐弯消失，我就怔怔地失落，坐在位子上，毫无心绪地准备下一节课。时间一长，老师有些察觉，一次下课，他走到教室门口，突然冷不丁地回头看我，与他四目相对，一时羞得满面通红，想必他已知道我的心思。那些日子，是我青春路程中一段最美丽也最忧伤的记忆。

寒假离校之前，我们接触似乎频繁起来，除了成绩，我们还谈一些学习之外的东西。我常去他房间，也一起去校外的小河边走走，我们看天，我们谈地，可就是没有勇气吐出心中的隐情，彼此心照不宣，默读着对方的喜悦而喜悦。学期末，在学校的最后一个晚上，全体联欢，所有人都特别兴奋，老师看着我，走到我身边，然后又低着头缓缓离开。我读懂了他的眼神，随他一起走出了校门，我们站在田埂上，看高远的天空，看无垠的田野，第一次，我们手牵着手。

过完春节，度完寒假，我们又回到了校园。但绵绵的春雨却总是笼罩着灰蒙蒙的天空，让人感到寒冷和忧郁。那些日子，老师常说身体不舒服，可就是不肯去检查，其实，他那时已经预感到什么，所以一直回避上医院。直到三月下旬，实在坚持不住了，他才同意去看医生。检查的结果——癌症晚期。

我站在雨中，流不出一滴眼泪，我只觉得心被掏空了似的难受，风在后面推，好像要把我推离人间，推向毁灭。我仰起脸质问苍天，任泪水和雨水满面横流……

映山红花开的日子里，他走完了生命的最后一段旅程。

"来年映山红花开的时候，来看看我，在杂草丛生的坟前，为我插一束花……"我捧着他留给我的信，长久长久地，哽咽无声。

多少年来，我一直不敢去想他，不敢触及内心深处，可我一直没有忘记，在琐碎的日子背后，时常有一种情感轻轻滑过心壁，温柔却很疼痛。

（原载《七彩帆》杂志 1995 年第二期）

清 风

这几年，一直是这样——喜欢一个人散步，着一袭素淡的衣裙，把长发随意挽在脑后，走在华灯初放的光影里，享受夜晚的清风，静静地思索，悠悠地品味，人生的得失与烦恼都在晚风的柔和中消散殆尽了。

初夏的风里飘着一种别致的风情，总会让人想起一些什么，比如情感，比如创伤，比如过去的故事，心微微地就有了一些牵动，也不知为着什么，说不清的情结令自己一下子就伤感起来。

当夜色渐浓，消夏的人群逐渐散去，灯光下，只有我依然低首敛眉，缓缓而行，单瘦的身影被灯光牵拽得很长很长，又慢慢浓缩成一个移动着的黑点，孤独就在这时突然走来，进驻内心，令我躲闪不及。

在我美丽的青春岁月里，我遭遇了生命中最短暂却也最深与最痛的情感。也许是自小看的小说太多，风花雪月的故事使我比一些同龄的女子早熟，我在生命还是青绿的季节里恋爱了。

我喜欢我年轻的老师，每个周六，他骑车送我回家，坐在车后，风掀动他的衬衫不停地拂着我的脸，嗅着他身上特有的气息，我感到幸福、陶醉，沉浸在青春的遐想中。

乡下公路高低不平，逢着上坡，我就下来走，他则推着车，我们一边走一边说话，公路两边的农田里，到处都是忙碌的人群。有时，我们也会停下来，看看天空、夕阳与绿色的田野，我们还会在路边的小店买来饮料，两个人对视着，一口气将它喝完，然后会心一笑。我揽着他的腰，跳上自行车后座，他则吆喝一声“驾”，便飞一样踩着车子，我们清脆喜悦的笑声在风里传得很远，很远。

以后的日子就是紧张的复习、会考、准备填志愿……每天，我的心沉浸在初恋巨大的喜悦与幸福中，我尽量抽时间与他待在一起，什么也不说，就是看对方一眼，心里也会甜蜜。晚上，上完晚自习，我们就跑到校外的田野，牵着手在乡间的小路上奔跑，还傻傻地唱着那首不知唱了多少遍的《望星空》。

高考结束后，我们一起去城里查分数，见同学，我们还去了当地最高的山峰——龙王顶，亲手触摸了传说中的石小姐以及石公、石婆，我们坐在山顶裸露的石头上，看对方傻傻的笑。我采了一大把的野花，把它高高地举过头顶，献给我的王子，他伸手接花却趁势紧紧抱住我，不让我有一点挣脱的机会。我们笑啊，闹啊，阳光在头顶闪耀，火热的风让我们汗流浃背。没有遮阳伞，他就脱下衬衫，为我遮挡夏日的太阳。下山的时候，我们不想再走原路，便攀爬一座一人高的围墙，他先翻过墙头，立在上面，然后弯下腰用力拉我，不知道是我太沉，还是他用力过猛，我们俩都从墙上掉下来，差一点滚下山坡，尽管摔得浑身疼痛，但一点儿也不害怕，那是因为心中有爱情。

爱情，真好，天是那么蓝，水是那样清，连陌生的人也觉得亲切。我们沉浸在爱情的甜蜜里，享受着大自然的清风，感受着蓝天白云，青春的情怀充满无限憧憬。那个火热的夏天，我的心里始终流淌着一份恬静的温情，令我陶醉，也令我痴迷。

美好的时光总是太短，一场不可预知的风暴几乎是在一夕之间摧毁了我们所有的梦想与憧憬，他——我青春与生命的恋人，离开我了，一个人去了天堂。如同一颗流星，划过我灿烂的心空，瞬间陨落。我无论如何也不相信，我一万次地否定，一万次的质问上苍，为什么？为什么？

我的心碎了，我再也说不出什么，也许这一切早在冥冥之中就已注定，只是在事实没有来临之前，我一直不愿承认，也一直心存幻想而已。从知道他家的情况以及他身体的某些症状，我就应该意识到这样的结果。

那些日子，我不知道自己还活着，我像浮冰一样漂在冬天的河面上，不知道哪里是归宿。我看不到阳光，冷，彻骨的寒冷是那个冬天给我的全部内容。昏昏沉沉中，我几乎睡了一个世纪。

从那以后，我沉默了，在沉默的痛苦中我懂得了很多，也成熟了很多，我再也不是那个天真纯情得能一眼看穿的小女孩，我有了自己的思想，尽管这思想来源于痛苦的熔炼和蜕变，但毕竟我懂得了：无论怎样的心疼与不舍，可我只能活着。

回首往事，不无艰难和痛楚，但庆幸的是我终于走过了那一段风霜雨雪的路程。

夜，幽幽的静，风，徐徐地吹，路在延续，温和的灯光拉长我沉思的身影，我轻轻漫步，缓缓向前……

（原载1993年10月28日《安徽人口报》，并被选入安徽文艺出版社1994年12月出版的《春归何处》一书）

初夏情怀

一个夏日的黄昏，她坐在公交车上，看窗外晚霞落日，行人如潮。车到中途，她无意中看见前方的林荫道上，一个年轻的男孩，正微笑着伸出手，捡去女孩发上的一片落花。她的心悠地抽动了一下，有了一种轻微碎裂的疼感，眼里轰然蓄满泪水——本以为心中的情感早已淡出，可以轻松从容地面对一切，可是，不经意间的触动，让淡远的往事又如风如潮般卷土重来。

相识是在初夏时节，热恋了一年，他又走了，走得无声无息，就像枝头的落花一样随风消散。那时，他常常就站在路边等她，看她穿一袭长裙奔跑过来，风吹乱了她的头发，他就伸出手，怜惜地为她拈去肩上的落花，将额前的一绺绺乱发轻轻捋到耳后，眼里是怜、是疼的温柔，尔后呻吟般地耳语："傻丫头，跑什么呢？"听了他的话，她的心里浸了水一般的柔软，充满温情。

她，常常穿一件洁白的衣衫，青色的裙子，一双平底塑料凉鞋，坐在他的车后。他一边踩着车，一边回头看她，憨憨地笑，她问他："笑什么？""不笑什么，心里就是想笑。"问急了，他就这样回答。风，有力地掀起他的衣衫，露出里面淡黄色的背心与结实的胸膛，那件背心是她买的，在一个小摊上，花了七元钱。他说以前不喜欢黄色，但因为是她买的，也就喜欢了。她把脸贴在他的背上，衬衫随风拂起，罩住她身上，那一刻，她嗅到了空气中阳光的味道，好多年以后，她还能感觉出那种青春的气息，直逼心灵。

春天来的时候，她在自己的小院里植了一棵小小的葡萄树。情窦初开的女孩子，看什么都灵动多情。她觉得葡萄树是有生命的，懂得她的心思，她是连同自己的情感与爱一起植下的，等他来的时候，她会告诉他。可是，直到一片片叶子落地成尘，他没有再来过，他永远也不会来了。

多少次，她恍惚看见他进来了，站在小小的葡萄架下，一如往日那样冲她微笑；院子前面的小路上，常常有清脆的自行车铃声划过，她隔着小窗，猜想着是不是他的；听见院里车轮擦地的声音，她的心往往就会急速地跳起来，不由自主地奔到门口——这样的时刻，她的心是充满期待的。可是，芳心向春尽，所得是沾衣，多情为谁追惜？

朴素洁净的小院，他曾一次次来过，推着车子，踩着小路上的碎石子，还没进门，就大声地喊她的小名。她跑出来迎他，满心喜悦地领他进去。那时，小院里还没有那棵小小的葡萄树，墙根潮湿的地面铺满了深绿色的苔藓，他和她的母亲就坐在那边的小凳上，闲闲地说着话，阳光照在他们的脸上，挺温馨的感觉，像母亲与儿子。厨房里，她忙着切菜，前方的光线暗下来，她知道是他，故意不抬头，他靠着门框，两手环抱着，看她切菜的样子。有时，他会从背后两手围拢来，为她系上围裙，然后怜爱地拍拍她的肩膀，从容走到灶下帮她生火。两个人忙了半天，端上来的米饭常常还是有点夹生，他就笑着用指头摁她的额头："傻丫头，当心嫁不出去哦。"

冬天将尽的时候，他约她出去，告诉她，他的生命即将走到尽头，让她忘掉过去，忘掉他。她不信，以为开玩笑，就重重地捶打他一下，然后偏过头不理他。他拉过她的手，用力地握在掌心里，长久地不说话，深情忧郁的目光，就那样认真地看着她。她的心开始发抖，从他的神情中，她感觉到那些话不像是玩笑，她不敢问，一种无言的恐惧突然间紧紧揪住她的心，泪立时就涌满眼眶……

在医院里，他完全成了另外一个人，疼痛与病魔将他折磨得死去活来，她看着他疼得叫喊，却站在一边无能为力，她一次次地祈祷上苍，期待奇迹的发生。奇迹没有发生，在经历一次次的化疗后，最终他还是走了，在那个冷雨凄风的夜里。

那个冬天，在她的生命里，成了永恒的伤痛，永远的寒冷……

当来年的小院又是一片生机的时候，她才知道爱情已幻化成云烟。没有岁月可回头，眼看着季节变更，落叶新花，心中伤痛却无能为力。小院还是原来的样子，可心情已不是昨日的心情。

一切恍如梦中，生活不是言情剧，初夏的情怀已经淡了，所有的悲欢离合终成往昔，化作深夜无眠时的一段心思，在月光中沉浮。

（原载 1994 年 7 月 10 日《芜湖邮电报》）

思　念

一个有阳光的午后，我慵倦地闲坐窗前，什么也没想，目光就那样长久地落在眼前的杯子上，里面有青碧的水，茶叶缓缓地沉浮于杯中。这时刻，我仿佛已坐了上百年，周围空灵一片，只有羽状的叶子在风中悠闲地飘。

我心里恍然有种东西流过，在这个春日的午后。总有一种感觉——一种似曾相识的心情就那么直逼而来，如风如潮，让我猝不及防。

眼底似有泪意，因为不舍。终有一颗落下来，慢慢在桌面上弥漫开来，我轻轻用手拭去，却一下子牵动了多年来一直不敢触碰的记忆——我依然在乎那段已随风飘散的恋情。

那是一段生命中如诗的日子，如歌的心情。没有什么不可以忍耐，没有任何东西可以阻挡我的快乐，就因为在那个有阳光的午后，我有了最初的承诺。

一切都如往日般平常，唯一不平常的是我的内心，变得饱满而充实，日子里有了色彩与香味，每一个人都是那么可爱，每一处风景都异常美丽，我像一个待嫁的新娘，在千帆过尽的岁月后而不觉得孤独，有了承诺，我可以在等待中过上一万年。

生活中我不是一个主动的人，可在这场爱情里却是追逐的主角。因为太在乎，我变得十分敏感，我喜欢看他的眼睛，猜测他的心思；喜欢与他在一起，即使什么也不做，静静地守着时光也是一种幸福；喜欢牵着他的手，在开满油菜花的田埂上奔跑，笑声在天空下传得很远很远；喜欢在夜晚的星空下，与他一起捧一杯茶，看一本书，让时间静止，让心安宁；喜欢稳稳地趴在他的背上，让他背着走，然后再恶作剧地滑下来，冷不丁将他绊倒；甚至喜欢他生气的样子……

我与他互相承诺，这辈子谁也不负谁。可是，所有的山盟海誓都空了，所有的憧憬都埋葬在那肝肠寸断的泪水里，就仿佛做了一场梦，我从华丽的梦中醒来，却发现物是人非，锥心的伤痛曾让我万念俱灰，我不知道以后的每个日子，我是否还能一如从前般走过。

我始终相信，生命中的每一种相遇或者错过都是前世注定的，是人为的力量无法改变的，尽管如此，我内心里还依然蛰伏着一种愿望与思念，那就是我缤纷的情感是否还会唤回那个我无数次梦中相见的背影？上天是否还会眷顾、怜惜我的真情，让他重回人间陪我度余下的人生？无法改变又无法忘记的日日夜夜啊，就这样在某一个特定的时刻如风般卷土重来。

刻意想忘记什么，总是很难，尤其是铭心刻骨的恋情，总会在不经意中突然想起，没有一点昭示。无论岁月怎样流动，都无法带走生命中那一份来自心灵深处的思念与悸疼。

天空依然澄澈，我的身子已浸在阳光的阴影里，还是那种姿态，茶叶什么时候已沉入杯底。窗外有风，因为我听见树叶在枝头振动的声音。一切安宁而又平静，我缓缓站起身，竟然想起一首久已尘封的歌——当明天成为昨天,昨天成为忘记的片段,内心的平安才是永远。

(原载《语文新苑》杂志 1993 年第三期)

两片红叶

无论我在繁华的都市浸泡多久,我都忘不了我的乡村。每当我站到小院的梨树下,嗅着淡淡的树叶的清香,我就仿佛置身于一种亲切的氛围里,那些散发着青春与快乐的往事,就会历历来到心上。

在学校教书时,校门前的空地上有几株梨树,每当冬意已去,春雨缠绵之时,洁白如雪的梨花便缀满枝头,黄昏的许多时光,我就是在树下度过的,搬一把竹椅,拿一本书,这里便是一个人的天堂。

围墙外的田野,小麦已抽出长长的穗子,塘边浣衣的少女沐着春天的阳光,三两只蜻蜓飞掠而过,乡居生活隐藏着一种少有的宁静与幽雅。我珍视这份淡淡的宁静,怀着单纯透亮的心思,在日子与日子间编织自己年轻的梦,一年多的时光,我居然写出了一本薄薄的诗集。

又一年的暮春时节,我的那些风花雪月的青春诗行,便在离我遥远的都市里流传开来,于是,我知道了在那个远方的城市里,有着一个我陌生的年轻编辑,因为爱着我的诗,便给我发来了“约稿信”,一封又一封的,让我惊喜,让我感动,也让我在这个别样的春天里滋生出一种别样的情怀。

日子像一本厚厚的书,页页相似又页页书写着不同的心情。以后的岁月里,我总也摆脱不了那么一股淡淡的忧愁,美丽却伤感。每每夜深人静,我开始渴念柔情,渴念远方那位我素不相识的编辑(我始终称他为老师),我想象不出他的模样,忽然有一天,我决定非去看看这位老师不可。于是,我安排好课程,带着一份冲动、新奇与冒险的快乐,登上了火车。

我没有直接去编辑部找他,而是住在离杂志社不远的一家旅店里给他写信,约他出来。可是一天两天过去了,三天四天过去了,不知为什么,老师终于没来。因为怕耽误了孩子们的课程,明天我得走了,也许本不该这般庸俗,老师不是已给了我足够的帮助和感动,还期待什么呢?翌日,当太阳刚刚露脸时,我无言而伤心地告别了那座城市。

回来后不久,我就收到了他的来信。信中,他说清了没来见我的缘由并请我谅解,其中有这样一段叙述:谁知相识不是一种幻灭?带着一份爱与憧憬的心情生活,日子便会少有的精彩,愿你圣洁的心空永远晴好。随信寄来的还有两片红叶,上面写着:寄一片无忧伴你孤独!

"伴你孤独",我久久凝视着红叶,心里不禁为自己的冒昧与冲动哑然失笑:好天真幼稚的女孩,那一瞬间,我甚至怀疑自己不再是自己。但是,我并不后悔,因为我经历着,成长着,也美丽着,不是吗?带着一份爱的心情生活,世界便会因你而多了一重色彩。

一院梨花,一方净土,乡村学校的小路上,依然有我青春的身影——清晨,我沐着霞光,迎来我的学生;黄昏,踏着夕阳,送走一天的疲惫……我的生命具体、真实而浪漫,因为我热爱生活。

十几年的时间一晃而过,每每想起那段岁月,心里便会涌起一份浅浅的温情，就像梨花开在阳光里，洁静中透着细腻的温柔，伴我在时光的记忆里一路回味，一路芳香。

（原载 2003 年 12 月 24 日《宁波晚报》）

年轻，真好

年轻的生命犹如初绽的花蕊，清新欲滴；年轻的日子里望一眼朝霞，心也年轻——年轻是一笔财富，年轻就是资本，拥有年轻，就拥有从头开始的希望。

无论你曾经遭遇过怎样的失败，无论你心中如何的伤感，但只要年轻，你就可以从最低处走出来，每开始一步就是向前；无论别人如何地妒忌你，诋毁你，但只要坚信你选择的路没错，就尽可以昂着头无视一切地抵达你的目的地。年轻可以改变、获得，也可以创造一切，物质可以用金钱来衡量，但年轻永远是无价的，岁月可以逝去，容颜可以苍老，年轻的心永恒。

也许你并不美丽，没关系，只要你年轻，外貌只是浅在的表象，真正检测你的还是你的内涵和修养；也许你一直徘徊在生活的低谷，找不到人生的坐标，不用怕，你还健康，前面的道路还很长，只要自信，沿途的绿荫和风景会引领你走入阳光。生活不一定都很圆满，残缺也是一种人生，就看你如何对待，如何思想，聪明的人会懂得比较、鉴别，继而去欣赏、珍惜，经历过磨难的人才更懂得生命的重要，人生的价值。

年轻，真好！

一切都可以重新再来,一切都不用后悔。年轻可以去做许多想做而未做的事,可以去涉足许多未曾涉足的领域,可以在蓝天下追逐清风,可以在月光下放飞梦想,可以说一些简简单单的话,没有人会指责你,没有人会说你轻狂骄傲;年轻可以拥有高山顶上的玫瑰,白云镶边的红霞,即使脚下是泥泞,身边有风雨。年轻不一定就浪漫,但浪漫的人心态一定年轻,人的生命可以老去,不老的应该是一种精神。珍视你的现在,无论你是年老还是年轻,感受你生命中的每一次拥有,铭记岁月馈赠给你的点点滴滴,留住心中的梦想和激情,体味身边的小事和感动,对自己、对他人多一份宽容,多一层理解,这样,你的生活一定会与众不同——即使岁月消褪了你的容颜,站在青春的边缘,你的魅力依然会光彩逼人。

年轻不是年龄的唯一标价,年轻既是饱含汁液的生命,又应该是心灵纤秀、充盈真情的空间,朝霞悦目,夕阳何尝不美?

小草在拔节,树叶在生长,冰雪消融的泥土里,深埋下的一颗颗种子,便是一份份来年的希望。

(原载《万里风采》丛刊 1999 年第十一期)

痛苦与爱

生活的最高境界是什么？是经历了痛苦，并在痛苦中历练，变得成熟的爱与心灵。

没有经过痛苦的人生是一杯清水，淡而无味；没有经历过痛苦的心灵是一潭死水，闪烁不出晶莹的浪花；没有经受过痛苦的感情是一片沙漠，生长不出鲜花绿草。

经历过风风雨雨的心灵才是真正的生命，遍尝过酸甜苦辣的生活才是真正的人生，文明人比野蛮人经历的痛苦要多，感情丰富的人比感情贫乏的人经受的痛苦要大，有爱比无爱的心灵经历的痛苦更深。

爱能化解痛苦，痛苦更能催生真爱；爱能改变世界，世界亦因为爱而充满光彩。

软弱的人因为爱会变得更坚强，青春因为爱会更美丽，给无助的双手一点爱，他会在自尊中挺起脊梁；给枯萎的心灵一点爱，会重新焕发生命的色彩……爱的力量是神奇的，它能召唤人们对生命的呵护，对人生的眷恋，对世界的热情，它能激发潜在的能量，让弱智变成神童，让荒漠变成绿洲，让枯朽化成芬芳。

无思无欲，安于现状，怎么会有痛苦？思想平庸，不求上进，怎么知道崛起的豪迈？不经历蜕变的痛苦，就无法感受到生命中爱的真谛。

一个一无所有的家庭，只要其中有爱，就不会失去温馨，就会充满平和的笑声，即使痛苦再多，艰涩再深，也挡不住向往阳光的心，也摧不垮生命和精神。一院梨花、一方净土、一片阳光，那是人世间一道最朴实的风景。

灯红酒绿的人生看起来华美丰盈，但艳丽的外表里缺乏真情，没有阳光的阴影会自始至终萦绕、盘踞着年轻的心灵，那里滋生着深深的痛苦，麻木着灵魂，就像镀了黄金的铁锈，灿烂的外表下掩藏着腐蚀的内容，沉淀的渣滓。痛苦可能使混浊的心灵清醒，痛苦也使真爱升华，痛苦可以推人走向毁灭，也能使人生走向更高的境界，这就看面对痛苦的是懦夫还是强者。

有了爱，才有痛苦；有了痛苦，爱才更真实。

曾在一本书上看到这样的内容：在一所贫民窟学校里，生活着一群孤苦无依的孩子，他们没有父母，没有亲人，他们的内心是孤独的，他们的生活是痛苦的，但是，苦难没有使他们倒下，因为他们还有一位善良的女教师。几十年以后，这些从贫民窟走出来的孩子，一个个成就非凡，询问他们成功的原因，当时已有九十高龄的女教师淡淡地笑着说：因为，我爱他们。

是啊，就因为爱！一切苦难在爱面前，变得不再可畏，变得渺小和恍惚。因为爱的呵护，使他们在痛苦的孕育中终于挺起生命自尊的脊梁，爱使他们茁壮成长，也使他们一步步走向辉煌。可见，爱的力量是多么伟大、神奇，它能激发人生的斗志，使人从逆境中崛起，也使人慢慢变得勇敢、刚强。爱是花朵，能播撒芳香；爱如阳光，能让生命健康地成长。

爱和痛苦都是生活，人生只有经历了爱，感受了痛苦，生命才算完整。

学会爱吧,也不要拒绝痛苦,少了任何一种体验,人生都是一种残缺。

(原载《七彩帆》杂志1998年第二期)

我不是个好女儿

我不是个好女儿。

生为人女,却从未尽到一点女儿的孝心,得意的时候,就忘记了母亲的存在,有了委屈的时候,就想给母亲哭诉。

我在家最小,待我成家时,母亲已是年老体迈。刚结婚那阵子,有时还回去看望母亲,这几年连想都不曾想过,我做的是什么女儿?

我自小脾气很坏,动不动就对母亲吼,小时候,母亲不计较,长大了依然这样,母亲心里难免会不是滋味,有时吼过之后,我心里也会生出许多后悔,可就是一直改变不了。

第一年高考失利,那段日子,真是太苦了母亲。那时,我十分消沉、苦闷,一个人整日躲在房间里不出门,也不说话,饭也吃得少。母亲见我这样,活得比我还揪心和难过,整天提心吊胆,小心翼翼地看我的脸色行事,唯恐发生什么意外。母亲知道我脾气太坏,不敢劝我,也不敢进我房间,只是立在房门口,一边看我一边拿围裙拭着眼睛,目光里充满担忧和怜爱,我的心一阵酸疼,自责、内疚不已:自己的失意凭什么要母亲来承担?母亲没有责怪我,已是非常宽容与开明。这样想着,心里更加难过,不由得失声痛哭起来："妈，你别管我，我自己不争气，没有好好念书……"母亲见我说话，惊喜地笑了，脸上却老泪纵横。她走过来拉着我的手："六子，妈知道你心里苦，你自小就好强，没考上，妈心里也难过，可又帮不上你，你可不能想不开，没考上不是你一个，我把你养大不容易，看着你一天天地瘦下去，妈的心疼啦！"我扶住母亲的肩膀，泣不成声。

擦干眼泪，我开始重新收拾课本，收拾心情，准备复读。心中有了目标，一切都变得不再那么艰难，终于在第二年的九月，我收到了大学录取通知书。我知道，这是母亲用她的爱与宽容给了我不尽的抚慰和力量，伴我走过那一段风霜雨雪的青春之路，走进了阳光灿烂的春天。

我结婚后，家中常年只剩下母亲，母亲更孤独了。有人捎信来，说母亲十分思念我，总是放心不下，人前人后不停地念叨，想来看我，又不识路。我拍了电报回去，让堂侄送她过来。母亲晕车，路途又远，一路上上下下，到了我这儿，母亲已被折腾得变了形，怀里还大包小包揽着我曾经爱吃的红枣和花生。我责怪母亲：不该这么远还背这些廉价东西，到处都能买到的，并不稀罕。母亲坚持："买的哪有家里的好吃？小时候，你可馋这些东西呢！"

母亲没来之前，我就在心里告诫自己：一定要好好待母亲，尽一点做女儿的孝心，母亲这么大年纪，今后怕是来不了几趟了。晚上，我为母亲买了一些她爱吃的蹄髈，可是她却不能吃了。"胃不行。"母亲说，"要是早些年，这么好的蹄髈，我能吃一碗，现在只能看着，吃不下了……"我的心里一酸，觉得母亲真的老了。

第二天上班前，我叮嘱母亲："冰箱里有饭菜，想吃什么就烧什么，我中午不回来。"母亲点点头，看着我出门，骑上车子，走了好远，她才缓缓关上门。

晚上回家，母亲已靠在沙发上睡着了。想着母亲一整天就一个人在空荡荡的屋子里，孤独地守着，等候我回家，那份寂寞一定是很深很深的。我轻轻为她盖上毛毯，这时，我才看见她的手上还拿着半截我早晨煮的玉米，不由心里一惊，赶紧打开冰箱，却发现什么也没动！事后，我问母亲："为什么没有煮饭？"母亲说："我不会用煤气灶。"我一辈子辛劳、节俭的母亲啊，到了晚年还要一个人上山打柴，用的还是那种原始的土灶，作为子女，我怎么就没有想到为母亲买一个灶具？

来不及后悔，我就因公外出了。我不在家的日子里，母亲一步不敢出门，害怕出差错，尽管如此小心，母亲还是在下楼倒垃圾时弄丢了钥匙，进不了门，母亲急得在过道上哭起来。邻居打电话告诉了我这件事，一时间，我十分恼火，连夜坐车赶了回来，还没进门，我就冲母亲吼起来："不是说过出门要带钥匙吗？你怎么老丢东西？"语气像一个主人训斥佣人。母亲怔怔地、惶恐地看着我，像一个做错事的小孩，眼圈红红的，我一看，火又上来了："哭什么？烦死人的！要是这样，你走吧，明天就走！"

母亲真的要走了，我没有阻止她，母亲边收拾边哽咽，说她把我宠坏了，老是吼她，小时候不怪我，长大了还这样。我鼻子一酸，心里好后悔，在去车站的路上，母亲坚持着不让我送，硬是一个人拎着包走了。看着母亲单瘦的背影渐渐消失在人流中，终于什么也看不见的时候，我的泪水唰的涌了出来……从那以后，母亲再没来过，我也不曾回去看望，我还是不是女儿？

如今，母亲不行了，一种冰冷的凄凉包裹着我，我的心深深地疼痛和忏悔：一切都晚了，我就是想努力也努力不成了，想尽孝也没有用了；我只能后悔，只能眼巴巴地看着母亲一天天地衰竭下去，然后将在我的身边消失、隐去——我突然感到一种前所未有的伤心和恐惧:母亲真的要走了吗?此生太愧对母亲,我禁不住潸然泪下……

母亲,我不是个好女儿。

(原载1994年10月1日《作家与企业家报》,并被选入中国妇女出版社1995年7月出版的《碧榭听歌》一书)

遥祭先父

我一直以为，你是一座山，不会倒下；一直以为，你是家门口的那棵树，不会老去。

可是，你走了。

我不相信，我还是以为，你会回来，会在我的呼唤声中睁开眼睛，慢慢苏醒。

但终究你没有……

我摸摸你的手，还有温热，我还想摸摸你的脸，是谁，用力地将我推开，那一刻，我才知道，你真的走了。

我哭了，一生也没有流过那么多的泪；我疼了，一辈子也没有经历过那样的悲恸。

无论我在外面，经历怎样的风雨，我的心始终有个依靠，那就是你；无论我在外面，遭受怎样的艰辛，只要有你，我就温暖，就不会失去对生的欲望与勇气；无论我在外面，有过怎样的委屈，只要想到，在远方，还有你，还有家，还有一座山般坚实的依靠，我的心就不再胆怯，不再害怕，擦干眼泪，我可以继续往前走……

如今，这座山倒了。

我把思念寄托给谁？

生命里只剩下了回忆，点点滴滴。

白头吟处变，青眼望中穿——晚年的父亲是忧郁的，寂寞的，大部分的时光都在望眼欲穿地等待，等着我们回家。当年那个坚强、刚硬、铁骨铮铮的父亲便有了风烛残年的凄凉。

多少次，我想对父亲说点什么，比如我们小时候的事，比如当年父亲种植的那些树，可最终，我什么也没说，我怕眼中会滑出多情的泪水。

那些树长大了，也成材了，还在老家的四周，以一种姿势倔强地站立着。父亲，当年，这些树是你准备留给我们建房、打家具的，可是，兄弟姐妹谁也没要这些树，因为他们也都成材了，不需要你的房子，不需要你拼尽一生积攒起来的财富。

看着那些树，你有欣慰，也有失落，你的目光常常落在远处，我无法感知你的内心有着怎样的波澜或者孤独。你的背影总给我一种“风抽芭蕉”的凄苦，“雨打窗棂”的悲凉。

时常，我在想，父亲老了，那个年轻的父亲，那个在天地间站立，在风雨中张开臂膀庇护我们的父亲，现在需要我们的庇护了。

时常，在梦中，我回来了，家还是当初的家，你还是一样的你，坐在门前的矮凳上，抽烟，沉默无语。

时常，在梦中，我来接你，笔直的塘埂上，你在那头，我在这头，无论我怎样疾步狂奔，可总也无法走近你，就在我哭喊着奔向你时，塘埂却断了，醒来便是泪……

是梦，还是现实？是冥冥中的点化，还是潜意识的一种暗示？

总以为可以永远，却不想一叶碎了秋风！

（写于2015年4月5日，时值清明节）

第六辑　家庭音像

照片的回忆

家中来了客人，晚饭后闲着无事，我习惯性地搬出影集。“嗬，这么多！”客人坐在沙发上，一张一张地翻起来，儿子做完作业，也蹭过来一起看，同时还兼做着“解说”。“这是你吧？”客人指着其中一张黑白照问儿子。“不，是妈妈，我是彩色的。”儿子口齿伶俐地回答客人。

我凑近一看，那是一张三十年前的老照片，那时我才三岁多一点，刚刚会说话。照片上的我睁着一双无限好奇的大眼睛，留着男孩子式的小分头，戴着白亮的银项圈，身上是一件不知什么颜色却有着细碎小花的棉袄，歪着脑袋，似乎在探究前方的照相机，样子委实机灵可爱。我非常珍惜这张照片，特地给它塑了封，并一直带在身边保存着。

看到这张照片，我久已尘封的记忆便又一次被掀开，那些散发着家与亲情的气息与故事又一次走近了我——三岁那年，外婆满60岁，母亲带着我坐汽车、乘火车来到远隔千里的舅舅家。第一次见我，外婆高兴得不知如何是好，晚上睡觉时给我拿了一床毛皮褥子，从没见过此物，我吓得又哭又嚷，拉着母亲一定要离开，外婆无奈，只好让舅舅抱我去街头玩耍。也就在那里，我第一次吃上了麻婆饼与甜心酥,见识了纸做的风轮和皮影戏。从此,舅舅的肩膀成了我的坐骑,只要有空,他就驮上我走街串巷。舅舅也有三个孩子,生活十分不易,可是对我和母亲,他们永远都是慷慨的,无私的。一个月后,我和母亲准备回家,外婆几天前就开始伤心,总是不舍得,拉着我这里看看,那里摸摸,不觉就红了眼圈。临走前,外婆拿出她出嫁时的首饰,给我定做了一只银项圈和一件棉袄,并特地叫来照相师傅,为我拍了照片。这是我第一次照相,也是我童年时期唯一的一张照片。

第二次照相是八年后的事。那时我小学还没毕业,当时,我与本村两个同学闹着玩,推推搡搡就出了村口,身上装着仅有的两元钱,到了车站,三个人的钱凑在一起还不足五元,车票是够了,可是,如果就此用去,那么预备着有所收获的少年心思就要被打折扣,虽然带着盲目上路,但心理上总是有所期望的。于是,三个人一合计,决定步行去县城,可谓少年气盛,几十里的路程,当时也没怎么犹豫,说走就走。不知道究竟走了多久,当我们站在城市街头的时候,才意识到自己有多么大胆,又有多么寒酸,后怕与自卑让我们一下子失了先前的勇气和激动,兜里的几元钱被我们捏得出汗,还没确定究竟想买什么,就在我们悻悻地转身准备回家时,路边的一家照相馆吸引了我们,七角钱可以照一张两寸的合影,不由分说,我们走了进去。

等收到照片,已是一个星期以后,照片上我们三人并排站着,统一的马尾巴,辫梢系着一根大大的蝴蝶结,手上居然还都拿着一本书,要多土气有多土气。可那时,我们却宝贝得不行,在教室里一遍一遍地传给人看,并不厌其烦地讲述着当时的情景以及城市的繁华与文明,仿佛那是多大的荣耀似的。

几十年的光阴转瞬即逝,岁月带走了我们的童年与少年,今天，当我开始步入中年的时候，细看从前的照片，心里却有着许多感慨，既有对往昔的怀念，又有一种欢情不再的伤感。无论是哪种情怀，我都将一直珍存着、守望着这些泛黄陈旧的老照片，守望着这份遥远却真实的过去，不让它们随风飞去。

（原载2006年6月29日《宁波晚报》）

回家的路

曾经所在的那个单位，离家很远，每天上下班要坐一个小时的车，等到了家，已经很晚了。通常这时候，丈夫与孩子已经回来了，只要一听见门铃响，父子俩便争先恐后抢着开门，门还没打开，声音就已经出来了："妈妈回来了！"

见到我，儿子会欢叫着扑过来，不等我放下包，便抱着我的腿，又是蹭又是吻，那份亲热劲让我从心眼里感动，所有的疲惫与劳累在那一刻便一扫而光。有时，丈夫先他一步开门，儿子不依不饶，一定要重新关上门，然后再亲手打开。

冬天的晚上，黑得早，特别是阴雨天，一路就更艰难，撑着一把伞，在寒风冷雨中一次次换车，为的是尽快赶回家。街上有许许多多如我一样的人，正急匆匆地赶路，他们神色各异，但目的是一样的，那就是回家。

想着家的窗口，此时正亮着一盏灯，灯下，有人在用心地等你；想着路的尽头，正有一份牵挂远远地飘来；想着在这偌大的城市，在这寒冷的冬夜，还有一个让你释放心灵的地方，这时，你一定会有一种感动，那种挣扎的感觉瞬间便成了力量，回家的路也就不再漫长。

我常常喜欢这样——倚在车窗边，一边看满街灿烂的灯火，一边这样想着，想着的时候，我是满足的，正因为有了这样的想法，我少了许多路途中的劳累与挤车的痛苦。还没到家，心中早已充满家的温暖与期待。逢着雨天，丈夫会带着孩子来接我，下车时，远远地看见两个身影，立在雨雾迷蒙的灯光下，拼命地朝这边挥手并大声地喊着我，他们的脸上洋溢着喜悦和快乐，声音又响又亮，站台下，不少的人看着我们，那一刻，我觉得人生最大的幸福就是：有家可回。

丈夫不会做家务，不会烧饭，无论我回家多晚，都要为他们准备晚饭，对此，丈夫感到非常内疚，认为我太辛苦。其实，丈夫工作也很忙，每天东奔西跑，早晚还要按时接送在上幼儿园的孩子。我深深懂得丈夫对我以及对这个家深沉的爱，他没有太多的言语，但他笨拙的爱的方式更让我有一种别样的感动。结婚多年来，丈夫从没有在我生日的时候送我一束玫瑰，但他那份用心的关爱与等候已让我非常满足，对于一个三十出头的已婚女人，还有什么比拥有一个懂你爱你的丈夫以及一个温馨的家所带来的安宁更重要？曾经，也有朋友问我到底累不累？显然，不累是假的，不过，累也只是肉体上的，心上没有，因为，我能在这么晚，走长长的路赶回家，为的只是做那么多永远千篇一律的家务事？不是，是因为我爱他们，我愿意这样做，从中，我感觉不出多么困难，当我为他们做这一切的时候，我是幸福的。带着爱和幸福的心情生活，一切都会是另一个样子的。

爱如阳光，也会传播的，在回家的路上，我常常给人让座，尤其是那些步履蹒跚的老人，他们牵着孙子，拎着大大的书包，本身就已站不稳，还要护着孩子，当我将自己的位子让给他们的时候，不少其他的人也会跟着这样做，一时间，车厢里暖意浓浓，就像春天的风轻轻吹过，遍地的花都开了，一路上，都能闻见花香。

回家真好，无论回家的路多么漫长，只要那路尽头还有牵挂，那个方向就是你生命中永远不变的航向。

（原载 2002 年 5 月 16 日《宁波晚报》）

童年的恐惧

小时候上学，要经过一片密密的松树林，松林里幽暗静谧，茂密的蒿草覆盖在小路的两边，给人阴森森的感觉，每次经过那里，我都特别恐惧，似乎听到草丛中发出一种呼呼的声音，这声音像是狼或者是蟒蛇的呼吸，并且它们随时都会跳出来，每当想到这里，我的心便开始剧烈地跳动，耳朵也在轰鸣……那一段山路，成了我童年的炼狱与日后恐惧的回忆。

儿子一岁多的时候，我把他送到了乡下，与外婆外公一起生活了半年。等我去接他的时候，天已经很热了，儿子穿着小裤衩，坐在门槛后面的矮凳上，我母亲拿着蒲扇，过来牵他的手，要带他到门前的桃树下乘凉，可儿子始终不肯，我过去抱他，他居然哭着叫着不让我抱。我不知道孩子这是怎么了？母亲笑指着门前的桃树说：那树下有个洞，洞里有一只癞蛤蟆，每到下雨天它就会爬出来，一次，孩子蹲在树下玩，看见了那只蛤蟆，从那以后，他就再也不肯坐到桃树下了。

接下来，母亲又向我具体讲述了当时的情景：那天，母亲在灶间烧午饭，突然听到儿子的哭喊声，随着哭声，儿子连滚带爬地跑过来，紧紧抱住我母亲的腿不放，并要拼命往怀里钻，边钻边喊：奶奶,大灰狼,奶奶,救命啊!母亲不知发生了什么,便抱着他出门探望,外面什么也没有啊,孩子还是很恐惧,仍然紧紧地抱着奶奶的脖子不放,头也不敢回,过了半天,儿子才伸手去指那棵桃树,说树下有一只大灰狼,当母亲走到桃树下,看见那只洞口蹲着的癞蛤蟆,这才知道他为什么害怕了。

儿子没有见过狼,但狼的概念在他小小的心中已经有了形状,那就是一只凶猛可怕,甚至要吃人的怪物,这概念主要是成人带给他的恐吓,有时是为了制止他的某些无理取闹,让他安静下来,才会说狼来了,每每听到这样的恫吓,孩子就会一脸紧张,表情严肃地躲起来,由于没有见过真正的狼,所以那只古怪的癞蛤蟆便成了儿子心中臆想的大灰狼。

自从那次被吓了以后,儿子就再也不肯走近那棵桃树,无论大人怎样解释,他始终怀着一种恐惧,这种恐惧将会伴着他走过整个童年,甚至直到成人。就像我小时候,那段幽暗的山林带给我的恐惧,在我成人后的夜晚中也一直存在着,我不敢一个人走夜路,总疑心后面跟着什么,只要一回头,它就会凶猛地扑过来,而且我总能听到声音,轻轻的,像石子落地时的清响,在幽静的夜里更加显得恐怖,实际上,这只是自己在吓唬自己,是心理上对黑暗与恐惧的臆想与扩大而已。

一朝被蛇咬,十年怕缆绳,儿子已经七岁了,与我一起去超市时,依然不敢靠近牛蛙,也不允许我靠近,我鼓励他,并且让他试着用小棍子拨动它们,一次,两次,慢慢地,儿子胆子大起来,开始用细棍轻轻敲它们的脑袋,见牛蛙没有反应,儿子兴奋极了,眼中闪着亮光,悄悄地走近玻璃缸,远远地伸出一个指头,想去触摸它们,但是,终究没有那个勇气,几次靠近又退了回来。他回头征询似地看我,我告诉他:它们是弱小的小动物,不会伤害人,人类才是强大的……儿子听着，神情渐渐变得严肃起来，他放下棍子，怔怔地看着那些牛蛙，从他的眼睛里，我没有再找到恐惧，而是看到了一个孩子对动物的深深怜悯。

（原载 2004 年 8 月 28 日《宁波晚报》）

儿童世界

儿子坐在地板上,身边躺着一张66分的数学试卷。我坐在一边,不理他,也不骂,决定冷处理。儿子隔一会就偷偷打量我一眼,看我的脸色,见我没有和缓的余地,儿子小声说:“妈妈,爱迪生小时候还考过不及格,你就原谅我这一回吧?”看着儿子可怜巴巴的样子,我忍不住有些心软:“你就一张嘴,原谅你,你考得这样少,爸妈心里有多难受。”

儿子站起来,走到我身边:“妈妈,你难受,别的孩子的爸爸妈妈也一样啊,如果我每次都考第一,那他们的孩子就总是不能得第一,而那些妈妈们该有多伤心。”我转过身,不相信地看着儿子,这话是他说出来的?一个七岁的、才上一年级的孩子。我摸摸他的头,无法不为儿子的机灵与应变能力所动。是的,儿子很会说话,点子多,心眼灵动,教过他的老师都这样评价他。但是,从另一个方面看,我又有些担心:儿子是不是在找借口为自己开脱,这样下去,对他以后的成长是不利的。

晚上,儿子在订正试卷,我走过去,他对我神秘地笑笑,突然把卷子倒举起来,嬉皮笑脸:“妈妈,这样一看,不就是99分了吗?”儿子为自己的发现高兴得手舞足蹈,看着他一脸兴奋的样子,我不好扫他的兴，只好说："希望你下次争取。"对儿子，我实际上是有信心的，从上幼儿园到现在，儿子的成绩一直很优秀。

刚上幼儿园，儿子说什么也不愿意。第一次送他，他就抓住我的衣服不放，拼命地哭。老师说："没事的，没事的，刚开始都这样，过两天就好。"我还没走出门口，儿子就从后面追上来，哭得像个泪人似的扑到我怀里："妈妈，我要回家，我听你的话。"老师又过来抱他，儿子挣扎着不让，老师催我快走，我只好狠狠心走了，可一个上午，我都心神不宁，耳畔总响着儿子的哭喊。以后，一连几天都这样。我有些心疼，晚上回家，看着儿子挂着泪痕的小脸，我开始动摇，有些不舍得了。老师说："这时候千万不能反复。"又过了几天后，儿子果然好了，幼儿园里活泼的小伙伴与美丽的儿歌让儿子走进了另一个世界，儿子开始在那个自由的童话王国里放飞自己的快乐与梦想。

儿子的调皮是出了名的。放学时爸爸去接，总会有一些小朋友前来告状，说文宗欺负他，爸爸给那些小朋友一些安慰后，回家一定是要批评儿子的。儿子不服，就跑过来向我告状：哪一次爸爸没洗脚就上床了，哪次把钱丢了，哪次半夜起来上网等等，父子俩订立的同盟一下子就被儿子全盘端出来了。这时，儿子靠在我身边，挑战似的看着爸爸，一副胜利在握的表情，大有十天半月不理爸爸的架势；可过不了一会，儿子又蹭到爸爸身边：给他猜谜语，拉他做游戏——刚才的一切，儿子又给忘记了。

儿子还不会讲话时，就有人对我说：这孩子心眼多，聪明。我不知道他们是怎样看出来的。等到儿子稍稍大一些，我发现他确实比同龄的孩子调皮，家里橱柜上的拉手几乎都被他弄光了，一刻也不停，新买的玩具玩不了多久就拆开来，又装上去……这样反反复复，我就很担心：儿子每天这样动，会不会是多动症？

担心显然是多余的,好动是孩子的天性。儿子很小时,就像笼子里一只关不住的鸟,每天用手指着门外,要我们抱他出去玩;现在还是一样,逢着星期天,儿子也闲不下来,做完作业就出去找小伙伴,家里的被子与沙发常常要被他带进来的伙伴弄得一塌糊涂,对此,我很恼火,但看着儿子与伙伴们在一起玩得那样开心,小脸笑得像一朵花,我也就不再过分阻止。

儿童有儿童的世界,这世界里有他真实的欢乐,也有他幼稚的思想,有美丽的情感,善良的眼泪,也有童话与彩虹,我希望我的儿子在属于他的世界里自由、活泼地成长。

祝福儿子。

(写于2003年6月1日,时值儿童节)

心疼小儿

儿子才七岁，个头矮小瘦弱，细细的颈项顶着个大大的脑袋，背上的书包几乎与头一样高，走在路上，给人一种蜗牛背着重重壳的感觉。每天早晨，站在阳台上，看着儿子小小的身影慢慢拐过水泥道的转角，渐渐消失在人流中的时候，突然就很心疼：小小的人，每天来来回回要赶这么多的路上学，虽然是校车接送，但是一送一接来回就是一个多小时，要是冬天，到家时天已经黑了。

下午三点来钟，儿子就已放学，通常要等到四点多才能上车，因为校车还要到其他几处接孩子，最后一站才轮到儿子所在的学校。车是丈夫所在"国际学校"的，考虑到教师没时间接孩子，学校安排了校车，而教师的子女又分散在市区各个学校，这样接起来便很麻烦，耽误太多的时间。早上六点，儿子就要起床，然后吃饭、出门、等车，有时实在困得不行，儿子赖着不起来，趴在被子上掉眼泪……想想儿子也真不容易，我的心便软了，丈夫不依，吼着："惯儿不惯学，上学的人又不是他一个！"儿子委屈地看看我，没办法，抹抹眼泪也就起来了。

星期天的中午，我带儿子去买书，在车上，起初，他还大声地和我说着话，慢慢地，声音小了，听不见了——儿子太累，歪在座椅上睡了。我轻轻地把儿子的头移到我的腿上,让他的身子尽量舒服一些。儿子睡得很香,嘴角有细细的口水流出来,为了让儿子能多睡一会,我决定不在新华书店下车,随车坐下去,到达终点后再坐回来。中午的阳光透过玻璃窗,照在儿子的腿上,暖洋洋的,我真想时间就此停止,真想就这样一直一直坐下去,让儿子在我的怀中美美地睡一觉,把过去欠了多日的觉给补回来。

我们小区对面就有一所小学,儿子实际上可以就近上学,这样就省去了许多来回奔波之苦,但这所小学没有食堂,学生得回家吃午饭,而我们中午回不来,家里没人做饭,儿子总不能老是在小摊上吃快餐吧?再说,我们之所以舍近求远,还有另外一个更重要的原因:那就是名校效应,看着别人家都把孩子送到市中心学校,一家比一家好,我们自然也不能比别人逊色,那就赶紧上吧。这样一来,其实苦的还是孩子。

晚上回来,儿子想看动画片,就端着碗坐在沙发上,一边看一边吃,丈夫不同意,说这样对消化不好。说了几遍,儿子不听,丈夫便生气,走过去将电视“啪”一声关了。面对漆黑的屏幕,儿子一脸的无助,孤独地坐在那里,一动不动,像一只受伤的小动物,眼里蓄满泪水。我走过去,问他为什么不听爸爸的话,儿子仰起头:“我等会要做功课,没时间了,只有吃饭时看一会,妈妈,我可以不上学吗?”听了儿子的话,我的心不由得痉挛地疼了一下:是什么使现在的孩子活得这样累?这样苦?早早地没有了童年,没有了那种无拘无束的快乐和自由?孩子的天性是好玩,好动,可是,现在的孩子连星期天也没有,不是大人带着去学琴,学画,就是在家补习功课,有几个孩子是实实在在地、真实地在阳光下放飞他们内心的快乐与天真?想想我们小时候,整天在外面疯跑,傻笑,常常是玩得一身汗水一身泥,回到家,大人一边呵骂一边为我们脱下衣服,只剩一件小裤衩,摸摸光光的身子,一边笑一边又在大人的眼皮底下逃了出去——我们童年的快乐才是真实的,具体的,看得见的。

儿子还小,还是在母亲怀里撒娇的年龄,可是,一整天我都看不见儿子,晚上回来,话也说不上几句,就要做作业了……看着儿子睡眠不足、一副疲惫的样子,我感到心上沉甸甸的:儿子刚刚才念小学,以后的路还长着呢?

我能为儿子做点什么呢?我唯有真心地、深深地祝福儿子,愿他一路平安!

(原载2003年4月9日《中国教师报》)

生活中的风景

一天傍晚，儿子放学后问我讨要一只纸盒。我问他做什么，他说要养蚕宝宝。儿子说完这话，就从书包里取出一只白色的袋子，里面有一些桑叶和两只幼蚕，这是儿子花五角钱在学校门口的小摊上买来的。

儿子开始精心地养着他的蚕宝宝。每天起床后，第一件事就是探看他的宝宝并给它们添加桑叶，清理粪便，那份小心与细致、认真与执着真的让我动容。我不知道一个自己这么小、还时时需人照顾的孩子竟有这份耐心。看他每天进进出出、兴高采烈的样子，我就有一种感谢生活的愿望。因为从孩子的身上，我看到了生命中最本质的善良与爱，这种善良在我们的日常生活中时时存在，并一直无止境地延伸着。只是有时候，在我们的命运置身低谷时，我们便泯灭了心中那种美丽的情感，并开始抱怨现实无奈逼人，我们的视线所触及之处不再只是风景，有的只是灰蒙蒙的人生与杂乱无章的事物，实际上，这不是我们的生活真正出了问题，而是内心纷乱的情绪让人颓废与厌倦。

四季轮回，我们的人生也不可能处处完美，冷落、孤独、寂寞和痛苦，种种不如意总有令我们心灰意冷的时候，这时候，我们是一味地忧伤下去，让生命一寸寸地萎缩、消亡，还是换一种心情，找一找身边的乐趣？大千世界，万事万物中，难道就没有一件合乎自己的心愿？实在不行，就到花园里走走，看看那些在风中摇曳多姿、风情万种的花与草，它们的鲜活丰沛还不能让你感受到生活的芬芳与生命的长久不息？任何事物都有两面，何必一定要被负面所困扰，换个心情去享受眼前的一切，不同的心情产生的效果与乐趣便会不同。

孩子的心灵是新鲜和敏感的，就像新绿的春茶，透着缕缕生命的清香，他们始终怀着单纯的童真与透亮的心思打量这个世界，并且全身心地投入其中，因此，他们活得坦然而且快乐，普通的一朵花，在他们的眼里或许就是一个明亮的世界。记得我曾在一本书中看到：一个六岁的残疾女孩，黄昏时与妈妈一起出来散步，在一株喇叭花前，女孩停下了脚步，她说：妈妈，这些喇叭花蕾就像一个个小灯泡，到了晚上，它会像电灯一样开放吗？如果是，那么这整个山坡都会亮起来，一朵一朵的亮亮的花灯，就像闪烁的星星，该有多美啊！这是一个六岁孩子的思维，一个残疾女孩，她能将如此普通的事物，看得这样神奇，这么美丽，这是绝大多数成人思维中所不具备的，因为生活的苛责与难堪已经麻木与冷漠了那一颗颗心灵，得不到财富、权力或者爱情的满足，他们以为也失去了健康与世界。

有时候，我们活得不如一个孩子，丢失了心爱的气球，孩子尽管也沮丧，但他很快就会忘记，因为生活中还有许多更加新奇的事物，这些事物足以分散他的注意力，可成人往往不一样，他们原先不想失去的东西一旦失去了，便会耿耿于怀，甚至不惜一切力量要夺回来，从没有准备着要失败或者失去，所以，他们活得不够轻松，也感受不到生活的平和、宁静与美丽。

作家韩少功曾经对人类的精神层面作过这样的剖析:做事不幸福,不做事也不幸福;成家不幸福,不成家也不幸福;这种普遍现象使人类成了所有动物中最高级也是最不快活的,最进步也是最惨惨兮兮的。是啊,躯体存在意味着我们还活着,我们还有思想与精神,也懂得现代的礼仪与文明,可是,我们缺少的是一颗温暖的心与对生活的热情。风景处处存在,只要你愿意从生活中发现,就一定能发现。

带着感恩的心情活着吧,即使一无所有,至少还有生命,还有阳光与健康,这就足够了,心在哪里,世界就在哪里,将我们的心呈于阳光下,我们的人生便会一片灿烂。

(原载2002年11月8日《宁波晚报》)

为别人找工作

母亲来电话，说五姨的孙子要过来，想找份工作。——这是母亲第七次让我为别人找工作。

握着听筒，我的心里有一种说不出的悲哀。我想：无论我怎样忍耐和迁就，总有一天我的心理承受会达到极限；也无论我怎样努力，终究有一天我会被他们拖垮。

五姨的孙儿如期而至，同来的还有他的爸爸——我的表哥，安顿他们住下后，我就开始给朋友打电话，厚着脸皮一个一个打过去，关系亲密的朋友说我：你何苦来着，你又不欠他们，管那么多，真是！更多的朋友是客气的婉拒，语气缓和却有着回避不及的惶恐，也有的因为拗不过情面，答应试着给帮忙，之后便没了消息……我并不怪怨他们，想必朋友也害怕了，有这样一位多事的友人真是他们的不幸。

我像前些次一样，开始一趟一趟地跑职介所，与那些前来求职的外地人挤在一起，常常累得身心俱疲，也难以找到一份令他们满意的工作。当我拖着沉重的脚步走在回家的路上，想着这些年来，我不停地重复着这种生活，奔走在这座城市的大街小巷，为着家乡的远亲流泪流汗，活着，支撑着，狼狈不堪。想着亲友的漫不经心以及对工作的过分挑剔,还有那种对自我的良好感觉,“大事做不来,小事不愿做”的游戏态度,我始怨复忧,继而竟失去了从前的坦然与宽容,我的心里开始抱怨母亲的多事与亲友的自私。他们的要求都有着惊人的相似:找一份挣钱容易、事又轻松的活儿,从不考虑自己的能力与条件是否匹配。在他们认为,之所以前来投奔我,是因为看得起我。如果我没能为其找到一份更好的工作,首先,不是他们的能力不行,而是我没能尽心努力,责任完全在我。

一个月后,五姨的孙儿与表哥终于肯去一家单位,带着我送给他们的被子、草席、枕头以及相关的生活用品,大包小包地出了门。倚在门口,我终于长长地吐了一口气,这些天来的奔波总算有了结果,虽然这是我送出的第七床被子,但为了亲友有个栖身之处,有个温暖的窝,我还是瞒着先生给了他们。原以为他们走了,我可以让紧张的神经松弛下来,可是,三天后的傍晚,我下班回家,发现门口坐着两个人——他们又回来了:工资少,不想做。

他们决定做生意,拿着向我借的4000元钱,租了一个店面,两个月下来,本钱用光了,还亏欠一笔债,看着他们懊恼的样子,我只好又拿出一笔钱帮其补了亏空。接下来的日子继续等待,如同前几次来找工作的亲友一样,他们心安理得地住着,每天看看电视,乏了便下楼走走,饭烧好了,大家一块吃,一点也不着急,急什么呢,反正有地方住,不愁找不着工作。日复一日,我的先生终于失去了耐性,开始与我争吵,怨我的亲友扰乱了他的生活,使他的生活空间、生命质量都受到了影响,这样的日子让他窒息和难受。我不责怨先生,我自己也意识到,这样下去,迟早有一天,我会被我的亲友拖垮。我的内心充满了焦虑与压抑,一次一次地,我几乎不能再控制自己的情绪,就要发怒了。

我不敢拒绝这些找上门来的亲友,在他们眼里,我是发着大财的，是吃着家乡的米饭，并且好像是靠着亲友的资助才有了今天的，我的好日子里有着他们的功劳，所以我得为这些日子过得不好的亲友担起责任，倘若我不是这样，那便是忘恩负义，吃了奶水忘了娘。因此，我的亲友来吃我、住我、拿我，都是应该的。末了，还要对我有所不满，还要说着先生小气……

我们无法做一个完整的好人，因为我们只是普通人，我们有着情感和爱心，也凭借自己的努力与良知去生活。可我们的能力有限，做不到人人满意，只要尽了心，至于别的，随他们说吧。

（原载 2009 年 7 月 24 日《大江晚报》）

母亲节的温暖

今天是什么日子,我本来并不知道,也不在意。我只知道今天与往常没什么两样,不同的就是雨下得特别大。

开车去市作协的路上,放在副驾驶座上的手机突然响了,因为是新手上路,还因为雨下得太大,视线也不好,我没敢去接电话。过了一会,提包里的手机也响了,我依然没有理会。等我办完事,已经快到中午了,我才想起这两个没接的电话,赶紧回过去,一个是先生,一个是儿子。

先生第一句话就问:知道今天是什么日子吗?我愣了一会,但并没想起来,先生嘿嘿一乐:短信没看到?

先生的短信情意绵绵,先是狠狠地夸了我一回,然后祝福我节日快乐,并且提醒我记得给母亲打个电话。我的心温暖得发烫,在这样大的雨中,这样平常的日子里,我被身边这两个最容易忽视的男人惦记着,我在电话里沉默着,眼里却有着温润的柔软。

儿子打的是国际学校里的公用电话,回过去没人接。午饭后,儿子再次打来电话:“妈妈,今天是母亲节,祝你节日快乐。”语气有些羞怯,有些急促,我明显感觉得到,电话那头的儿子,表情一定是腼腆的。从小到大,儿子比较含蓄,有些事从不肯说出来,尤其是对父母情感方面的表达，但这次是例外。儿子的变化是从上高中开始的，一点一点，让我惊喜，也让我感动。

三八节前夕，儿子就在网上为我订了一款笔记本电脑，由于钱不够，他让我借他一千块钱，我问他："做什么？"

"我给你订了一台笔记本，作为三八节礼物送你。"儿子一副局促不安的样子。

"妈妈办公室有电脑，在家里也有电脑，再买是不是浪费呀！"我先是谢了他的好意，然后建议他退掉。儿子虽然有些遗憾，但还是答应了。电脑是有价的，但儿子这份心意却是无价的，它让我久久地，久久地暖和着。

这是一个平常的日子，不平常的是我收到了一份份珍贵的祝福，它像花一样散发着芳香，渗透在我的生活中，让我体会着什么叫幸福，什么叫爱与珍惜。

我同样把这份爱送给我的亲人，我的兄弟姐妹，我希望他们也与我一样，时时感受着生活的美好，家庭的温情。

晚上，先生下班回来，人还没到家，声音就已经飘上来了。一进门，他就向我伸出一只手，紧紧地攥着，神秘地让我猜猜是什么。我没有耐心，也不想猜，便用力扳开他的手，结果里面空空的，什么也没有，先生笑得前仰后合，这才慢腾腾地从口袋里拿出一张卡。"哇噻！"我学着电视剧里某些小女生的模样，尖声叫着，一把夺过卡。这是先生一年的稿费，他之所以攒着，就是为了要给我一个惊喜。

我不知道这个世界上，有多少个家庭的幸福是相似的，但我知道，幸福的前提一定要有爱情。没有爱情的婚姻不仅自己痛苦，对双方，对孩子都是折磨与伤害。我庆幸，我有一个呵护珍爱我的丈夫，有一个聪明智慧的儿子，还有健在的父母双亲，这些，都是我生命中最重要的，是任何东西都无法企及的。

晚饭前，我打开电脑，悠扬的歌声顿时充满整个房间：

我能想到最浪漫的事，就是和你一起慢慢变老，一路上收藏点点滴滴的欢笑，留到以后坐着摇椅慢慢聊；

我能想到最浪漫的事，就是和你一起慢慢变老，直到我们老得哪儿也去不了，你还依然把我当成手心里的宝……

（原载 2012 年 5 月 29 日《现代家庭报》）

琐记先生家常事

在日常生活中，我先生说得最多的四个字，是“注意安全”，要么就是“安全第一”，总而言之，他最为担心的就是家人的安全。

记得我刚买车时，为了让我驾驶时更为安全，先生一再一再要求我答应他：一是必须自动挡，二是安装导航仪。而买车当天，先生在单位有事，等我与朋友把车买回，先生发现没有安装导航仪，十分生气，但碍于朋友的面子，没有发作。后来每次开车外出，当我不识路时，先生几乎是咆哮：“我一再强调，要装导航仪，你不听，为省钱，你省下的钱呢？钱呢？！”他常常说：不怕一万，就怕万一，万一哪一天要真出了事，就一切都晚了！

我第一次开车去上班，先生站在楼下，一直在强调：“慢点开，开慢点，路上有电话一定不要接听，安全第一！”等我车子出了小区大门，上了路，先生还一路小跑着追过来，我听他在后面喊：“到报社后给我打个电话……”

我有一些朋友，先生也有接触。后来，总有朋友陆续地告诉我，说先生给他们打电话了，意思就是：欧阳上、下班的路上，请他们不要打电话，因为开车，接电话不安全。先生一生小心谨慎，就因为我开车，他常常担惊受怕，如果是一般的担心也就罢了，只要哪天我迟半小时或一小时到家，他就胡思乱想，坐卧不安，什么事也做不了，一趟一趟地在小区路口观望等候，甚至冒汗，脸上、身上冷汗淋漓。对此，我常不屑：有什么好担心的，至于把你吓成这样？

记得，刚买车不久的一个周日，我去4S店保养，出门时答应先生，到了店里就给他打电话，可到店之后，我一忙竟然忘记了，而先生又不敢给我打，怕我正在路上——虽然算算时间，我应该到4S店了，可是万一有意外呢？先生总是时时以防万一。他靠在床头，不停地看时间，由于焦虑不安，又在屋子里走来走去，一上午处在百般的煎熬中：浑身冒冷汗，胃也疼起来，到最后连肠子也绞痛起来。中午时，他无心吃饭，不停地来回于家路之间，一时间好像整个世界都塌了。因为不确定我是从小区的前门回还是后门回，先生一会守望在小区前门的清水桥路，一会守望在后门的腊梅路，一会儿又跑回家看看，看看是否错过了哪个路口，我与他擦肩而过先回来了？

等我回来的时候，已是下午两点多，远远的，我看见路边有个人影，有点像先生，等车开近点，果然是他。我招呼先生上车，这才发现他已是面如土色，额前的头发湿成了一绺。我问他怎么了？他的声音竟然有些颤抖，有些哽咽："欧阳，你终于回来了！一直没有接到你电话，不知发生了什么情况，又怕你开车在路上，始终不敢打电话。整整大半天了，我的肠子绞成了千千结，都差点要断了，这条路，我来来回回至少走了十多趟……"先生后面还说了什么，我已听不见，我只觉得：在这个世界上，有一个人能如此地为我担惊受怕，为我牵肠挂肚，我还有什么理由不珍惜自己呢？

我不知道，还会有谁像先生这样待我？虽然在家里，也常听到他吼叫，但那都是为了我们好。他不知多少次地对我说："我在外面，可以说从不生气；而在家里，你总是惹我发怒——一次次地叫你剩菜不要吃，与我和孩子一起吃新鲜的，可你从来不听；身体不舒服，陪你看医生，你硬是不去……你像这样害自己，我也没办法！”说这些的时候，先生是真的生气了，脸涨得通红，真的是痛心疾首。

而先生对我的生气发怒，则常常让我感到温暖，感到幸福。先生的关爱就像博大的蓝天，包容着我的一切，给我无限的力量，当我遇有不快的时候，当我难免消沉的时候，身边总有先生的宽慰与鼓励，他就像一棵树，给我依靠，给我庇护。

完全可以说，在我们家里，先生把我与孩子看得比他自己还重要。当着孩子的面，先生更多的是扮演着“严父”的角色，可只有我知道：先生内心对孩子的爱，比一般“慈母”还要慈爱与深沉。

记得儿子刚上大学时，先生思念得很，可他嘴上从来不说自己思念儿子，问他想不想儿子，他也总说不想，反过来，还叫我“学会放飞孩子，不要老是思念”。

事实上呢？经常，经常，总是先生首先在我面前提起儿子——

“这两天双休日，也不知宗宗睡了懒觉没有？要是不吃早餐，对大脑、肠胃与消化系统等都有危害呢！”

“昨天晚上宗宗用电脑，用手机，不知道是不是又熬了夜？老是深更半夜的不睡觉，只怕肠胃与皮肤都要受损，免疫力还有记忆力都会下降呢！”

“今天西安天气为阴转雨夹雪，气温一下子由四度下降到零下六度，也不知宗宗添了衣服没有？可千万不要着凉了！”……

常常，听到先生的提及，我的心都会一怔：一个男人，一个平时看似什么都不关注的男人，怎么比女人还心细？我嗔怪着：“你还叫我不要思念，可是你呢，你明明比我更思念。”

“我这是挂念，不叫思念。”先生就是这样，嘴上总是不肯承认思念儿子。

“你敢说,你真的不想儿子?”有时,我追问着先生,“你说心里话,你是不是老在想儿子?”

“你是不是老在想儿子?”先生禁不起这样的发问——我只要这样的稍一招惹,他就要抑制不住地流下眼泪,哽咽着:“欧阳,我常常很内疚。我总觉得,我们过去太专注于自己的工作,而对孩子的关心、爱护真的太不够了!……”

……

儿子上大学后,家里好像一下子空了许多,早早晚晚的,先生总要在我面前,借着这样那样的由头,哪怕提一下儿子的名字都是好的。比如:早晨刷牙时,我没盖牙膏,他会说:“要是宗宗在家,看他不骂你?”我若有餐晚饭没吃,他又会说:“宗宗回来了,看你还敢这样?”……仿佛提一下儿子的名字,也能够缓解心头的思念,更主要的,几乎每次提起儿子,先生的脸上都要洋溢出幸福的笑容。

几乎每一天,先生都要打开儿子所在学校的网站,浏览校园新闻,了解学校动态,并且总是希望能够从中寻找出一点有关儿子的信息。一次,在一篇关于学校足球比赛的新闻报道中,先生看到了儿子所在的电子信息工程系足球代表队的获奖合影,不知有多兴奋,简直不亚于先生自己上了新闻联播,马上叫我一道来欣赏,并将照片收藏了起来,但同时又担心:“踢足球,弄不好就会摔倒的……”

装修搬家时,凡是儿子的书刊物品,先生都按原来的顺序,一一摆放好,哪怕一张小卡片,也不允许我扔掉。发现一位同学写给儿子的信,我想打开看一看写了些什么,先生马上脸色一怒,我也就立即打消了念头——先生一辈子,胸怀坦坦荡荡,为人磊磊落落,不仅仅是对孩子,先生对所有的任何人,都不曾有过一星半点的窥探其隐私的行为。

先生生日那天，儿子早早地便发来生日祝福，并发来微信红包；下午，儿子又在网上订了生日蛋糕，委托一位朋友送到家来。先生受宠若惊般，将蛋糕端端正正摆放在桌子中间，小心翼翼地拿出生日祝福卡片，坐到沙发上，一遍又一遍地看着，边看边念叨："孩子懂事了，孩子懂事了……"我走过去与他说话，明明见他在笑，可是笑着笑着就流泪了。

我知道先生的情感与心迹，却故意说："不就是一盒蛋糕吗？你这么激动干什么？"

"不，欧阳！"先生一口否定，咧着嘴，似笑还哭，哽咽着，似哭又笑，"我看到的不是蛋糕，而是透过蛋糕所看到的浓浓亲情！"

……

我曾在 QQ 里给儿子写过这样几段话：

儿子，你知道，爸爸现在每月上万元的工资，还有政府终身荣誉津贴，可他始终艰苦朴素，勤俭节约，从来不肯为自己乱花一分钱——那年与中共中央总书记、国务院总理等合影，他都没有系领带；去年 9 月他应邀前往北京讲学，脚上穿的也只是 29 元一双的普通布鞋……

儿子，爸爸不肯为自己乱花一分钱，可你一开口，说要 30 万，他却没有一丝儿犹豫，并一直催我快点给你汇过来；你该记得，去年，作为创业投资，你一次性亏损了 60 多万元，爸爸竟是那样的平静，连眉头也不曾皱一下，反倒一面安慰你，一面宽解我——向我强调"孩子还是在校生"，要我知晓"创业艰难百战多"，这次亏损，就当孩子交了一次学费，吃一堑，长一智，相信我们的孩子一定会逐步地成长起来！

儿子，我常常想：爸爸为什么对自己那么吝啬，而对你却又是这般慷慨？要知道，爸爸毕竟属于普通工薪阶层，而不是什么大款富豪。

对于上两个问题，你爸爸笑盈盈地回答过我："一、对自己，我其实并不怎么吝啬，我只是'只买对的，不买贵的'，自己喜欢的，就是最好的；二、对孩子，简而言之，我要说的是：在关心与爱护的基础上，加上理解与信任，从而义无反顾地支持与扶助自己的孩子，父母一定要成为孩子的精神支柱，在精神上陪同孩子一步步地走出人生之路，而这，要比所有金钱、任何财产都要重要多少倍！"

儿子，爸爸的话，不知对你有无启发，有无感触，有无使你联想起许多往事？

以前妈妈一直以为：男人不懂得爱孩子。可是现在可以肯定：你爸爸比我更爱你。他对你的疼爱，深入到骨髓里，溶化在血液中，我说不出来，但是我能感受得出来，有时，看爸爸对你的那份舐犊之情，我都感动得热泪盈眶。

儿子，记住爸爸对你的好，他是这个世界上最疼你的人，妈妈永远比不上。

——关于"先生若干事"，我且"琐记"到这里。附带一句：其实关于我先生，是可以整整写一本书的。

（关于先生其人其事，曾写有《说说我丈夫》一文，原载 1994 年 4 月 27 日《芜湖日报》；又写有《丈夫是个穷教师》一文，原载 1994 年 7 月 6 日《安徽教育报》；还写有《我家的朋友》一文，原载 2004 年 11 月 24 日《宁波晚报》。根据先生的意见，为了控制本书的篇幅，因有了本篇文章，其他各篇均不再选入。）

（2017 年 1 月 7 日，写于宁波国家高新区）

回想儿子孩童时

儿子两岁时，由于当时学校工作太忙，我把他送到乡下母亲处。

暑假，我回母亲家去陪儿子。一天，吃过晚饭，洗完澡，我与儿子躺在家门口的凉床上，一边看星星，一边与儿子说话。空中有飞机飞过，蓝色的灯光一闪一闪的，我突然心血来潮，便逗儿子："爸爸就在飞机上，来接你回家呢！"

"飞机那么高，爸爸怎么下来呢？他怎么知道我在这里呢？"儿子稚嫩的童音，充满好奇与疑问。

"你呀，对着飞机喊爸爸，爸爸如果听见了，就会从上面飞下来的。"儿子信以为真，对着飞机大声喊："爸爸，爸爸，我在这里——"边喊边从凉床上站起来，使劲挥着小手，以为这样爸爸就能够听见了。可是飞机并没有因为儿子的喊叫而停下来，还是渐渐消失在云层深处。看着远去的飞机，儿子满脸的疑惑："妈妈，爸爸怎么没有飞下来？怎么没有飞下来？"

看着儿子失望的眼神与表情，我不敢再逗儿子了，就把他抱在怀里："爸爸工作忙，等他忙完了，就会来接你，接妈妈，然后我们一起回家，就坐刚才的那架飞机，好不好？"

虽然很失落,但儿子还是点头说好。从那以后,一连十几天,只要有飞机飞过,儿子就会冲着飞机喊:“爸爸,我在这儿——”

现在,儿子自己来来回回地坐飞机上大学,不知他是否还记得当年的那一幕,是否还记得那份一脉情深,血浓于水的父子之情?

我时常在想:那么小的人儿,怎么会那样思念爸爸?他又如何知道那个人就是自己生命中最亲的人呢?难道这就是本能——爱的本能?!

儿子上幼儿园的那几年,是我们一家最为轻松快乐的时光。晚饭后,出去散步,先生一手牵我,一手牵儿子,我们一边走,一边说笑着,儿子有点怕累,走一段就要爸爸背,为了不让儿子偷懒,我就拉着先生在前面跑,儿子急了,要么赖在原地不走,要么在后面拼命追,而我,则往往笑得直不起腰来。

儿子很聪明,但也很淘气,饭桌上,常常捉弄爸爸,趁我先生帮我盛饭的间隙,把先生不爱吃的菜一一夹到他碗里,然后装作若无其事的样子,埋头吃饭。先生知道是儿子弄的,也不捅破,故意大声问:“我碗里怎么多了这么多的菜?菜长了脚,会自己跑进来,还是谁夹的呀?”儿子沉不住气,一边咯咯笑着,一边使劲用筷子把菜压到碗底,不让爸爸有任何机会把菜夹出来。汤也一样,儿子往往拿着汤勺,装作漫不经心的样子,舀满满一勺汤,慢慢移近自己的碗,然后冷不丁地放进爸爸碗里,看着爸爸窘迫为难的样子,儿子笑得两边直扭,一边扭一边还用小手敲着桌子。见儿子如此开心,先生故意显得越发的为难,不愿喝汤的样子,儿子乐不可支,大声喊:“喝,爸爸快点喝,我数一、二、三……”

父子俩这样闹腾,我也不掺和,只是偶尔帮下儿子,欺负老实的先生。

小学一二年级时,双休日与寒暑假,儿子大部分时间都在看动画片《奥特曼》,一套一套的《奥特曼》碟片,只要见了就要买。为此先生很是恼火,结合其他一些情况,给儿子制定了《罗文宗日常生活行为规范十不准》,并且打印出来,张贴在房门上,其中有两条我至今还记得:不准吃饭看电视,不准撒娇耍脾气。儿子没办法,虽然也执行,但他不服气,不知什么时候将标题中的"罗文宗"改为"爸爸",变成了《爸爸日常生活行为规范十不准》。

在家里,先生永远是被欺负的对象,小时候,儿子经常说:"在家我是第一,妈妈第二,爸爸是这个——"说着,儿子伸出了一只小拇指。

先生乐意做这个"最小",他感到挺满足,只要是我与儿子的需要,先生都乐意去做。因为在他的心中,家就是他的世界,他的全部。

记得那是儿子小学三年级时,先生去英国修学访问一个月,我与儿子每天都是望眼欲穿,扳着指头算天数,剩下的天数越少,儿子的心越急切,只要家中电话响,无论他在做什么,都会第一个跳起来奔向房间,边跑边喊:"爸爸,肯定是爸爸!"可没等我从厨房走出来,就听见儿子怏怏的声音:"妈妈,是你单位的。"

先生回国的前一天给我打来电话,说第二天下午四点在宁波下飞机,大约五点之前到家。那一天,我们家就像做喜事一样的热闹,天一亮,我就赶去买菜,挑先生最喜欢吃的买了一大包,然后洗、切、烧、煮,早早地做好饭菜,等先生归来。儿子隔一会儿便跑往阳台上,看看爸爸是否回来了。下午四点多,儿子爬到阳台防盗窗的垫板上,目不转睛地注视着小区的大门口;到了快五点的时候,电话再次响,儿子急得在阳台上叫起来:"妈妈不准接,是爸爸,爸爸!……"儿子几乎是从阳台上滚下来飞进房间的,边跑边喊着爸爸,儿子的喊声那么清脆,急切且充满喜悦,喊得我的心都在温柔地疼痛。

飞机晚点,先生到家的时候,天快黑了,儿子等了一天,已经又累又困。吃过晚饭,先生让我们一起坐在地板上,一件一件地分礼物,除了我与儿子,住在我家的外甥女也有——给儿子的是金色的皮卡丘手表与魔术盒等玩具,我的是一整套的化妆品与两条项链,外甥女的则是一盒六件装的女表与一些小首饰,每个人都心花怒放,儿子尽管困得眼睛都快睁不开了,还缠着爸爸教他"再玩一会魔术盒"。

——那个灯光柔和的晚上,一家人那样快乐地坐在地板上,等着先生分发礼物的情景,就像刻在我的心里一样,这一辈子也无法再忘记。

儿子刚刚头十岁的时候,就具有了较强的商业意识与一定的理财能力。有段时间,他花钱很"阔绰",我问他从哪来的钱,他说自己挣的。怎么挣的?一个三、四年级的小学生怎么挣钱?

接下来,儿子的回答令人吃惊。他说:"我给3个同学包做数学作业,每人每月30元,这一项一个月就有90元;另外,我把爸爸给我买的书出租给同学,每本书两元,一星期归还,每星期租出10本书,就能赚到20元;还有,班上经常有同学忘戴红领巾,被学校查到了既要批评又要扣分,我就在超市买了几条红领巾,出租给那些临时需要的同学,每人每天1元……现在,我每个月的收入最少有120元。"

听儿子说完这些,我很吃惊,也很迷惑,我不知道该如何正确对待与处理这样的事,我只知道我不好轻易地表示赞许,也不宜简单地予以否定。

周一,在社会新闻部"选题谈版"例会上,我与同事们说起了这件事。没想到,他们个个竖起大拇指,一个劲地夸儿子聪明,简直就是商业奇才,将来肯定大有作为。反应敏感的记者说"这是很好的新闻素材,我们马上采写";观念开放的编辑则说"完全可以报道,还可以在报上展开讨论";部主任也很感兴趣,当即拍板,甚至准备就此拿出一个专版。还是我想到了:"先不着急,我还要回去征求一下孩子的意见。"

回家后,我委婉地对他说明了情况,儿子反应非常强烈,坚决不肯,并说,我如果敢这么做,他就不去上学了,以后再也不理我,什么话也不会再告诉我。

考虑到儿子的感受、学校的形象以及儿子将可能会受到的委屈,我妥协了。但这件事,却使儿子成了我们日报社的小明星、小红人。单位聚餐联欢,我带着儿子,大家热情洋溢,簇拥在桌边,给他"敬酒",与他握手,送他糖果,或者摸摸他的头,夸他是未来的"商业大亨",也不忘戏谑几句:"作业包月费收少了,至少还可以增加一倍,因为这是脑力劳动,付出的都是你这小脑袋里的智慧呀!"

那些日子,儿子与我十分亲昵,还在儿子更小一些的时候,平常我下班回来,只要听到楼梯上脚步响,儿子便会飞抢着来开门。我曾有些疑惑,便问他:"上下楼的邻居也有不少,你怎么就知道是妈妈呢?"

"妈妈和爸爸上楼的脚步声,我都能分得出:妈妈步子很急,好像在往上冲,咚咚咚的,鞋底落地的声音很重;爸爸则是一步一步,稳稳的,轻轻的,很有节奏。"儿子看着我,一脸认真地说。我伸出大拇指,狠狠夸了儿子一顿。

有时我也想:这么小的孩子,能在纷杂的人群中,听出妈妈的足音,是否他有过太多的驻足等候,或者有过心灵的无声守望?是我们陪伴他的时间太少,还是孩子一人在家倍感孤独?

是的,儿子还那么小,每天清早就背着个大大的书包,一个人赶校车,一个人买早饭。站在阳台上,目送着儿子那孤单而渐走渐远的身影,看那沉沉的大书包几乎没过他的头顶,心里便有丝丝疼痛与不舍,那一刻,真想牵着儿子的手,陪伴他去走生命的每一段路程……

(2015年5月26日,写于宁波日报社)

第七辑　人海萍踪

青青的橄榄

四岁时，为了使小我几个月的静妹有个伴儿，叔叔让我去城里上幼儿园。记得，有人问:“这小女孩是乡下来的吧?”老师说:“是县政府的。”“哦，看不出……”问话人一脸遗憾。

七岁时，又转学到乡下。同学问:“你是城里人吧?”我摇摇头，告诉她:“我是乡下人。”同学不相信，一脸的诧异。

我知道城里人和乡下人是有区别的。这区别主要在于人心，其实人是一样的人，不同的就在于人的态度:城里人看不起乡下人，认为他们穷，苦，爱占便宜，乡下人也因此贱看自己，贱看自己的同时，也就无形中抬高了城里人。作为一名乡下人，我知道乡下人的凄苦，但他们绝大多数都不占便宜，为人极尽善良厚道，真正占便宜、势利眼的还是为数不少的城里人，他们口口声声称别人“乡巴佬”，却不想想他们的父辈或祖辈或许曾经也是一个乡下人。

叔叔在县政府工作。高中毕业第二年，他让我去了城里。虽然是临时安排，但对于一个乡下女孩来说，已经十分满足。报到那天，领导对我很客气，将我分在政秘科搞文字。

没有人知道我来自哪里，也没有人知道我的身份，一切都风平浪静。过了几天，同科室的女友试探着和我说话:“看你长得这样秀气,一定是哪位局长的千金。”我冲她苦苦地笑了笑,不明白局长的千金和秀气有什么联系。紧接着,她又问:“你是大学生吧?看你戴着这么深的眼镜,我就知道你一定是大学毕业的,你是哪所学校……”见她问得这么详细,我反感地皱了皱眉头,什么也不想说。她抬头发现我脸色不对,也就不好意思再问什么,低下头默默吃饭,临走时,她对我妩媚地笑了笑。

晚上,我在用餐,那位好问的女友又凑到我身边,压着嗓子小声告诉我:“我那同宿舍的小李是从乡下来的,土里土气,脏兮兮的,吃过饭总是用手抹嘴上的油,到底是乡下人。”女友说得很动情,满脸的不屑和鄙视溢于言表。看着她表情丰富的脸,我突然的没有了一点食欲。当时,我真想问她:“乡下人怎么啦?我也是一个乡下人。”但我最终还是忍了,什么也没说,和她说这样的话又有什么用呢?她的修养与素质决定了她的为人,她生活的环境造就了她的平庸与无知。她看不起乡下人,她本身又有多少让人羡慕与钦佩的地方呢?

一传十,十传百,女友的话很快在单位上上下下传开了。大家都以为我是分配来的大学生,并且是某位局长的千金。三人言而成虎。一时间,众人议论纷纷,对我也客气了许多——用餐时,我发现同等金额的菜,自己的饭盆里却比别人多了一份;下班的路上,总有与我相识或不相识的人一起结伴同行……我不知是高兴还是难过,一时有苦难言,也就将错就错,可是,这样下去总让人感到不踏实:终有一天,他们会知道我来自乡下。那时,他们又会怎样想呢?

半年过去了,我的身份在单位里依然是个谜,没有人知道我究竟来自哪里。其间,有很多人打听过,试探过,我一日比一日变得烦躁,我不知道一个人的身份究竟代表着什么?它能给那些好奇的人们又能带来什么好处？我陷入深深的迷茫。

夜，很静。我躺在床上，无法成眠，心里觉得很苦很累也很无奈，就像嚼着一枚青橄榄，苦涩忧伤。望着窗外渐渐西斜的明月，我想到了那远在乡村的父母，想到了那些与我父母一样辛苦劳作的父老乡亲，他们不管我是否成功发达，都会一样善待我，在他们眼里，没有名利，也没有歧视，他们朴实的愿望就是好好做人。

那一段短暂的城市岁月，我没有收获到饱满的谷穗，却在生活里拾到了一枚青青的橄榄，苦涩但不沉重。

（原载 1993 年 10 月 31 日《芜湖日报·星期刊》）

雪后是春光

当冬天的第一场雪落下来的时候，我也病倒了，心中纠集着太多的伤感与回忆，如这残冬纷飞的雪没有边际，一层一层，慢慢地堆积起来。

我孤零零地蜷在被窝里，任凭浮冰一样破碎的情感左冲右撞，裂变着，也疼痛着，像一只受伤的鸟找不到归宿的天空。送走他之后，我一直就这样躺着，用被子严严实实地包裹着自己。心依然冷得发颤，喉咙像哽着什么，吃不下任何东西，窗外的世界已与我毫无关系，我只想就那样一直躺下去。

那是周六的中午，同学匆匆赶到我家，轻声告诉我——他走了，尽管有足够的思想准备，可我还是无法相信，我愣在那里，半天回不过神来。我看着同学的眼睛，仿佛是在做梦，虚幻，缥缈，眼前金星闪烁。那个中午，我装作若无其事的样子，与父母一起吃饭，可我一粒米饭也没咽下去，我感到喉咙疼痛，泪就在心里积攒着，翻腾着，却不能让它流下来。

我不知道自己是怎样回到学校的，我只知道，内心有一种强烈的愿望——必须尽快见到他，正是这种愿望，才让我没有倒下去，一路上，我头昏目眩，身上没有一丝力气，双脚沉重如铅，我是靠着一种生命的意志在支撑着，天在下雨，我在雨中吃力地挪动着脚步，那条湿漉漉的水泥路啊，我几乎走了一个世纪，却走不到尽头。

全校的师生都涌向学校后面的礼堂，我知道，所有的人都是为了送他最后一程，只有我，无言地站在雨中，任凭风雨浇淋……我流干了眼泪，心也空了，巨大的毁灭感让我万念俱灰，没有了生的意念，只想随他而去。

再后来，我也不知道发生了什么，只知道自己躺在寝室的床上，发着高烧，说着胡话，老师与同学吓得不知所措，连夜请来了医生，我睁着双眼，可眼前的这些人与事，似乎都不在我的视线之内，我的心走得很远很远，没有人知道我内心的想法，也没有人知道我心中的伤痛，我像一只折断桅杆的小舟，浮在水面上，找不着方向，亦不知归路。

……

就这样，我在恍惚与无助中度过了生命中最苦涩的时光。当冬雪逐渐消融，春天的阳光照进窗户的时候，我像冬眠的动物，在蛰伏了一个冬天之后开始慢慢苏醒，我已经知道怎样阻挡心中的痛。

我结结实实地拉开窗帘，让阳光毫无保留地涌进来，风带着暖意轻轻掀动我的长发。久久地，我立在窗前，看着已经有些陌生的世界，看着好久不见的春光，我突然有了一种劫后余生的感慨。伏在窗前，我痛痛快快地哭了一场。当我再次从泪光中抬起头的时候，我发现生命又以一种新的姿态开始了，雨水洗过的天空更加明媚，更加灿烂。我打来一盆水：应该精心地收拾一下自己了，包括纷乱的心情。

一线阳光浅浅地落在镜前，镜子里映现的是一张依然年轻的脸，抖落掉身上太多的灰尘，经历过蝉蛹脱壳的蜕变，我已没有了以前的晦涩与艰难,生命经过风雪与创痛也是一种成长的过程,我已学会站立,并走向成熟。

是啊,一切都过去了,一切又以另一种不同的方式开始。尽管四季轮回,辗转颠沛,但春天终于还是来了——花开了,草绿了,生命的晴空里不再有潮湿,春光会消融残留下的积雪,一切还会从头开始。

(原载 1994 年 6 月 10 日《芜湖邮电报》)

从容走人生

还记得，那是五年前的一个冬日，我的同事、也是我的朋友小曾被单位解聘，理由是：业余爱好耽误了正常工作。临走的那天中午，他来向我告别，我感到十分震惊和意外，同时也有一种兔死狐悲的凄凉，会不会哪一天就轮到自己了？

小曾来自农村，家境贫寒，父亲早逝，母亲瘦弱多病，拉扯四个孩子的艰难可想而知。小曾在家中是老大，大学毕业后为了担起养家的重任，便来到了南方，进了我当时所在的这所学校。通过一年多的相处，我发现小曾是一个勤奋而刻苦的人，每晚十二点之前从不休息，坚持写稿，有几次我去看他，见他的房间里到处都是稿纸。他写得勤，文章也屡屡见报。我问他为什么这样，是不是想出名？他笑笑：不是，主要是为了弟妹，也为了自己，自己出息了，弟妹的路就不再那么艰难。朴实的话语后凝结着太多的挣扎与不易，我突然就有了一种感动。

到了冬天，别人都穿着大衣，小曾还是一件西服，一件衬衫，冻得瑟瑟发抖，有时候连话也哆嗦着说不出来。问他冷不冷，他总说习惯了，挺一挺就过去了。小曾没有冬装，一年四季就是那几件衣服，他每月的工资按时邮寄回家，除了生活费，身上便没有多余的钱,可他很乐观,从不叹息抱怨生活,也不在人前显露寒碜。一年多来,从来未见他与同事发生争执,说话也总是彬彬有礼、谦虚谨慎的样子,办公室里,大家都喜欢与他交往。

小曾走后,我的心里一直有一种担忧:不知道他会流落到哪里,也不知道他是否会就此沉沦,一个人无依无靠,最终的归宿又会是怎样?想到这些,我的心情总是很忧郁,我时常祈祷,但愿上天能够保佑他。

时光如白驹过隙,一转眼五年过去了。这其间,我曾多次向别人打听,也留意过有关的报刊,看是否有他写的稿件,可结果总是杳无音信。就在我于忙碌的日程里开始逐渐淡忘他的时候,去年——我由学校进入报社的第二年,却意外地收到了他的来信。信中,他告诉我他从网上了解到了我的近况,并简略地叙说了他自己近几年在东莞的工作情况。看得出,他比我想象中活得要好,过得很自信、从容,没有那种漂泊的沧桑感。看完信,我长长地吐出一口气,心一下子释然了。

那以后,小曾不断给我来信,述说着他成长的每一步。几年前,他主动从一家知名企业跳出来,创办了现在的维美广告设计印刷公司,目前,他公司的员工已超出了三十人,一切都红红火火。作为总经理,在工作之余,他仍然勤奋笔耕,先后出版了《大脚走天下》、《跑步人生》等散文集,并于去年底加入当地省作协,成为“新莞人”中的杰出一员。在小曾寄给我的画册中,我看见他正满面春风地站在公司的门口,前方是一株株挺拔的、迎风招展的椰子树。

当年,当小曾提着行李离开这里的时候,他未必想到他还有今天的收获。给我的信中,他曾这样写道:上帝对每一个人都是公平的,你从一方面失去了,你一定会从另一面得到补偿,只要不放弃心中的信念。这些年,我虽然遭遇了不少的挫折,可我始终相信,累累的创伤，便是生命赐予我们的最好东西，因为在每个创伤上面，都标志着前进的一步，正因如此，在面临一次又一次伤痛与选择时，我过得相当从容和坦然……

想起富勒《至理名言》中的一句：苦难毁灭一些人，也磨炼另一些人。谁能料到红尘内外人世的如许变迁更替，塞翁失马，焉知非福？看到今天的小曾，能够在世事的打磨下活得如此从容，过得这样洒脱，我从内心里感到喜悦，并深深地为之祝愿，想必他的母亲，他的弟妹都应该有了一个好的归宿。

但愿人长久，千里共婵娟。

（原载 2003 年 3 月 14 日《宁波晚报》）

温暖的牵挂

每年映山红花开的时候，我都会收到她的来信，信不长，三两页纸，朴实的语言透着乡村的气息，也带着关切和温暖，还有那份对我深深的祝福。

她是我的朋友——一个爱好文学的残疾女孩。不知有着怎样的“缘”，十年前，朋友就曾“冒昧地”给我写信，给我寄诗，认我为老师，她是认真的；而我，却是好一阵惶恐，因为我当时也才刚刚起步，还在学诗呢。可她百般请求，让我无法再拒绝，于是我答应了：彼此互相学习，不必称师。可她坚持称我为老师——对此，我第一次感到人生的严肃。

那时，我在家乡的一所学校任教，工作之余喜欢写点小散文、诗歌什么的，都是些风花雪月的青春情怀，常常为一家市级刊物“情感世界”、“花季絮语”等专栏所刊用，现在回头去看，才发现幼稚、浮浅得很，朋友就是在那时候走进我的生活的。

朋友家在农村，自小腿就有点跛，因为身有残疾，初中毕业后就没有再继续读书，跟在父亲后面帮忙种地。通过信件，我感受到一个乡村残疾女孩的艰难和无奈，感受到她纤细、敏感而又自卑的心灵，那里有挣扎，有努力，也隐藏着希望被泯灭后的苦涩。每次捧读朋友的来信，我的心里都有一种淡淡的伤感和无奈，望着纸上那些工整、纤秀的字迹，我就仿佛知道：那个在偏僻山村里埋头写诗的女孩，她的梦充满着美丽和忧伤，骨子里却透着倔强和执着。她很勤奋，但基础却较为薄弱，我害怕因此抹了她的信心，所以，每次回信，在指出诗的不足的同时，还必须肯定或褒奖有进步的地方，每一篇诗稿我都精心读过，并适当作一些修改，同时，我也帮她向有关刊物投寄，但真正发表的寥寥无几，可她不灰心，始终坚持着。想着朋友的那份执着，我感到了生命中有一种沉沉的责任。

人生，总得有所维系才是。我理解朋友的坚持，然而我又很担心，如果一直这样下去，总有一天，朋友会感到一种彻底的绝望——诗长进不大，却这般努力，或许，残疾的她只能如此？我常常在灯下思索，然而没有结论，就如同我不能预料到朋友的未来一样……

后来，我离开了家乡，来到了这座现代化的城市。临行前，我去看望朋友，并把自己一些保存多年却无法带走的书籍送给了她。她惊喜、不安，眼神中流露出的感激与怯意令我心疼和不舍，那天，她陪我在村庄的周围与附近的小山上转了整整一个下午，为我采了一大束鲜艳的野花。记得那是春天，映山红开得灿烂，满山都是，她捧着花，站在山顶，兴奋的脸庞染着说不尽的青春妩媚，宛如一只乡村的新燕，清纯可爱。

今天，当我在写这篇文稿时，我知道我那远在乡村的朋友，仍然一如既往地，如她的父辈一样生活着，想着那颗曾努力向上的心，那稚嫩却清新的诗句，那清澈如秋水的眼眸，还有那捧鲜艳的映山红花，都在我的眼前叠映，伸展……一时间，我的心里竟涌起一股温暖的情感，伴着长久的牵挂，令我不能自持，只有轻轻问候一声——朋友，你过得还好吗？

（原载2003年11月21日《宁波晚报》）

错愕的电话

曾经，一张一张的，我送出了很多名片，原因很简单，想结识更多的朋友。只是名片送出去多了，连自己也不知道究竟送了哪些人。

两年前的冬天，那是一个阳光很好的下午，我的电话响，一听，里面是一个陌生的小男孩的声音，我想可能是拨错了号，可接下来发现真是找我的。男孩说他姓杨，是姐姐让他带着我的名片赶到公用电话亭给我打电话的，姐姐快要离开人世了，希望我能去看看，因为他和姐姐几乎没有朋友。男孩带着哭音说完这一切。我一惊，因为我并不认识他姐姐，我努力搜索记忆中姓杨的女子，一直没想起来，这个仓促间让我感到惊愕的电话困扰了我一个下午。

晚上，我在整理抽屉，无意中看到了还是距当时六年前在W市参加小学语文教改研讨会的一本通讯录。这时，我突然想起，那年在开会时，曾认识了一个叫杨柳的女孩。女孩一直很沉默，开会结束的那天晚上大联欢，别人都在高歌劲舞，只有她默默地坐着。因为不舒服，我也不想跳，便与她闲聊起来。当时，我递给她一张名片，没想到，她一下子惊喜地抓住我的手，问我是不是在《江城文学》杂志开辟"情感世界"散文专栏的江陵。我点头。当确知江陵真的就是我时，她激动不已，一定要我在她的笔记本上签名。她说："多年来，一直爱看你的散文，并且就因此而常年订购《江城文学》杂志。"临别时，她拉着我的手，一再希望我将来有机会到她家乡看看，表现出深切的依恋与崇拜之情。后来，她好像还给我写过信。

我赶紧翻开通讯录，一看地址，W 市 F 县的一个乡镇小学。我照着号码打过去，接电话的是一个男子，他告诉我："杨老师不在了，早在半年前就回家了，家离这儿很远。"我问他有没有其他方式联系，他显得很无奈。

第二天，我又打了一次电话，仍是那个男子接的。我从电话中知道：杨老师很不幸，四年前父亲遭遇车祸，一年前她自己得了乳腺癌，现在可能快不行了，如今家中，还有一个十岁的弟弟和一个已经绝望的母亲。听到这里，我的心开始一点一点地下沉，我仿佛看到一张被病痛折磨得奄奄一息但还年轻的脸，那张脸曾充满对生活的渴望与热爱……

我很快请了假，坐了将近十个小时的车奔向 F 县，当我找到杨老师的家时，我被眼前的情景惊呆了：杨老师就在我到达的当天清晨走了，我没有来得及与她告别！她的母亲与弟弟见到我，像见到久别的亲人，泪如泉涌。

我实在无法目睹此情此景，住了一天，我就离开了，我不知该用什么方式安慰他们，只是拿了一千元钱，我自己都不知道这钱到底是算什么。临走那天，她弟弟抱着我的腿泣不成声，口口声声喊我"姐姐"，让我悲痛万分。

回来以后，我又汇了一千元给那位接电话的老师，请他转交杨老师家并为他们安装一部电话，我能做的只有这些。那天，杨柳的弟弟为了给我打个电话，竟然跑了好几里小路。男孩曾告诉我：

"姐姐以前常提到你,说你是一个作家,江陵是你的笔名,认识你是姐姐最高兴的事。"现在,杨老师的弟弟就如同我的弟弟,我经常通过电话鼓励他,要求他努力学习,并在经济上时常给他一些帮助。

因为爱,世界才会有希望;也因为爱,我们才有勇气好好地活下去。

(原载 2002 年 5 月 24 日《宁波晚报》)

粉红色的友谊

一年前的一个雨夜，我在一家 BBS 上发了一份帖子，求助网友提供一份我急需的资料。第二天上午，她——青莲，便进入了我的界面，向我提供了十分宝贵的信息，使我省下了不少时间。除了短消息，我还给她发了一封伊妹儿，表示衷心感谢。很快，她也给我回了一张贺卡，并告诉我她的 QQ 号码。

从此，我与青莲开始了网上友谊。有空的时候，我总喜欢打开 QQ，与她轻松而又简单地随便聊聊，没有丝毫拘束，其中，谈得最多的是美容与读书。我发现青莲不但聪明健谈，而且知识丰富。逐渐地，随着交往的增多，我们的友谊也不断升温，就像多年不见的老友，熟悉而亲切。虽然没有真正见面，但我心中早已勾画出她姣美清秀的外形，如同她的名字一样亭亭玉立，美丽青春。

她比我小一岁，在一家私企公司信息部工作。大学计算机系毕业后曾在一广告公司任职，后跳槽来目前这家私企，待遇极高。网上待久了，我便有了网下聚一聚的希望，当我把这个想法告诉她的时候，她犹豫了一阵后同意了。于是，我们相约在杭州的杏花村酒家大厅里见面，届时，各穿一件粉红色的衣裳。

在等待见面的日子里，我的心里充满了紧张与快乐，我想了很多个见面时的开场白，显然，我不适合交际，可我又无法抵挡来自网上友谊的神秘魅力。

见面的那一天终于来到。我早早乘车赶到杭州，然后打的来到杏花村酒家的大厅，可能是来得太早，里面除了服务小姐，几乎没有客人。我在大厅的沙发上坐下来，足足等了两三个小时，快到中午十二点了，仍然不见青莲的影子。天空下起了小雨，我开始变得焦躁不安，不停地来回走动，就在这时，一位男士走近了我的身边，问我是不是在等一个叫青莲的人，我一怔，直觉告诉我，他就是。

我愤怒地瞪着他，什么也没说。果然，他就是青莲！顿时，我有了一种被愚弄、被欺骗的感觉，拿起包，我转身就走。没想到，电视与小说中的故事情节会在我的身上出现，一时间，我根本无法接受并相信。

他没有追我，而是满脸通红地呆立在原地。

回来后，他连续给我发了十几封 Emile，向我解释并请求我的原谅——他与我所说的，除了性别以外，其他一切都是真的！他并没有存心要骗我，之所以没有说明，只是想建立一份除性别之外的纯净友谊。同时，他还给我寄来了一大束粉红色的莲花，鲜艳欲滴。

我开始理解并原谅了他。

现在，我们成了真正意义上的网友，通过网络世界构筑起一座友谊的大厦，让人类最朴实、最珍贵的友情绵绵不绝，天长地久。

（原载 2002 年 5 月 3 日《宁波晚报》）

仰望星空的天使

前几年，因为一些家长的要求，“双休日”时间，我常辅导一些孩子阅读与写作。

一个星期六下午，我上完课，正在给学生布置作业。

一个小女孩站起来：“老师，能不能少布几道题？”

我看了女孩一眼，有些诧异——这是一个成绩优秀，平时学习认真，也很听话的孩子，今天这是怎么了？

“能说说理由吗？”我语气平静地问她。

女孩低下头，眼睛盯着脚下的地板：“老师，我好累，在你这儿上完课，我还要去别的地方学英语和小提琴……”

“老师，我也是！”

“老师，我也是！”

小手一只只举起来。

“老师，你就同情同情我们吧，少布点作业……”旁边的几个孩子抢着哀求。

我坐下来，静静地看着他们，也不说话。此时，我心情复杂，不知道说什么好。其实，我很清楚，这些孩子真的很累，他们没有童年，本是玩耍奔跑的年纪，现在却被禁锢在这里。

孩子最大的快乐是什么？是和同龄人一起玩耍，捉迷藏，下跳棋，爬上爬下，追逐打闹，这是与生俱来的一种天性，当孩子玩得满头大汗跑回家的时候，我们在他们的眼睛里看到的，一定是天使的样子。

幸福是一种烙印，尤其是童年的记忆与快乐，就像是一帧底片，烙在心灵的深处，永不磨灭与褪色。

因此，我真的很想对那些家长说说：把童年还给孩子吧！

……

第二天上课前，我坐在沙发上与小女孩闲聊，交谈中，女孩竟说出了一件令我意想不到的事——

女孩的爸妈开了一家很大的公司，白天基本不在家，通常是半夜三更才回来，孩子的饮食起居都是外婆照料。为防止孩子看电视，玩电脑，爸妈在楼下的客厅与女孩的房间都安装了监控。

“他们安装监控的目的，就是为了防止你看电视，玩电脑？整个暑假，你都不能看电视吗？”我十分疑惑地问。

“一天只能玩半小时电脑，看一小时电视，超过了不可以。他们装监控，就是怕我多看了电视。”女孩的语气有些哀怨，“他们越这样，我就越不学，我宁可在房间坐着发呆，也不做作业。”

我突然有些寒冷的感觉。

我拍拍女孩的肩膀：“爸妈这样做是不对，但也是为你好。”我的话，连我自己都觉着苍白，无力，虚伪。

可怜天下父母心——好久，好久，我坐在那里，不想动弹，也不想讲课，心里却堵得发慌。

现在的社会到底怎么了？中国的教育到底哪里出了问题？家长们为了不让分数成为孩子的绊脚石，不惜花费重金，不顾孩子感受，自己疲倦，孩子也累，其实他们也心疼孩子，也不想在这么热的天，在本是属于孩子的假期里，让他们不停地辗转、奔波在各个培训班的路上。可是，别人家都这样，自己哪能落后？

听听孩子的声音吧，不要让“拼”成为一种自然的选择，不要剥夺本是属于他们的假期，他们的思想。

让孩子清脆的笑声飘荡于青山绿水之间，让他们无邪的眼神映出宽广的蓝天白云，放飞本真，找回童年。

让孩子的脑海里留存下童年时和小伙伴一起玩闹的开心记忆，那是幸福，是镀着金边的快乐。

——让你的孩子成为一个仰望星空的天使吧！

（原载《启明星》杂志2010年第七期）

两个小女孩的命运

仿佛很久很久以前的事了。

那天下午，放学回家，两个小学四年级的小女孩，在乡间的小路上，一边走一边谈笑着。

其中 A 女孩突发奇想，问 B 女孩："你能告诉我，长大后想找一个什么样的男朋友？"

B 女孩想了一会儿，毫不掩饰地告诉同伴："我想找的男朋友，一定是个军人，穿着绿色的军装……"女孩边说边抬起头看着远方，眼里有着奇异的光彩，仿佛那个兵哥哥就在远方等着她。

"那么，你呢？"好像突然想起来似的，B 女孩偏过头问。

"我的那个他呀？应该是读书人，戴着眼镜，很有学问。"A 女孩说完就蹦蹦跳跳地跑开了，花布书包在她的身后一搭一搭的。

山村的小路恢复了原始的寂静，两个小女孩的梦想在这里起飞了……

……

十年后，那个幻想着兵哥哥的 B 女孩出嫁了，男人是个大她二十多岁，患有佝偻病，瘦骨嶙峋的农民。——由于家里穷，女孩尚未读完小学就辍学了；还是因为家里穷，哥哥娶不起老婆，父母逼着她为哥哥换亲。她曾不从，哥哥就将她捆起来，吊在屋脊上抽打，她哭啊，闹啊，最终却在无望的泪水里悲苦地认命了。

婚后，她生了一个女儿，如今女儿也做了妈妈，四十出头的她就做了外婆。她像所有的农村妇女一样，每天日出而作，日落而息。男人的后背已经佝偻得像一张一触即断的弓，时常怔怔地站在门口，看着他的女人挑着粪桶进进出出。

另一个，A 女孩仍然继续求学，小学毕业后，又读完了初中、高中，考上了大学，还成了一名作家，在一座沿海城市的报社工作。女孩坐在几十层高的大楼上办公，常常隔着窗户鸟瞰脚下的车水马龙，芸芸众生，心里难免要生出些许的优越感。

A 女孩后来成了女人，她的男人正是她梦想中所要的，仿佛前世约定了一般。男人果真戴着眼镜，不仅清秀文静，英俊儒雅，而且还是教育界的知名人物——良好的社会声望、非凡的气宇外表以及浓郁的书卷气息曾令许多女孩着迷。但他却于茫茫人海中选择了她。几年后，他们的儿子出生了；眼下正就读市区一所重点中学，家庭幸福得令不少人羡慕……

……

三十几年过去，弹指一挥间。如今，当年携手并肩走在乡间小路上的两个小女孩都做了母亲，也都已人到中年了。不同的机遇，不同的选择，却让她们的人生有了截然不同的结果。如果那个 B 女孩当初能够继续上学读书，如果她不为哥哥换亲，如果她能支配自己的命运，那么今天，她的生活又会是怎样呢？

人生没有如果，倘若有来世，我想她一定不会再选择目前这样的生活，这一辈子，她伴着这个风烛残年、半死不活的男人，心里一定很悲苦。更可怜的是她连什么是爱情可能都不曾体验，她是一个无爱的女人。她最初的梦想与情感，就这样被贫穷与愚昧给埋葬了……

……

一年秋天,A 姐姐的孩子结婚,她回乡庆贺。在姐姐家的院子里,在帮忙的人群里,她看见了她——当年的 B 女孩。此时,她正与好几个妇女一起围在桌边切菜。

饭桌上,A 与 B 坐在了一起。

还是其中一个问另一个:"这些年,过得好吗?"

"不好。"B 低着头,语气平静,像在说别人的事,听不出一丝抱怨。

"我们是同学,你记得吗?"她想不出用什么话来安慰她。

"记得,你看,你是在天上,我是在地上……"

B 还没说完,同桌的一个女人笑起来:"你们是同学? 不会吧,你们看起来相差二十岁还不止。"

A 怕同桌女人的话伤害了 B,赶紧转移了话题。可 B 好像没感觉,口里喃喃地,始终念叨着一句:"念书的时候,你成绩好,成绩那么好……"

……

第二天,A 要走了,姐姐在门口送她,正好碰见 B 挑着一担箩筐准备下地,看到 A,B 停了下来:"姨娘要走了吗? 这么快,我还没请姨娘吃饭呢!"

此时,正是初夏的清晨,阳光极好,洒在 B 的脸上。那是一张黝黑苍老的脸。透过镜片,A 放大瞳孔,试图从 B 脸上找出一点什么,比如年少时的模样,比如那抿着的嘴唇,上扬的嘴角以及清澈的瞳仁里曾一度放射出的对未来憧憬的光彩。可 A 什么也没找到,她心中保留的那个小女孩的印记早已不在了,那只是一段飘散在遥远时光里的一个梦。

那个早晨，A 与 B 在田埂的尽头分手：A 向着太阳的方向走了，B 则走向与她相反的另一面，挑着那担硕大的箩筐。

路在延伸着，生活在继续……

（原载 2009 年 7 月 31 日《大江晚报》）

悼念密友

我的 QQ 上还有你的头像,可我不知道,你已走了。

夜,很静,我听见泪在心里翻腾的声音,浸着月光,一个人独行,在摩挲了千百年的路面上,遥想过去……

一场杏花雨,陨落了你的柔情,那个向你举刀的男人啊,他是你前世的过节与罪恶。芳魂已逝,可我依然看见你迷离的眼睑,桃花飞度般一次次闪现,我忍不住低头,转身,泪流满面。

倚着凉润的石栏,久久伫立,黑夜在四周弥漫,我迷失在与你相伴的往事与回忆中,那些浸着风雨与欢笑的日子,飘逸而来,页页有你,页页温暖,就那样不可预知地疼痛了我的心……

——风雨兼程的青春,是你陪着我一起跨越;自考艰难的坚持,是你与我彼此的鼓励;青石道上,我们一起上下班;风霜雨雪,我们共撑一把伞;一个个夏夜河边的倾谈,一次次席地而坐的坦然,这些,这些……让我如何不痛彻心扉?请你放慢脚步,是否,就能听见这声声怀念?能否,在再一次的回眸中,看见你的浅浅笑容?

突然,我有了一种孤立无依的感觉,真实而透彻,如冰凉的雪花,纤尘不染,无声地落在尘埃与寂寞里。

今夜，我无眠。

今夜，我只在三江口为你思念，为你雕塑，也为你送行。

我祈祷：你来时是一朵花，开在春天里；你去时依然是一朵花，开出粉红的色彩，眩目依旧。可我，注定了这辈子一世怀想。

开始下雨了，我把回忆撕成碎片，放在每个路口，让风带走。你的名字开始沉淀下来，铭刻在心中，并绽放出缕缕芳香，萦绕午夜……

（2012年6月10日，写于宁波三江口）

走不回的过去

每当在城市里待久了，便想回到乡下住上一段日子，让负荷的心灵在绿色的山水间得到释放。——说实在的，这些年来，我还从未将自己真正融入城市。

今年夏天，姐夫去世，我回到了家乡。当车子停在故乡的公路边，我几乎已经找不到回家的路了，公路两旁全是齐腰深的荒草。正在踌躇间，一辆面包车在我身旁停下，车上有人在大声喊着我的名字。我探头细看，原来是堂哥与侄儿一起来接我。他们知道乡间的小路已经不能走了，村庄与村庄之间到处都长满荆棘与蒿草，田埂上更是举步维艰，小河看不见水面，不熟悉的人可能会误认为是一条水沟而跨步涉过，到处都被草覆盖着，有一种荒无人烟的凄凉。这些年，村民大多外出打工，田地荒芜了，路上也难得看到一个人影。村庄里除了一些老人与孩子留守外，青壮年都背井离乡，到城里谋求生计与发展去了。

面包车在乡间的石子路上一路颠簸，绕来绕去，好几次差点被弹出车外，稍不留神，就会从坐椅上颠下来，我紧张得一身是汗，双手紧紧抓住椅垫，也不知过了多久，车子终于在姐姐家的屋后停了下来。

姐姐家的来客还真不少，加上村庄里帮忙的村民，围观的小孩，院子里与院外的晒谷场上都挤满了人。天渐渐黑下来，可能是周边的蒿草太密，蚊子多得像蜂箱里聚集的蜜蜂，赶都赶不掉。我站在小院的桃树下，手里拿着一条毛巾，不停地拍打着双腿，可脚上还是被蚊子咬了好几个包包。晚饭后，我与母亲、外甥媳妇一起被安排在附近的一户村民家休息，母亲管他们叫三爷、三婶。

当三婶领着我去洗澡，我才发现，我已经不能、也无法接受这里的一切了。这是怎样一种原始的生活方式！我真的已经不习惯，甚至有些手足无措了。这些年，在心灵深处，我一直抵制城市的繁华与文明，将自己排斥在城市之外；我始终认为自己来自乡村，那里的一切才是我生命的根，才是我心灵真正的栖息地。我固守着这一片心灵的家园，自始至终，不曾改变。

即使是在梦中，我也是常常梦见家乡的人和事，点点滴滴，深入骨髓。醒来之后，口角似乎还留有昨日的余香，不由让人生出许多对故乡、对亲人长久的眷念与牵挂。

可是现在，当我打着手电站在这间低矮的棚屋里，我从没有感觉如此的惶恐，如此的厌恶，我甚至不想再向前多走一步。这哪是什么“浴室”？这分明就是一间猪圈，地面湿漉漉的透着一股霉气，一盏裸露着电线的灯泡悬在头顶，稍不注意就会撞上去。四周的墙是用大小不一的石头码起来的，石头与石头间裸露的缝隙足可以让蛇自由出入，我努力搜寻着四周的一切，担心墙上爬着蜈蚣或黑色的长虫，我甚至不敢去看脚下，那时，我唯一的念头就是快点离开。

等我从“浴室”出来，我不仅没有洗涤后的舒爽，反而是一身汗渍，站在后院的月光下，我长长地吐了一口气，我不知道，就在此刻，我的思想发生了怎样的变化，我发现自己已经不习惯这里的一切了，我的情感正在抵制并嫌弃这里的一切，我开始嫌弃自己的根了。

那几天里，我时时在回避一种什么，我说不上来，但我很清楚，故乡的一切正慢慢远离我的视线，远离我的心灵。我曾经生活在这里，感受着这里的一草一木，我从没怀疑过自己的情感，那是一份赤子对母亲的深情。如今，我是怎么了？是我变了，还是社会的进步本该如此？

送走姐夫的灵柩，我就收拾行李，准备回程了。临行前的晚上，我一个人沿着儿时的塘埂散步——塘埂尽头，似乎传来伙伴快乐的嬉笑；榆钱树下，好像还站着那个提着竹篮、穿着小红衫的女孩；还有村头那悠长的乡音，真切地唤着我的乳名……一幕幕，或真切，或模糊，仿佛就在昨天，仿佛还在身边，不曾走远。可是，当我蓦然回首，才发现一切已都不复存在，无法觅回了。

也直到这时，我才真正明白：我已经走不回过去了。我们都生活在真实中，将无法超越。故乡的记忆只能留存于生命的某个阶段，终究是回不去了……

（2010年10月20日，写于宁波日报社）

第八辑　都市留痕

农民的女儿

不错，我是一个农民的女儿。无论我在城市待了多久，我都忘不了我是农村人，每当我回到乡下，站到菜畦、水井与摆着粗瓷碗的凉床边，我就感受到一种久远的温情，城市的喧嚣离我远了，浮躁的心会慢慢地平静下来。

当我意识到自己是一个农民的女儿是在六岁的那年秋天，这一发现曾让我十分痛苦。

那天清晨，我随父亲去县城卖梨，因为是第一次进城，我兴奋得睡不着，早早地起床，天还没亮，我和父亲就上路了。

初秋的风已有丝丝寒意，我和父亲站在街头守着梨筐，一上午过去了，梨卖出去很少，虽然价已压得很低，但买的人依然不多，那些匆匆来去的城里人看也懒得看我们一眼。临近中午，一个中年妇女领着一个与我年龄相仿的女孩走过来，停在我的篮边，那妇女精心地一个一个地挑着梨，穿着裙子和一双醒目红皮鞋的女孩则站在对面，好奇地打量着我，她的目光清澈明亮，嘴角微微地带着笑意，我的心一抖，在我的伙伴中，还从没有穿得这样体面而漂亮的女孩！面对女孩鲜艳的衣裙，我第一次感到了卑怯与惶恐，在她面前，我简直就是一只丑小鸭。这一发现让我很伤心，我不敢再看她，低下头盯着自己的脚尖，就在这时，我看见了令我不安而又耻辱的事情：我的一只脚趾头探出鞋尖的破口处，毫无遮掩。我暗暗用力，想在女孩没有看见之前悄悄缩回脚趾，可是，黑色的趾甲却紧紧地顶着洞口，不肯回来。我的脸涨得通红，女孩明白了我的心思，冲我笑笑，然后一蹦一跳地跑远了。我怔怔地立在原地，看着远去的女孩，心里说不出的难过与伤感。也许这就是我最初萌生的自尊。

整个下午，我显得不安与焦躁，早先的喜悦与兴奋没有了。我看着筐里的梨，突然很反感，甚至想把它们扔掉。我恼怒父亲的沉默与冷静，他蹲在路口抽烟，眼睛看着前方一言不发，他的头发上落了厚厚的一层黄尘，乱草似的堆在那里，与那些拎着公文包的城里人相比，父亲是那么猥琐与寒碜，渺小与可怜！这时，我的心里涌起无法抵挡的羞怯与虚荣，一种对父亲的失望、不满与怨恨从我六岁的心底慢慢升起，我不想再与父亲待在一起，于是，我远远地躲在一棵树后，机械地用一根树枝在地上划来划去……我的心里很难受，因为从早晨开始，从走进城市那一刻开始，我一直有一种感觉，觉得自己与这里的人不同，与那个穿着鲜艳漂亮的小女孩不同，而这种不同就在于他们是城市人，而自己是农村人，是一个农民的女儿。

……

后来，我离开了农村，到远离篱笆的城市读书、生活，带着好一番惊奇与喜悦。城市的文明给了我足够的满足，但同时也让我深感其中的冷漠，在我初识的同学、同事面前，我没有了曾经的坦然，我开始回避谈我的乡村，谈我躬耕田地的父母，举手投足间拼命洗却腿上的泥迹，原来我是在一直摆脱自己的根呢。

如今，辗转城市多年，经历了太多的喧嚣与烟尘，我才明白自己今生无法成为一个纯粹的城里人，因为我的心里真正渴望的生活仍是我的田园，那绿色的菜畦，矮矮的土坡，泛着脂红的木桌，还有那纯朴厚道的乡里乡亲，他们勤劳、朴素而又善良，这些都是我心中永远摆脱不了的情愫。每当夜深人静，听着远处火车的轰鸣，心底里那份对家的眷恋让我久久不能入眠，心田里有一种原始的东西在复苏，那就是舍不了、割不断的血脉亲情。

城市与乡村交织在我的情感里，让我永远有一种搓不圆的情怀与思念。

（原载《春风》杂志2005年第8期）

到乡下走走

在城市里待久了，我的心里便有了一种浮躁，想到乡下走走，让山村清新的空气带给自己一份清醒与心灵的宁静。

于是，逢有适当的时候，我把工作安排好，就会离开城市几天。那几天，我是完完全全让自己放松下来，我不用急着上班，不用匆忙赶公交车，我可以在乡村的小路上悠闲地走走，闻闻野花的香味，或者折一根青草，随意地拿在手里，脚下的土地与青草是湿润的，因为承接了一夜的露水，小村里飘起一缕缕蓝色的炊烟，那烟穿过树叶的缝隙，在房顶上空袅袅散开，融入到广袤的天宇中……我不紧不慢地走着，看着，一点也不急，心里少有的平静与安宁，如果时间还早，我可以再到对面的小山上逗留一会，感受一下那山的憨厚与亲切，小时候，我曾在那里摘过松果，玩过沙子，也放过牛，砍过柴，一切仍然还像昨天，让我陡然间涌起许多回忆与留恋。

母亲闲下来的时候，我便搬过一条小板凳，坐在母亲对面，与她聊聊天，说说家乡的人和事，也说说我自己这几年的工作与生活、丈夫与孩子……母亲看着我，眼里是许多的怜爱，唯恐我在外面苦了，累了，或者是受了委屈，通常这时候，我知道母亲又要为我担心，我便笑着告诉她："你放心吧，我已经不是小孩子了，再不像小时候那样任性，我好着呢！”我把“好”字说得很重，母亲听着也笑起来，不住地点头：“那就好，遇事担待着点，不要与别人争短长，争什么呢？日子都好过了。”听着母亲的话，我的心里开朗明亮多了，母亲虽然是一个农村妇女，可她的心胸开阔着呢，遇事总是以宽容相待。与母亲在一起，我感觉自己的心是那么平和，那么坦然，阳光下，我与母亲面对面坐着，轻轻地说着体己话，有风从身边悄然划过，我抬起头，看着风来的方向，不觉动了情，好久没有过这样的心情与体会了。

有时，我也到小山后面的菜园里摘一些菜。菜园不大，却有不少的品种，南瓜、大豆、空心菜、夜开花什么的，每样菜长势都很好，绿油油的。我看看这样，又摸摸那样，一样也不舍得，我在菜园的沟垅上走来走去，早来摘菜的乡亲看见我，一边与我打着招呼，一边给我送来一些新鲜的、我家园子里没有的蔬菜，我不肯接受，她们就把菜硬塞进篮子里，如果再拒绝，就拿眼睛白你，表示要生气了，正在感到进退两难的时候，她们又是一个笑脸，把你急急地推开，临了，不忘喊上一句：“有空来家里坐坐。”说完便又埋下头做自己的事。

我善良淳朴的父老乡亲，我一辈子在黄土地里刨食的乡邻们，他们没有太多的金钱，也没有太多的奢望，他们只有一颗平常的心，他们就用那样的方式从小教会了我怎样做人。也只有在他们面前，我才知道自己的内心真正需要的是什么。

姐姐们相继回来接我，有限的几天时间，使我无法再安排去她们家，但不去似乎又不合适，于是，一家家匆匆走过，吃过，就到了启程回城的日子了。离家前，算算还有一个时辰的光景，心里就有了许多的不舍，不知道这一段时间用来做点什么，看看该带的也都带了，似乎该说的也都说了，父母在一边催促，我拎拎提包，又放下，觉得时间还早，便在屋子里来来回回地走，转着圈圈，母亲一会看看我，一会又看看天，总怕误了车子，最后，终于出了门，上了村前的简易公路，母亲叮咛，父亲嘱托：想家就回来，也别误了工作。

回来后，我觉得身心特别的轻松与愉快，做什么都有精神，工作中落下的事赶紧处理好，几天没上网，几天没看报，该补的都要补回来，忙忙碌碌中，日子过得很快，但也很充实，很美好。

乡村之行，让我更加懂得珍惜生活，珍惜工作，珍惜这来之不易的一切。

（原载 2003 年 4 月 23 日《中国教师报》）

回家的感觉

来宁波工作已有六年了。刚来时，孩子才几个月，现在已经是学前班的学生了，一口标准、流利的普通话令我十分欣慰。

六年前，当我在电话中告诉父母自己辞去了公职，将去宁波发展时，父亲大发雷霆，骂我："白脚猫，铁饭碗不要非要端泥巴碗，一定会后悔的！"母亲则唉声叹气，要求我回去一趟。我没有回家，一是没有时间，二是我自己心中也没底，不敢面对父母。就这样，我随丈夫来到了宁波。

因为朋友的事先联系，我们来到一所国际学校任教。学校规模大，档次高，优美的外部环境以及良好的人文氛围使我精神振奋。校长更是平易近人，少了地方上的官架子，记得报到的那天，校长亲自为我们安排住房并检查水电设施，临走时一再叮嘱有困难找他。那一刻，我们的心里充满了温暖和感激，初来时的顾虑与惶恐已经完全消释。

接下来的日子里，我们努力地工作。因为是寄宿制学校，对学生的全天候的跟随与服务确实很苦，也累，常常工作到很晚，根本顾不上孩子，有时晚上十一点回到家里，看到孩子坐在婴儿车里，抱着奶瓶睡着了，小小的脸上还留着泪痕，我的心里就止不住地难过——为了别人的孩子却顾不上自己的孩子，摸着孩子被尿渍腌红的小屁股，我的内心里充满了太多的内疚和无奈。就这样，一年下来，我感到疲惫不堪，人也一下子老了许多，与以前的单位相比，我觉得工作的压力很大，同事间相互竞争，工作的性质要求我们不能有丝毫的马虎与懈怠，每天除了工作，几乎想不起来还有别的需要。

年终考核时，结果还算满意，虽然很辛苦，但是精神还是满足的。慢慢地，我习惯了这样的生活方式，孩子也渐渐地大了。为了能更有效地工作，我利用空余时间学习英语，以前在上学时，英语基础太差，同时还参加了业务进修，我知道社会对人才的要求是多方位的，我不敢满足于目前的局面，尽管我们现在的生活还算不错，已经有了一定的根基，并且有了自己的房子。

记得临来宁波前，朋友们的叮咛中不无担忧，但是我不能给自己留一丝退路，所以在工作中我总是严格要求自己，既然选择了远方，便只顾风雨兼程。现在回首去看，我觉得自己对生命的苛刻是对的，我走的路没错，尽管有苦有累，但同时，也有着收获与满意。

去年暑假，我回到家乡，父亲依然不同意我的观点，我理解父亲的爱心并且为之深深感动。在家待了一个月，我再也待不下去了，我发现自己生命的一部分留在了宁波，我的心、我的情感都驻留在我曾经为之惶恐、也为之努力的这一片土地上。

当我走下回程的列车，看到站台旁熟悉的金龙大厦以及满街闪烁的灯火，凌晨的街道空阔而清凉，丈夫带着孩子来接我，我的心一下子湿润起来，我知道我的生命与爱已融入了这座美丽的城市——我回到了家。

（原载2002年4月5日《宁波晚报》）

一列年轻健康的快车

表弟来电话说下午四点半到，可等到六点还不见他的影子。不会出什么事吧？我的心里有些不安，正准备打一个电话问问，却听见门铃响。

果然是表弟，他一进门就嚷嚷开了："哎呀，姐姐，你这里变化真是太大了，两年没来，我便差一点找不到了！这不，车子坐过了头，只好打的寻过来。"表弟在含山公安局工作，还是小有名气的业余诗人，以前来过我这儿，没想到这次却认不出路，也不能怪他——这几年宁波的发展与变化真可谓日新月异，用一句话概括就是：这儿建设的速度不是跑，而是飞。

就说我所住的小区附近：新建的世纪大道，跟飞机场的跑道一样宽阔，路面全是用混凝土铺就的，大道中央用大小、规格不同的盆景图形，分别栽种着各种颜色的鲜花，道路两旁除有一幢幢式样新颖、造型精巧的别墅外，几十米外能见到的只有枝繁叶茂的树木、姹紫嫣红的鲜花与修理得整整齐齐、碧绿如毯的草地，两旁的路灯灿若星辰，一路闪烁着延伸下去，让人恍如梦中，感叹不已。另外，几十公里的路程中没有一个警察，尽管车流量很大，但不见堵车现象，一切井然有序，骑自行车的人就像在逛公园，悠闲自在，丝毫不费力气。

现在流行奔小康，人们的物质小康了，情感和精神生活的追求也相应提高，公园、小区内都有健身广场、绿化长廊、河流浅滩，人们一边可以欣赏花鸟虫鱼，一边还可以翩翩起舞。生活好了，心情自然也好，在一个绿意盎然、空气清新、方便优质的环境中工作与生活，人们的文化素质与自身修养都会不断得到提高，人文与自然环境的和谐推动了城市的健康与文明。试想，一个到处是烟尘、噪声与污染的城市，无论它的经济如何发达，终究不能算是健康的。一个健康的、发展的城市首先它应是一个绿色城市、生态城市，它不仅仅只是追求经济增长的实体，更是一个有生命、有情感、能生长的有机体，而这情感就是城市的绿化与美化程度，情感鲜活生命无疑也会美丽，环境质量是城市生命健康的前提。

晚上，我陪表弟走上街头，流光溢彩的城市夜景让人有在人间天堂之感，一盏盏莹如翡翠的地灯映射着碧树繁花，绿得逼人眼。表弟在公园的长椅上坐下来，轻松地打量着这座现代化的都市，空气里飘浮着鲜花的芳香，滑过轻盈如水的音乐，身边是一张张饱满年轻的面孔，交谈着、欢笑着，呈现着青春的单纯与明洁，城市的夜晚充满了动感的时尚与前卫，让人体内涌出蹦迪的渴望。看得出，表弟很喜欢这座城市，整个晚上，我和表弟都处在计划与希望的激情与兴奋中，突然，他展开双臂，在空中划了一个圆圈，不无感叹地说了一句："宁波是一座美丽的花园，是一列在阳光与鲜花中奔跑的快车，一列年轻健康的快车。"

我坐在这列年轻健康的快车上，幸福地看着窗外那一幢幢在阳光下熠熠生辉的摩天大楼，那一条条碧波荡漾的河流与茵绿的青草与树叶，还有那在希望中行走的人们与歌唱着的儿童，心里升起的眷恋与热爱长久而深厚。

（原载 2003 年 7 月 2 日《宁波晚报》）

乘公交车二三事

从单位走出来，天通常已经黑了，街上灯火通明。我背着包，一个人不紧不慢地走着，穿过十字路口，前面就是公交站台，我知道这辆车开来的准确时间，因为，我每天要在这个地方这个时候等这同一辆车。

想必司机已经认识我了，只要我远远地跑来，车是不会开出去的，即使这时候已经没有乘客上下车。跨上车门的那一刻，我已感觉出车在脚下缓缓移动了。

车上很热闹，也很拥挤，夏天，人们习惯傍晚出来购物，然后赶在末班车之前回去，虽然，我乘的这辆车离末班车还远，但有些心急的市民还是赶上来了。由于乘车久了，我不仅熟悉司机，还认识了一个与我一样每天在这个时候一同等车的女子，我们同一个方向同一辆车，我知道她在哪站下，她下车后，我还要坐长长的一段路回家，我们不太说话，见到了彼此打声招呼："来了？""嗯，你也来了？"——很熟悉很亲切，就像老朋友。她下车后，丈夫通常会到站台来接她，下雨天也这样，有几次我看见她坐在丈夫的自行车后座上，很幸福很温馨的样子，隔着玻璃窗，我无限羡慕地望着她的背影，可能感觉到我的注视，她回过头来冲我挥挥手，然后，小鸟依人般地随着丈夫一同上路。

也许她的生活并不富裕，他们骑的只是自行车，不过没关系，她是幸福的，在这条路上，在这片天空下，始终有一个人在等待她，然后驮着她一起回家。是呀，一起回家，我们这么多人，挤在一起，目的都是一样的——回家。

冬天的晚上，车厢里要寂寞得多，三三两两的人靠窗坐着，少有人说话，空气里弥漫着蒸气一样的水雾，稀薄而寒冷，街灯像被罩上一层细纱，昏蒙蒙的，尤其是雨天，就有一种凄凉感了。人们关紧了玻璃窗，风仍会从缝隙里钻进来，冷得不近人情。轮到我下车时，车上往往只剩下零零星星几个人。

坐车上下班是近几年的事，以前我一直骑车，后座上带着孩子，很辛苦也很劳累。孩子送到幼儿园后，我再去单位。逢着雨雪天气，我才抱着孩子去挤车，可能天气不好的缘故，坐车的人就特别多，上去以后很难再有空位，不过，宁波的好心人还是多数，他或她会把座位让出来，当你坐在那张尚有体温的位子上，心里真的是充满了感动。受其影响，我也常给那些上了年纪的老人或者孕妇让座，他们高兴着，我也高兴，爱原是可以传染的，当你给了别人一份阳光，自己也能感受到无限暖意。

坐车，难得碰上戏剧化的一幕，可也有例外。一个夏天的早上，所乘公交车的一只座椅下突然滑出一只香瓜，接着又有一只，起初，大家只盯着那瓜看，没人去捡，瓜在众人的目光下径直向前滑，眼看着滑到车门口，只要一开门就会掉下去，一个孩子走过来，捧起瓜，摸了摸，又不好意思地放回原处。接着，又一个民工模样的人走过来，同样捧起瓜，看了看，又放回原处，再往下，一个老妇人挨过来，她把瓜捡起放到一个空位上，然后离开。车仍在往前开，下的人下去了，上来的人仍对着瓜看，依然没人捡。车到终点时，一个老农从车厢深处走出来，他背着一只鼓鼓囊囊的尼龙袋正准备下车，就在他跨下车门的那一刻，人们看见他裂口的袋子里探出香瓜来，于是，有人喊他，也有人告诉他座椅上有他漏下的瓜，可他好像并不在乎，只是一个劲地点头，仍然往前走。司机忍不住了，拿起椅子上的瓜，快步跳下车拦住老人，弄了半天，大家终于发现，这个白发苍苍的农民原来是个聋哑人。

一只瓜，诱惑了孩子，也让民工动过贪念，但最终他们都放弃了，戏剧化的一幕折射出当时人们真实的心态。因为活得真实，孩子更显其天真，民工渴望的背后也愈加显示其生存的不易与艰辛，在这里，我不想褒贬什么，只是想把当时的见闻告诉大家，仅此而已。

公交车是社会的一个缩影，城市的一面镜子，从中人们可以看到它文明秩序的一面，和谐发展的一面，真情互助的一面，当然，也有尚待完善的一部分。

（原载 2005 年 9 月 28 日《宁波晚报》）

承诺的力量有几分

新房装修好后，我们欢天喜地地搬进来，进门之前，我就开始叮嘱当时还在上幼儿园的孩子：你看，这么好的房子，我们一定要珍惜、爱护，不然，弄坏了该多心疼。

晚上闲下来，我找出一些布头，把椅子的脚一个个包好。孩子走过来蹲在一边，好奇地问："妈妈，你包它干吗？""你说呢？""是不是怕弄坏了地板？"儿子认真地看着我说。我点点头，借此机会，我又叮嘱了孩子一番。

第二天，我将房子的里里外外收拾了一遍，放置了几盆鲜花，还买回了一帧精美的壁挂，就在我为它选择合适的位置时，意外地发现有一面墙壁上，堆满了密密麻麻的水珠，我不敢相信这是真的，试探性地摸了摸，手上全都是水，"哦，天啦！"我几乎本能地叫了起来。

"我要打电话，我得找装修公司！"先生回来时，我理直气壮地冲着他喊，"要知道，我们可是花了比别人多出双倍的价钱！"先生看了看墙，又看了看我，不作声。过了半天，他冲我摆摆手，意思是说算了，得饶人处且饶人。

半年前，我们刚买好房子，这家公司就主动上门，热情地为我们免费设计，在得知我们对装修不懂的情况下，他们拿出一本本印制精美的样品广告，还特地向我们推荐了一款“交钥匙工程”，公司经理几次上门，亲自送来设计样本，最后，打动我们的，还是该公司的质量承诺，经理态度鲜明，言词恳切，令我们不容置疑。权衡再三，我们选择了“交钥匙工程”并与该公司正式签约，当我把写着姓名的钥匙郑重交给公司的同时，也就把信任传递给了对方，将期待留给了自己……

“吱，咯吱——”什么声音？我从厨房探出头来，见先生正在拉洗手间的活动门，看那样子，像是拉不出，门被什么卡住。“慢点，慢点，看看槽里是不是有东西。”我一边说一边急急过来帮忙，门是拉出来了，可又推不回去，反复几次后，这扇活动门名副其实地“活动”起来，像秋千悬在空中一样，开始左右晃荡，吓得我们不敢再用。

“瞧，这就是你选的装修公司，出问题了吧？”我对着先生抱怨。其实我也只是说说而已，并没有追究谁的责任，事情过去了，自然也就算了。可是，事与愿违，问题并没有到此为止，首先是那面墙，在所有的水滴干了以后，涂料就像是春天尚未开放的花苞一样，从里面一层层拱起，嘟着小嘴，然后一片片翻出来，再慢慢脱落，靠近墙根的地板上，总是聚集着雪片似的粉尘。还好，不是所有的墙壁都这样，抱怨的同时我不免又有些庆幸。

忽然有一天，楼下的邻居冲上来，怒气冲冲地责问：“怎么搞的，漏水了，漏水了！”还没等我们明白过来，她又气呼呼地下去了。我们跟过去一看，知道是浴室漏水了，刚刚给孩子洗过澡，这就招来了麻烦，真是倒霉。

联系公司吧，还能有什么办法？电话打过去，接也接了，就是迟迟不见上门。好不容易盼来了人，楼下的邻居又不在，不能检修；等预约好邻居，公司往往又临时有事，员工走不开——就这样反反复复，前后花了近三个月的时间，一家人被折腾得筋疲力尽。最后的结果是：公司来人砸掉了浴室的瓷砖，拆除了淋浴房，重新安装了水管，这中间的周折可谓一言难尽。

“吃一堑，长一智。”先生说，“下次装修就有经验了。”还想着下次呢，这人真不知天高地厚，我不由揶揄道：“那你就等吧，等到儿子长大了，有了房子，再拿出你的经验和智慧吧。”

（原载2004年3月18日《宁波晚报》）

杏花春雨吟月湖

月湖,如一位待嫁的新娘,俏丽着,青春着,风情万种。

月湖,如一位安静的处子,年轻着,梦幻着,仪态翩翩。

芳草绿江南,杏花吹满头,春天踩着一缕薄寒与几丝轻暖姗姗而至,一湖翠色,满目繁华。不知是东风有情,还是藏了一冬的心事,也如春草般萌芽,蓬蓬勃勃地生长着,我再也等不及召唤友人,如小姑娘般急切切地扑向月湖的怀抱。到处是清冽冽的湖水与青秆绿叶上等待滴落的珠露,到处是绿茸茸的春草与粉嫩光洁的花朵儿,白的,紫的,深深浅浅,浓浓淡淡,在纤细与柔软中透出娇俏,在灿烂与跳跃中流泻着清朗,羞羞涩涩,小心翼翼地闪动着眼波,多情得令人痴醉。真想掬一捧这澄澈的湖水,洗一洗心头蒙积的尘埃,涤除红尘中的一切杂念;真想徜徉在这无边的绿意里,唱一唱韩红的歌——那是一条神奇的天路哟,那种破空而来、又穿彻而去的气势会让久已疲乏褶皱的心灵在瞬间年轻;真想就这样与月湖一起站成一幅无言的画,一道永不褪色的风景。

雨天看月湖,又会是怎样的一幅斜风细雨图?

"闲梦江南杏花日,夜船吹笛雨潇潇。"恍惚中,回到烟雨暗千家的江南小镇,一切都雅致,一切都缥缈。此时的月湖,安静地卧在雨雾里，犹如月光下恬然入睡的仙子，朦胧润泽，幻化成烟。风，无声息地掠过，千丝万缕的枝条闲闲地浮动着，香味淡淡的，或有或无般地诱着那些蝶呀、蜂呀的，树木都是焕然一新的样子，湿漉漉地等待着什么，桨声欸乃，各种动物造型的游船，一起静默在碧青的湖面上。雨中的月湖很美，让人不由得生出许多不着边际的遐想，想那阁楼里面一定是有着江南水一样的女子，透过纱帘凭窗凝望楼外的世界，这一刻我固执地相信："金屋藏娇"的典故一定是在月湖产生的。

脚下的小路湿润光滑，雨点像洒在荷叶上，晶莹地滑动，又像是落在海绵里，无声无息，有孩子的嬉笑声从对面的游船里飞出来，脆生生的，来不及侧耳细听，笑声已在水面上一圈圈漾开，四散而潮湿地远了，蜻蜓举着绢丝般的薄翅，急速地穿来织去，仿佛咫尺之隔，伸手可及。对面走过穿水红绸衫的妹子，撑着伞，缓缓的步子叩出清脆的足音，渐行渐远，忍不住回头，只看见飞絮落花的雨帘中闪着一团红雾，转身不见了。顷刻间，我恍若置身于戴望舒的诗里，与那个撑着油纸伞、丁香一样结着愁怨的姑娘擦身而过。

月湖，我每年春天都要圆的一个梦。

我伴友人一起触摸月湖，我陪父母一路欣赏月湖，我携知己共同吟诵月湖。友人心灵粗糙，不懂儿女情长，一本本影集里，沉淀着月湖厚重的历史、悠长的文化与爬着苔藓的古旧砖墙；父母看惯了黄土青山，如何懂得一条湖的情感？他们惊乍乍的是眼前流泻的风景与那簇拥着的热闹繁华，敞开的笑容里藏不住那份真实，那份称心，因为这是他们女儿的城市，女儿的月湖；知己多才善感，踏月吟诗，诗中藏画，碧水传情，怎一个风流了得？

月湖，我心中化不开的情结哟！

一座小桥，几株垂柳，演绎出桃源仙境般的升平景象，三两对情侣分坐在岸边错落别致的岩石上，临水凭风，有小鱼儿游来，看见生人，又疾速地游远了。胆大的女孩试探性地将脚放进水里，撩拨着，轻狂着，招惹着春天。对岸的茶楼里好像有越剧传来，声音缈缈，听来有如天籁，却直逼人心。隔着雨帘，店家的笑脸模模糊糊的，但透着温暖与亲切，像老友的会心一笑。

面对月湖，我忽而成了古人，仿佛在这里守候了千年，流淌了千年……千年的月湖啊，可否是上帝遗落下的一颗明珠，王母发髻上滑脱的一枚玉簪，还是瑶池仙女有意抛下的一件七彩霓裳？

（原载 2006 年 9 月 29 日《宁波晚报》）

宁波，我的第二故乡

年是回老家过的。还没过完年,孩子就吵着要回家,在他的心中,老家是远方的一个客栈,而他的根早已植在宁波,只有回到这里,他才会有回到家的感觉。

老家很破旧,老式灰黑的屋顶与堆放杂乱的物什,让儿子感到恐惧和陌生,有一种本能的拒绝,想当年,这儿可是我童年的天堂,那些就着昏暗灯光夜读的美妙时光,温馨着我的许多青春岁月,那些初面人生的憧憬与怀想就是在这幢不起眼的土房里,随着阳光一道起飞的,农家的炊烟与芬芳的油菜花,那曾是一份真实的活色生香的日子哟。可是今天,我与孩子一样,对着屋角的土灰与缕缕尘封的蛛网却再也找不到当年的亲切,唤不回温馨的记忆。不知从什么时候开始,我竟然似乎有些嫌弃她了,疏远她了。

是的,老家终于老了,它无法与我现在的新居相比:宽敞简洁的卧室,悬垂着淡蓝色的丝质窗帘,豪华而不张扬的客厅,明亮而又洁净,阳台上的花花草草红绿相间,疏密有致,显示着主人的清高与不俗,阳光铺陈在窗外的草坪上,花园里,只要随意地拿一把椅子,将自己置身于春日的艳阳下,一边闲闲地吃着水果,眺望远处的风景,一边可与朋友聊聊身边的人和事,这样洁净的环境、这份精致的生活，让人感受到人生的愉悦和快乐，谁会拒绝这样的日子呢？

十多年前，当我与家人来到这座城市的时候，除了随身携带的几个包裹之外，什么也没有。记得到达宁波的那天，天像着了火，热得人无处藏身，打朋友的电话，一直没人接。那时，我的心充满了焦虑与惶惑，我不知道此次宁波之行究竟是对还是错？毕竟我们曾经是捧着铁饭碗，拿着不多却也不算少的薪水，如今辞去公职盲目来到这里，举目无亲，眼看着天渐渐黑下来，朋友仍然没有来，我心事重重地看着远方，心中萌生了许多悔意……就在我们快要绝望的时候，朋友开车匆匆赶来。

第二天，朋友陪着我们来到事先为我们联系好的学校，接待我们的是一位年轻的男教师，他热情地帮我们拿背包和行李，接下来安排房间，送来了开水与饮料。下午，校长又专门前来看望，一次次地问询是否有困难，当他看见房间里没有电话时，马上让助理叫来电工，安装了电话，同时嘱咐司机将我们提前邮寄的包裹，早点从邮局取回来。目睹眼前的一切，我的心由先前的惶惑不安开始一点点踏实，变得轻松和释然。送走校长，我与丈夫相视而笑，就在那时，我从心里爱上了宁波。

如今，十多年过去了，我们的生活随着宁波的发展也越来越好，买了两套房子和车子，来宁波之前，买车对于我，那就是一个遥远而奢侈的梦而已，想也不会去想的。目前，儿子也开始上小学了。回想这十年走过的路程，回想这些年在宁波的工作和生活，真正称得上是安居乐业，丈夫来宁波的第二年便评上了中学高级教师，并曾带领学生前往英国修学考察；儿子聪明活泼，爱吃宁波海鲜，并以自己是宁波人自豪，今天，儿子正与宁波一同成长着，变化着，也幸福着。

回首来路,我发现我们当年的选择没错,宁波以她的大气接纳了我们并传递给了我们一种精神,正是这种精神引导我们一直努力前行。

真的想说一声:宁波——我生命的第二故乡!

(原载2005年5月23日《宁波晚报》)

第九辑　遐思随感

心上有书

读书的苦与乐，全在于自己的心是否喜欢。

少年时，对书的渴望与执着来自心底的那份喜爱，没有逼迫，也不为父母与功利读书，那份虔诚与多情犹如初恋的处子，透明而单纯。

得到一本书，便是享有了整个世界，可以不吃饭，不睡觉，一个人躲在角落里，与书中的人物同悲共喜，忘记了自己是谁，常常哽咽失声，又时常笑得毫无顾忌，愤怒时可以横眉立目，兴奋时又手舞足蹈，真可谓少年纯真，爱憎分明而又毫无掩饰，多少次引得别人侧目而视，母亲见我这般模样，便过来摸摸我的头，看我是否在发热，临末，总是不无担忧地说："这孩子该不会有什么毛病吧？"母亲不识字，自然体会不到"书中自有颜如玉，书中自有黄金屋"的那种意境，也自然不会懂得我小小的心灵在又一次的掩卷沉思中经历了怎样的过程与洗礼。

坐在教室，手里捧着课本，心却眷恋窗外的风景，因为读书有了目的，便没有乐趣可言，觉得这种读书成了负担，成了累，为应付考试，读得很努力，也很辛苦。这是为了未来的利益，为父母设计的前途读书，不是为自己，也不是因为心中喜爱，自然就多了抱怨与无奈。放学后,自由得如一只放飞的鸟,寻觅自己的树林。母亲不同意我看闲书,可她又无法识别我到底在看何种书,后来母亲终于从我的投入状态与神情中进行判别,对付她的最好的办法就是离开,带上一本书,去田野为她放鹅。无数个黄昏与清晨,在冬日的凛冽寒风与春日的融融倦意中,我究竟读了多少书,自己也已说不清,弯弯的田埂上,长满蒿草的小道上,都曾留下过我温热的体温,长久地就那样坐着,让心灵沉入到另外一个世界,身边的风景人物全无。鹅吃饱了,排着队晃晃悠悠地先我回家了,等我合上书,却找不见它们的踪影,这时往往已是暮色四合,村口总会传来父母唤着晚归孩子的声音。

家里没有书,为了从别人的手中得到一本书,也曾花费了不少的心思与努力。小村的仓库里住着一批上海来的知青,他们有一个高高的书架,上面摆的都是书。为了得到他们的信任,我为他们倒煤渣,扇炉子,常常被烟呛得眼泪直流,一脸的黑灰。起初,他们只借我一本,随着我出入的增多与态度的诚恳,渐渐增至三五本。当我抱着砖头似的厚书,轻快地往家里跑去的时候,没有人能想象我的幸福与那种跳跃的心情。

现在我依然读书,但是再没有了曾经的那种热情,是世事繁杂?是心境的改变?还是一种必然的过程?淡淡地去翻,简简单单地看,再没有了少年时的绚烂与辉煌。

心上有书,是因为爱,读书不为目的,只是一种心情,是否快乐,是否沉入,就在于自己的一颗心,一念间,一种思想,一种态度。

(原载 2002 年 5 月 12 日《宁波晚报》)

读书与做人

读一本书很容易，但做一个人却不那么简单；一个人可以一辈子不读书，但一本书却可以影响一个人的一生。

不读书的人心灵一定是粗糙的，也有可能他很朴实、善良，但他永远不懂：阳光有香味，花朵在清晨的露珠中絮语，是一种什么样的感觉，是一种怎样的状态。他不会知道，因为那是一种空灵的、美丽的、看不见的意境，是充满诗意的思想与灵魂的结晶，是生命中最动人的一部分。也有可能它没有一碗白白的米饭来得实在，但是，生命中如果缺少了这种感受，就是人生的一种残缺。

而这种感受与思想来源于读书，书能让粗糙的心灵变得细腻柔软，让苦涩的日子散发芬芳，能让贫穷者富有，也能给无助者以希望；不读书的人就像在夜晚赶路的人，最终，他虽也到达了目的地，但却错失了沿途的许多风景，他的目光是狭窄的，只有眼前的一条路以及路终极的目标，却不知道思考为什么要走这条路以及在这途中还该收获一点什么，比如快乐，比如情感。

一个人的成长、成才以及发展都与书有很大联系，有时候，一个人命运的改变往往取决于他的智慧、谈吐，还有形象与气质，而这一切都与你读了多少有用的书有关，这些书在给了你足够的营养之外，最重要的是教会了你怎样做一个有道德的人，所以，许多在事业上十分成功的人士，首先他一定是个有修养、有道德的人，他的修养与道德不是先天就已存在的，而是后天一点点从书中积累、在生活中修炼而成的。

读书也是有阶段的，不同时期读书的心情和目的也不相同。童年时读的那些美丽遥远的童话故事是幼稚可爱的，它给小小的心灵带来的是温暖、爱和信任；少年是凭着一腔热情和幻想在读书，是读得最投入、最幸福的时候，也是生命中一段最单纯和辉煌的读书生涯；中青年读书便有了目的，有了选择，有了一种不得已；暮年黄昏时读书，那则是一种悠闲与思索了，随手读来，简单而随意。

人生中有书相伴真的是一种幸福，有风有雪的晚上，偎着灯光，静静地看一本书，与书中人物同思、同想、同感应，那便是人生最美的一种境界了。床头有书，就如同枕着花香入眠，梦里，你真的就可以听见花在心中绽放的声音。

一个不读书与一个一辈子都在读书的人，他们的生活方式是截然不同的，前者认为自己是优秀的，而他的言行却在告诉别人：正好与之相反；后者语言简单，内容却深刻，人们看到的是一个智慧的化身，与他交谈，人们得到的是思想的启迪。

（原载2002年8月18日《宁波晚报》）

快乐很简单

一个人每天都快乐是不容易的,也是不现实的,生活中有些事情是令人痛苦的,可是对于这些事情你又不得不面对,这时,就看你如何对待和感受。

快乐由心产生。比如说:当清晨的第一缕阳光照进你的窗户时,这时,你要有一种迫不及待地将自己投入到生活中去的心情,你要意识到:崭新的一天开始了,这一天一定是个美好的日子;昨天过去了,不论昨天发生了什么,快乐或者忧伤,但昨天终究走远了,过去了,它不会影响到你这刚刚开始的、饱满的日子。嗅一嗅,空气中有新鲜的青草味,路上,有急匆匆追赶这新生活的人,一切在阳光下真实又生动。这样,在你走出家门的时候,你就会轻松,就不会有被迫或者是不情愿的感觉。

当然,同样的事物,你如果一味地抱怨,一直地生气,结果就真的如你所抱怨的那样,没有一点乐趣可言,慢慢地,心灵里滋生的种种不如意会让你失去对生命的热爱。生活不可能完美,人生就是由许许多多的残缺组成的,正是有了这样的残缺,我们才会有梦,才会揣着梦想寻找希望,才会在追求的过程中得到快乐。努力本身就是完善自我,快乐不必刻意寻找,它就存在于你的努力中,存在于你的心里,你的思想里。事情本身并没有痛苦与快乐之分,区分的只是我们自己对事物的感受。

快乐很简单。无论什么时候,无论在哪里,只要你愿意,你都可以快乐,没有界限,也不分贵贱。山村里那些劳累了一辈子的农民,虽然老了,没有积蓄,也没有了青春,但是,他们在贫苦的生活背后却能表现出少有的乐观与坚强,他们爽朗的笑声里没有半点哀愁,一方小桌一杯茶,就是他们最好的享受方式与最大的满足了,尽管这种生活方式并不是我们这一代人所追求的,但是,通过他们的影子,我们就没有理由让自己不快乐。无论在哪一方面,我们都比我们的先辈富有,我们年轻、有知识、有先进的技术与才干,还有现代化的设备与生活空间,这一切,曾是父辈心中梦想的天堂。

我见过一个女孩,她失去了父亲,作为长女,她挑起了养育弟妹的重任,她做到了,而且任劳任怨,做得非常好。有一次,女孩挑着满满两箩稻子去几里之外的碾米厂碾米,在她将剩下的半箩稻子奋力举起倒向碾米机时,意外发生了——女孩的裤带因用力而被挣断了,裤子掉下来,而她却没穿内裤。众目睽睽之下,女孩呆住了,回家后,女孩在羞耻与自责中自杀了。原来她连一根皮带也没有,系在腰上的只是一根布条,贫穷使她买不起一条内裤和一根皮带,"愚昧"(我真不忍心说那女孩"愚昧")却让她走上生命的不归路。其实,这本身不是她的错,错的应该是一种观念。

很多时候,不是没有快乐,只是有时我们太在乎外界对我们的看法、自身对事物的认识以及存在于内心不变的观念,正是这一切,使我们活得过于沉重,我们生命的一大部分时间不是为自己,而是这之外的东西。

快乐就在自己心里,就看你如何对待、如何选择。

(原载 2003 年 1 月 23 日《宁波晚报》)

失败，也是一种心境

高考结束,知道自己会失败,但还是按规定的日期去了学校。

榜上果然没有我的名字,但心情却异常的平静,足够的思想准备使我在短暂的失望之后也就恢复了常态,尽管失败不是滋味,但失败也是一种心境。

回家的路上,碰见同班的高明,他戴着一顶旧旧的草帽,将脸部遮去了一大半,在路边的树丛里躲躲闪闪,唯恐撞见同学或者熟人。我叫住他,问他为什么没去学校?他红着脸,嗫嚅了半天:“想去,但没勇气,怕又失败。”高明连考三次,都以失败告终,这次真的中了,却没有了足够的信心。

失败和成功的感觉是截然不同的。预料之外的成功往往会使人欣喜若狂,但有准备的失败不也是一种睿智和成熟吗?以后的日子里,我一直有一种足够的感觉:准备对待失败,因此,少了许多失败后的压抑和沉重,生活也因此轻松了许多。正是在这种心境支配下,我有了意想不到的信心和勇气面对失败,也战胜了失败。

因为还年轻,总有些自以为是,仗着读书时对文学产生的那么一点感情,仗着曾有那么几篇文章被老师当做范文评读,我雄心勃勃地拿起了笔,开始了一个长篇。但写着写着,就写不下去了,认为素材不够，而不是能力不行，于是，萌发了出去找素材的想法。父亲不乐意了："你一个十七八岁的姑娘家，大学考不上，活也干不了，吃闲饭不说，还要瞎折腾，写什么小说？别给我丢人！"父亲说什么也不同意我走村串户，去找什么一文不值的"素材"。可想而知，我的小说流产了。可我也没有特别的心疼，总觉得"是块金子，终有一天会发光的"，心一下子悠悠然了。

接下来，我一边复读，准备再考，一边写点诗歌、散文。然而，一连串的努力换来的只是一大堆的退稿。父亲整天阴着一张脸，甚至威胁说："如果再写，就把你的这些东西全部烧掉！"我美丽的梦想在现实面前被撞得粉碎。于是，我擦干眼泪，潜下心来，一心复读，直到来年九月，我如愿收到了大学录取通知书。

上了大学后，我又重新拿起笔。这时候，我觉得自己的文笔日趋冷静和成熟，果然，第二年，我的文字就一篇接一篇地见报了，而且有一发而不可收之势，年轻的读者喜欢我的散文，他们与我有着同样的年纪，同样的青春，甚至同样的情感；大学校园里，我与年轻的读者们一起成长着，经历着，因为我的文字深受大家的喜爱，一家杂志社还为我开辟了"青春风铃"专栏。如同一颗新星，在文学的天空上闪烁着怯生生的光芒——经历了失败，并在失败的废墟上站立起来，我生活得非常从容。

初恋，该是刻骨铭心的吧，可是，我失败了，我的爱情才刚刚开始，还没在阳光下成长与舒展，就骤然在冰冷的风雨中夭折了，是那么仓促，如同一场梦，来不及让我回味一下梦中的内容，回眸看一眼曾经的来路，就烟消云散了。多少年以后，我甚至都不相信生命里曾有那么一段路程，遗忘是痛苦的，无奈的，我痛痛快快地大哭一场之后，开始默默地收拾残破的心情，我将内心的伤感化作人生路上前进的力量，于是，我又有了另一次新的开始……今天，当我再用一种局外人的心情看待过去时，才知道失败并不可怕，可怕的只是失败后的一蹶不振和对生活的灰心。失败仅仅是一种心情，看你如何对待罢了。

人的一生难免有许多失败，不要去乞求别人，人生的路靠自己去走，要知道，真能拯救自己的仍然是你自己。

（原载 1994 年 4 月 28 日《新安晚报》）

友爱如歌

友爱如歌,如潮,如一抹清风,在我晦涩失意的日子里,串缀成一缕温馨的音符,萦绕在我的心间,伴我温暖入梦。

孤独的人生是遗憾的,如果没有卓绝的成就,便是最为落魄的荒凉。孤独的境界有两种:要么就是在深沉的掩盖之后,终有一日会脱颖而出,绽放出绮丽的光彩;要么就是在无望中沉沦,心灵枯竭成沙漠,找不到友情的温泉淘洗。后者的人生固然是失败的模式,但也给我们一些深深的思索。

如何让短暂的生命在岁月的流程中刻下印痕,让羞涩的心灵从长久的关闭和禁锢中走进阳光?这不仅仅需要坦诚,还要懂得如何呵护,不能总是固执地认为:友情不过是过眼烟云,朋友也是利用的借口,那样,你永远也无法领略生命的彩虹,找不到友爱的支撑和力量。友情是朴素日子里的一声问候,是山乡小路上的一片歌声,相牵相伴,一路行来,简单、清纯而不修饰,自然、朴实而不夸张。

友爱是世上最美的花朵,是天上夺目的彩虹,是三春的雨露,是风雨中的肩并肩、手挽手,友爱不是欺骗,也不是追名逐利的手段。生活中如果没有友爱,就像花儿得不到阳光,虽然开放了,却没有生命的颜色和芳香,秋风还没来临,它们已慢慢枯萎,渐渐消亡。

有人说:友爱只是青春路途中短暂的相遇,然后东奔西走,不会有太多的留恋与特别的回首,偶尔也只是在不经意中陡然想起,爱情才是永恒的追求。我想说给年轻的朋友,友谊与爱情是生活中最美的组合,晚霞悦目,明月何尝不美?鲜花艳丽,绿叶也分外妖娆,爱情是花园中的魁首,友爱又何尝不是坛中的独秀?真正的友爱能够唤醒你沉睡的意志,能够点燃你心中不灭的热火,能够推动你踏上崭新的路途。当你失意、伤感,当你在深夜无眠的痛苦中呻吟时,安慰你的是谁?只有身边相随的朋友,淡淡的,与你一路行来。

友情是一种欣赏,是彼此间朴实的交流,是收获时喜悦的共享,是忧伤时的一起体验,如和风,像细雨,也是草地上拱出的一寸新绿,是蓝天下清越的哨音,一天天生长、蓬勃,悠久深长,充实青春章节里的每一个日程。

试着释放自己吧,试着去体验、去感受,在黄昏的山坡或草地上,重新找回当年被你遗失的朵朵青春红颜;试着去村口铺满鹅卵石的溪底,倾听流淌着的儿时足音,你会发现——流走的是岁月,留下的才是真情。不要躲在喧嚣的都市后,固守着你的自尊和虚荣,清贫与孤独,不要期待午夜的星空下,谁为你吹响生命的悠悠笛音。走出来,拥抱生活,在友爱的潮水中欢腾向前,友爱是暗夜的烛光,是落魄时的勉励,是风雨中的牵手与支持。

友爱如歌,亮丽了我许多单调贫乏的日子,点缀了我苍白失血的青春,让我在浩渺漫长的人生之旅中有了怀想、支撑与依靠,有了思念与友爱,有了面对挫折磨难的勇气和信念。

友爱如歌……

(原载《语文新苑》杂志1998年第三期)

夏意如禅

什么时候,太阳已少了一份温情,多了一份泼辣,金黄色的光洒在琉璃与瓷的边缘,辐射出灼人的辉煌。戴一顶镶有蓝色花边的麦色太阳帽,披一条纯白如丝的纱巾,然后轻松地上路,走出家门,走进夏天。

这时,你的心不会有太多的浮躁,因为你已为自己创造了一份平静的心情,带着美丽上路,喧嚣的人潮也会变成飘逸的风景。累了,不妨停下来,看一看前方,你会发现,幽蓝的天空下正盛开着一朵朵流动着的花——各种形状、各种色彩的太阳帽、吊带裙,就那样肆意展示着夏天的线条与韵律,简洁、随意,青春的背影因此而充满妩媚与诱惑。

借着午后的空闲,什么也别带,去附近的茶室,让起伏不定的心事,就像手中这杯茶,静静地沉淀下来。也不妨让沉思的目光牵起久已远去的记忆,让思想停驻在时间之外。茶室雅致而凉爽,米蓝色的天花板如一汪澄澈的湖,想念的人此刻正在水一方。窗外,是另一个世界,水泥道寂静地向前延伸着,泛着白色、刺眼的亮光,使人顷刻间便有汗流浃背的窒息,眯上眼睛,轻声告诉自己:这一切与你无关,释放热情那是夏天的权利。

当阳光不再那么结实，黄昏降临的喜悦，即将冲走这一天工作中的疲乏，急促的脚步缓慢下来，并且有了节奏，轻盈地叩击着依然温热的路面，女人的心这时候开始期待着夜晚激情的相约，饱满的心房鼓胀着羞涩与幸福，你也活在其中，爱着，感受着，也无声地陶醉着。许多时候就是这样：在一个小小的动作、不经意的回眸与细微的光芒处感动着，慷慨着。暖红色的夜慢慢温馨，你清澈的瞳仁终被星星擦得一亮一亮的，夏意浓浓……

黛蓝色的夏夜，月光如水，踱步灯火阑珊处，即使留不住烟华旧事，但还有今夜的辉煌，醒着的思维浸在水一样的月色中，思念开始一点一点被丈量岁月的脚步拉长，夏意稠得如化解不开的蜜汁，流溢着醇厚香甜的味道。

延伸的灯火，像千年沉香的琥珀，此时安宁的你是不是早已心如静水，温情如风？

（原载《文学港》杂志2002年第六期）

朋 友

老朋友走了，又有新朋友来了，从小到大，我们的身边总不乏这样那样的朋友，我们的人生，也正是有了这些朋友穿插其中，才变得这样丰富，这般热闹。

“多个朋友多条路”，此话不错，但太多了就有一种滥交之嫌。在我们周围，在自己有限的生活圈子里，有选择地交上三五个朋友，很随意，很轻松的那种，没有太多的客气与拘束，有空时互相走动，困难时彼此帮扶。如果有这样的朋友与我们一路同行，那么，生命的旅程就会变得十分精彩。虽然如此，朋友毕竟还是朋友，不是我们的家人，他可能会陪我们走上一段路程，却不可能与我们相守一辈子，因此，我们就不能对朋友要求太多，奢望太多，太多了往往不但会吓跑朋友，也会冷了自己的心。

快乐来了，最快乐的是自己；苦难来了，最苦难的也是自己。《国际歌》里唱得好：从来就没有什么救世主，也不靠神仙皇帝，要创造人类的幸福，全靠我们自己。朋友是那种可以为我们疗伤的人，却不能代替我们自己疼痛；朋友可以抚慰我们的精神与心灵，却无法感受我们内心真正的幸福与痛苦；朋友可以是花，也可以是水，变换如四季，流逝也无言……尽管如此，朋友却不能没有，一个没有朋友的人，一定活得很惶恐，很可怜，就像一个找不着家的孩子一样无助，一样伤心。生活中，我们不能没有朋友，没有朋友的人生就像沙漠一样荒芜，就像黑暗一样恐怖，因为，生命的存在只是孤独的个体，没有朋友的庇护与相随左右，俗世的风雨与太多的泥泞会让我们摔倒，也会让我们失去方向与欢乐，走得倍感艰辛，所以，我们得交朋友，老的，少的，男的，女的，在不同的地点，不同的场合，我们交上了各色朋友，有的是我们所了解，所熟悉的，也给我们带来好处的，有的只是淡淡的萍水之交，过去了就过去了，心中没留下太深痕迹。

贾平凹曾经写过一篇关于“朋友”的文章，他说，朋友是磁石吸来的小铁片儿、钉子、螺丝帽和小别针，只要愿意，从尘世上的任何一个地方都可以吸来，这些东西，有些用力甩甩就掉了，有的却怎么也甩不掉，可你没了磁性他们就全没有喽。我觉得他的话对极了，你的磁性没有，你的魅力消失，你的思想无法影响或者说你不能再给予他们所需要的，也就是他们离开你的时候。也许你感到很寒心，但是，你必须从中警醒，从另一个层面来提升自己。于是，你的身边又会聚集一批新朋友，你可以不必太投入，却一定要真诚。功与利的时代，朋友来的来，去的去，抱着不同的目的来到你身边，又带着相同的愿望离你而去，这些都不必太在意，即使分手了，也要多想想朋友的好处，想想他们曾经给予过你的恩惠，你便宽容理解了朋友，心里也会因此而留下关于朋友点点滴滴的美好回忆。

朋友可以亲密，却不能无间，要适当有一点距离，有点保留，不能靠得太近，不须往来得太勤，那样的话，时间一长，朋友就不再是朋友，朋友在你眼里可能就构成了威胁，就有了一种戒备与防范，“熟悉的地方没有风景”也正是这个道理。酒是陈的醇，朋友不一定是老的香，相处越久，其间的透明度也就越强，他可能熟悉你身体的每一处，却偏偏忽视了你的情感与精神，他明了你的心，却往往拂了你的意。

人生本是一杯没有滋味的白开水，朋友就是那兑进开水中的糖或者咖啡，是苦还是甜，只有自己的心最清楚。

（原载 2004 年 3 月 12 日《宁波晚报》）

女人与茶

青春的女人，有时就像杯中的绿茶，温软清香，每一缕思绪都会飘着淡淡的雾一样的风情，总让人想起有关爱的情节与故事。

面对茶叶，总会让人想起女人。平林漠漠烟如织，初春的江南，茶园里已是一派生机，穿红着绿的山村佳丽，早已穿梭其中，纤纤素手摘取着生命的初绿与温润的清香——如果没有女人，这些鲜活的春茶一定没有这般的香醇入怀，也会少了许多浓浓的情愫。

一个人的夜晚，泡上一杯茶，看茶叶在水中一点一点绽开，然后缓缓坠入杯底。被水浸润的茶叶，就像一个被爱充盈的女人，舒展着身体沉静地躺在那里，溢出的丝丝香气在暖暖的灯光中弥漫升腾着。拧开杯盖，轻轻吮一口，顿感温润柔软，舌尖会泛起一缕淡淡的苦涩，之后了无痕迹。

这时，心情终如杯中的清茶有些飘浮，积淀在记忆深处的往事，开始在无眠的清醒与冷静中层层叠叠地涌来，隔着水帘，最初那张爱的容颜，在氤氲的气息里慢慢显现出清晰的轮廓：某一年的黄昏，一个人裹着长长的围巾，走在冷冷的风里，对面有人无声无息地掠过，突然心动，猛回头，认出那人就是多年前曾倾心的身影。骤然间，心便有了相思无寄的惆怅，一个人在灯下看了许久，想了许久,才知岁月终究留不住,消散一帘幽梦。

茶叶安静地沉淀在杯底,浓绿的生机褪尽成褐色的苦涩,所有的繁华已成往昔。就像我们曾经年轻的心,经历过岁月的风雨烟尘,慢慢变得枯干多皱,流失了早先的鲜活,剩下的便是那种足够的沉静、超然,那种曾经沧海更寡欲的心境。

茶是有心的,就像女人的多情。不信,去茶林里看看,那些还没有经过雨水和阳光的稚嫩的生命,一点点地从枝头探出来,开始人生的第一步。娇弱的身子小巧亮泽,滋润潮湿,明艳得使人心生怜惜,让采茶女子不忍下手。采后的茶树,剩下的便是紫色的树枝与老叶,一半是枯黄,一半是深绿,一半在期待,一半在阵痛。谁说春茶无心,春梦了无痕?

泡茶,是一个沉静的过程。开水倒入杯中,茶叶由翻腾到沉寂,由起伏到平淡,灵魂经历了烈火的炙烤,沸水又让它原始的生命以一种惊世的艳丽复活了,肆意地开在杯底,让人想起漠漠风沙中那沉睡千年的"绝代美人"。

茶不仅是品的,有时,它更是一种过滤心情的溶液,它可以稀释你心中久久郁积的块垒,让你的心轻松起来。一个不懂得品茶的人,不会知道隐含在其中的太多的滋味,太深太厚的内涵与底蕴。捧着杯子,坐在茶坊里的,充其量只能算是一个茶客,一个喝茶的人。

真正的茶与女人,应该属于有品位的人。

(原载《文学港》杂志2003年第四期)

家的感觉

家是什么?

家是生命的栖息地,是游子心灵的寄托,是异乡灯火的牵挂。有了家,心灵便有了依托,生命便有了内容,无论日子怎样的贫苦和艰辛,无论失却什么,包括财产、荣誉甚至赖以生存的事业,但只要你还拥有一窗灯火,拥有一个哪怕是破烂而贫寒的家,你的脚步便不会停止,你便不会失去做人的精神和底气。

生活中,当你有了委屈,有了无法言明的痛楚,有了深重的劳累和疲倦;工作中,当你有了挫折,有了上司的不满和责难,只要回到家,你便可以坦然,你便觉得轻松自由,你的心灵便会在浮躁和难堪中渐渐平静,你的痛苦和忧伤便会在家的温馨中缓缓化解。坐在家的窗口,看夕阳西下吧,远山的苍茫,蓝天下的人群及原野,会使你觉得平和、踏实,你会忘记所有的伤痛,你会感觉:有家真好。

家永远是温暖的。

家是妈妈深沉的等待,是村口悠长的呼唤,是晚风中的叮咛,是深夜灯下的思念,绵长、醇厚而又源源不尽。

一日又一日,一年又一年,当岁月冲淡了、冲走了生命中太多的记忆，唯有家，蕴藏着全部的浓绿，等待着你那颗一直跋涉在风雨中的心。

回家，你会不再感觉虚空，那是一方坚实的土地，那里有你的根，有你的呼吸，有你生长的、永远抹不掉的记忆，无论行程多么遥远，无论千山万水阻隔，也挡不住你似箭的归心，渴盼中，恨不能长出双翅，飞越长空，抵达那一方热土。

回家，回家的感觉总让人有一种有泪要涌出的牵动，回家的心情很美，却也有丝丝缕缕的惆怅，挥之不去的家的乡愁啊，永远牵动着、缠绵着久已漂泊在外的游子心。

（原载《七彩帆》杂志 1998 年第二期）

陪母亲走一走

秋日的阳光下，我挽着母亲的胳膊，在公园的小路上不紧不慢地走着。母亲对我说着家乡的一些人和事，阳光照在我的脸上，那一刻，我感到心少有的平静和安宁，多少年来，我很少有这样的机会和闲暇陪母亲走走。

母亲是第一次来宁波。自我迁居宁波后，母亲一直想来看看，但由于路途太远不方便，母亲又晕车，因此，便一直没有成行。不久前，母亲患了一场病，病好后，母亲下决心要到我这儿来，说什么再也不能等了，她害怕哪一天她突然不行了，那么，她将永远有一桩未了的心愿。母亲几个月前就开始准备，心情也好，逢人就说她要出远门了，好像是一件多么重大的事情。母亲一辈子未走出过家乡的大山，也不认识字，我准备回去接她，可她坚决不同意，怕耽误了我的工作，于是让我的堂兄送她过来。

记得在我上中学的时候，有一次，母亲背着米送我去学校。路上，母亲不停地和我说话，因为背着东西，说话很吃力，声音也大，我一只手扶着母亲的胳膊，另一只手象征性地托着米袋，以减缓母亲肩头的一些压力。就这样，二十来里的路程我们走了三个多小时。到了学校，我让母亲歇一会，母亲说她不累，一路上有我陪着说话，她没觉得累，看着母亲一脸兴奋的样子，我的心里有着说不出的压抑。其实，我知道，母亲的内心很寂寞：父亲一辈子冷落她，年轻的时候，常常将母亲关在门外，不让进来，吃饭也不准母亲上桌——我不理解父亲为什么这样对待母亲；哥哥姐姐受了父亲的影响，对母亲也不亲热，有什么事总是与父亲商量，不与母亲说。在家里，母亲常常像外人一样局促。实际上，母亲很贤惠善良，周围的人也都知道母亲的忍耐与勤劳是出了名的。那天，我能和母亲挨得那么近，并且耐心地听她说话，这对她将是一个很大的安慰。那也是我少年时代唯一的一次陪母亲走了那么长的路。

后来，我离开了家，为着生活而不停地忙碌奔波，很少有机会和母亲在一起，母亲惦念得很，逢年过节，总要托人给我捎点家乡的土特产。每年，母亲都要晒很多的梅干菜以及笋干，分别带给我和哥哥姐姐们，我们劝她不要再这样劳累，这么便宜的东西到处都能买到，何必费神劳力？可母亲不听，依然要做，她说这样心里踏实。

在母亲没来之前，我就已计划着，陪母亲到处走走，也有可能这是母亲在生命的最后一段路程陪我，我不能因为这样那样的事务而冷落了母亲；同时，我也真的需要母亲的温情带给我一些心灵的慰藉，无论是得意还是失意，我都需要母爱的力量与支撑——只有在母亲面前，我才真正发现生命中还保留着最原始的纯真；也只有在母亲面前，我会永远是个孩子。

陪母亲走一走吧！不为别的，就为她还活着，想想母亲为我们劳累辛苦了一辈子，现在她们老了，没有了青春，没有了健康，还要在寂寞的晚年生涯中为我们担忧、牵挂，我们就没有理由拒绝——

在冬天有阳光的日子里，牵着母亲的手，去外面走一走。

（原载 2003 年 3 月 5 日《宁波晚报》）

第十辑　四维空间

我如一株依米花

据说在非洲的戈壁滩上，有一种叫作依米的小花，它拼却一生的力量在茫茫荒漠上深深扎根，只为绽放出生命中最亮丽的光彩。依米花每朵有四个花瓣，一个花瓣一种颜色，红、黄、蓝、白，不仅娇艳绚丽，更暗合了阿拉伯世界的四大宗教，于冥冥中透露出一种灵异与神秘。

在恶劣的环境下，依米花是脆弱的，然而它还是坚持挺住了；我们可以藐视一粒种子的沉默与卑微，但却不能藐视它在历尽艰辛之后的开花与美丽。由此可见：命运，往往是不能被注定的。

——命运，是不能被注定的。

一

听母亲说，我出生时就长了两颗牙，洁白柔软，见风后慢慢变硬。初夏的早晨，阳光有些炽热，我落地后不一会儿，正赶上父亲收工回来吃早饭，父亲得知我刚生下来就长牙，便认定是妖孽，非要将我砸死。母亲苦苦哀求，大姐、二姐抱住父亲的腿，哭喊着阻拦父亲，可仍然挡不住父亲的执拗，他到门外拿起钉耙，就要冲进房间里来。堂兄在母亲的暗示下，飞奔着去喊隔壁的四奶奶。四奶奶是村子里德高望重的长辈，村里有红白喜事，谁家有争吵纠葛，都要请四奶奶到场。当小脚的四奶奶拄着拐棍，急急赶到我家时，父亲已将弓腰护着我的母亲用力拖开，正举起钉耙要将我砸死，真正千钧一发之际，被四奶奶厉声喝止。

父亲口口声声说我是妖孽，一定要把我砸死！“生下来就长牙，不是妖孽又是什么？”四奶奶抱起我，看了又看，然后告诉父亲：“如果真是妖怪，你打死她，恐怕你全家就要遭殃了。你想想，她会放过你？不把你家人一个个害死才怪！你要信我，就听我一句话，此女你留着。就算是妖怪，你养了她，出于报恩，说不定以后你们全家还能享她的福呢！”

听四奶奶这样一说，父亲有些害怕了，不敢再提要将我砸死的事。

就这样，我侥幸活下来了！谁知道，新一轮的灾难正在慢慢向我靠近。

二

过年了，家家户户都在忙着准备年货，杀猪、扫尘、贴对联，整个村子笼罩在喜庆的气氛中，可我母亲却坐在门口啼哭。此时，大队的赤脚医生杨春大爷正背着药箱经过我家门口，看见母亲啼哭，上前询问缘由。母亲说：“过年了，幺女却死了，她大正在山上挖坑呢？”

“好好的，怎么突然就死了呢？”杨春大爷不解地问。

“家里做过年豆腐，满满一盆滚烫的豆腐水，幺女趴在盆边玩，也不知道怎么就爬进去，烫死了。”

“孩子现在哪里？我去看看。”医生的职业使命，让大爷觉得可能还有一丝希望。

“就在后山呢。”母亲边说边陪大爷很快来到了山上。大爷掀开裹着我的芦席，见我一身乌紫，皮开肉绽，他一边摇头，一边用手试探我的鼻息。当他站起身时，就开始向父亲摆手，让他不要挖坑了：“孩子还有一丝气息，让我试试吧，看看能不能把她救回来。”

那年，我还没满 2 岁。

我被大爷救了下来。回家后，他每天来给我上药、换药，直到我安全地过完了那个年。

倘若那次不是杨春大爷路过，或者是他路过了，错过了时辰，没赶上母亲啼哭，再或者他走别人家的门口，不曾看见，抑或是他看见了，没有当回事就走开了，无论是哪一种，总之，只要迟那么一步，只要这其中的任何一个环节成立，我就真的被父亲埋掉了。好在就是那么一个瞬间，救星来了，让我再次死里逃生。难怪后来母亲常说：“这幺女命真大。”

那时候，家里穷，孩子又多，死个小小孩子实在算不上什么，几乎就像死了一只小鸟，或者一条小狗，有的人家死了孩子，通常都不会有人哭泣。

由此可见，那时候一个孩子的生命，确是卑微到了尘埃里，低贱得如同一棵小草，如同那株在荒漠里挣扎的依米花。

三

草地上开满了鲜花，而在牛的眼中只有饲料，没有风景。一些愚昧的乡下人，有时何尝不像那草地上的老牛？一年四季，父亲除了必须要做的农活，一生似乎都在开荒垦地，从不停歇。

家门口的水塘,到了冬天就干涸了,本是农闲时节,父亲可以悠闲地靠在炉边打个盹儿,或者与邻家阿叔话个家常,可是,像这样的空闲,父亲从未有过。

往往,总是天还没亮,父亲就要拿上钉耙,在干涸的水塘底部挖土,再把挖上来的泥土挑到门口,用来种树,他总是说:塘泥肥沃,树容易活,还长得快。那一年,家门口数百平方米的土地上,被父亲种满了苦楝树。

塘底越挖越深,父亲挖到了好多好多厚厚的方砖,还有一些残破的碗盏器具,锈迹斑斑,碗盏大部分被父亲丢弃,只有那些青砖,父亲如获至宝,一担担地挑了回来,紧接着,又选了一块大大的空地,四周全部用青砖,垒起一个四方形的猪圈。村里有长辈劝过父亲,让他不要再挖,不要用那砖垒猪圈,那塘底可能就是坟墓,如果动了阴气,怕对家人不利。可父亲没有听,坚持着把所有的青砖都挖了回来……于是,那个水塘底部,就有了一个张着大口的深坑,坑深数米,如同一口枯井,到了春天,水塘满了水,那坑是一点看不见的。

我是不相信迷信的,可也确实有些奇怪:自从那个猪圈启用之后,猪每长到一百斤左右就会莫名死去,前后五六年时间,家里最终就没养过一头活猪。母亲一次次怪怨父亲:不该用那些青砖,坏了风水,养不活猪。最终,父亲不得不狠着心拆了那猪圈。

难道,冥冥中真的有因果宿命?

9岁那年夏天,我与五哥以及同村的小伙伴一起下塘洗澡,不幸的是,我正好掉进了父亲挖的那个深坑,求生的本能让我拼命地向上举手,可我还是迅速沉了下去。那一刻,我心里十分清楚,知道自己将被淹死,自己再也活不成了,再也见不到父母兄姐了,心里生出无限的悲凉与恐惧。

就在万般绝望之际，突然感觉有东西将我托起，仿佛一片云，我站在云端，还没等露出水面，我就失去了意识。

醒来时，发现自己正趴在塘边一棵粗大的树桩上吐水，旁边站着五兄和那些小伙伴，他们一个个都吓得脸色苍白，五哥警告我，回家不许说起此事，更不许以后再下塘洗澡。想当时，如果不是五哥水性好，我早就殒命坑中了。

这件事，后来到底还是让母亲知道了，她狠狠打了我一顿，让我长一长记性。

四

流年似水，匆匆而过，转眼，我与五哥，连同父亲栽下的那些苦楝树，一起长大了；年复一年，嗅着蓝色楝花苦涩的清香，我与五哥先后走进了高中、大学。

父亲终于可以轻松一些了，村里人也都说父亲可以享福了，可谁又能知道“福兮祸所伏”——五哥出事了。那年，他19岁，上大学二年级，寒假回家遭遇车祸，年轻的生命被无情地画上了休止符，永远地离开了朝夕相处的父母兄妹，离开了贫穷却温暖的家。19岁的青春，就那样定格在小山村的土地上，定格在我的生命里。

这样的打击，让父亲几近崩溃，母亲更是肝肠寸断，悲痛欲绝。有人劝导母亲，让她去关亡，看看五哥在地下说些什么。母亲思子心切，真去找了关亡（关亡，又称招魂，据说关亡婆能够招回死者的灵魂附在自己的身上，然后死者就会用她的口说出死者要说的话）。那天，我也在现场，关亡婆做过道场之后，像是昏迷过去，不省人事，接下来她说的话变了音调，成了男声，似五哥，又似不是。那些话听起来让人毛骨悚然，他说——我是童男离世，又有才情，在下面负责管理花园,并不受罪。六妹9岁时,我曾在水里救过她一命。这一次,本是六妹凋零,可她是女孩,身系两家风水,命数太硬,灵异近不了身,最后,才找到我代她落地。家门前的水塘,原是一座古墓,里面安葬的,是如我一样的素颜少年,因为父亲挖土,碎了他的骨骼,让他无法安顿,只能四处飘零,寻找替身。还有,家里栽下那么多苦楝树,也是冥冥中的定数,“苦楝”与“苦念”谐音,以后只能心中苦念了。

我不知道,这些谜一样的幻景异象,到底是真是假?不信宿命的我,竟难免也有些恍惚了。多年以后,回想起当时的情景,仍然心有余悸,惊恐不安。

五

五哥去世的第二年。一天,我突然在家中全身抽搐,继而完全昏迷,而这事先却没有任何预兆。母亲哭叫着到处喊人,同村的17岁男孩Z生听到喊声,飞快跑来,背起我直奔村头的公路呼叫拦车。

当我从医院里醒来,已是四天后的事了,病房里站满了亲属,连堂房大哥也从外地赶了回来,医生下了病危通知,让父母签字并停止了一切救治。就在家人哭成一团,准备后事的时候,我却慢慢地睁开了眼睛,如同睡了一觉,那么轻描淡写的,突然就回来了。

算算时间,那年,我刚好19岁,与五哥去世时一样大。

我,一株荒漠里的依米花,尽管卑微,但在命运无常的风风雨雨里,却一直尽力的抗争着,顽强地生存着。

六

我得以生存，而两年之后，那个背着我拦车的男孩Z生，却突然走了，离开了人世——也是没有任何预兆，晚上睡在床上，安然离去的。

Z生的母亲说，男孩是因为背了我的缘故，是我把邪气传给了男孩；我之所以当时没死，那是男孩的命预抵了我的命。因此，男孩的母亲曾到我家又哭又闹……

那些年，本是青春年华的美好时光，就这样在无数的风雨飘摇中，走过了一程又一程，真可谓，“林花谢了春红，太匆匆，无奈朝来寒雨晚来风”，往事历历如在目，不堪回首月明中。

谜一样的人生啊！谁能说得清，道得明？那个背着我拦车，后来去世的男孩，偏巧也是19岁。——19岁，成了梦魇，也成了谶语。我不知道这究竟是冥冥之中的命运安排，还是纯属偶然的一种巧合？“舞低杨柳楼心月，歌尽桃花扇底风。……今宵剩把银釭照，犹恐相逢是梦中。”所有的青春往事，如同李香君的那把扇子，留给活着的人，是久久的怀念，深深的伤痛。

——文章写到这里，本该结束了，可我还想交代一下，最初的因与最后的果：正是应了四奶奶说的话，父亲养了我，我知恩图报，从日常的生活费，到疾病的治疗费，我都出手大方，极为慷慨，哪怕自己节衣缩食，也不苦了父亲母亲，以至父母亲的晚年生活还算安稳，晴好！

我结婚后，一直想在家乡县城里为父母买一套房，让他们离开那偏僻荒凉的乡村，离开那浸着泪水与苦痛的家园，用一用他们未用过的现代化的电器设施,过一过他们所羡慕的城里人的日常生活。可这却不在我当时的能力承受范围之内,为此,我常常郁郁寡欢,孤独忧伤。直到十多年前,我才了却了这个心愿:在家乡县城里,我一次性付款为父母买下了一套精装修的大房子。

帮父母往县城搬家那天,我抱着被子,挨着父亲,坐在车窗边,家乡的一山一水,一草一木,渐渐地退隐在身子之后,消失在视野之外,突然间,禁不住心痛难忍,泪流满面……父亲劝慰我:"六子别哭了,你这是带着我们奔好日子呢!"住进县城新家之后,父亲几乎逢人就夸:"我家小女儿是第一孝顺,我和她妈妈这后半辈子,吃的,喝的,住的,用的,享够了小女儿的福!"

后来,我又在县城买了一套房,名义上让母亲照管照管,实际上任由母亲将房子出租,每年一万多元的房租也尽归母亲。曾有知情人对母亲说:"幸亏你当年苦苦哀求,保住小女儿未被砸死,大难不死,必有后福,小女儿自己有福,更给你带来了幸福的晚年!"母亲则呵呵笑着回应:"我这幺女心眼好,有情义,不仅我们家里人足足享了她的福,还有不少乡里乡亲的她都帮过忙呢!"

——依米花,她不畏艰辛,历尽磨难,勇于抗争,拼力开花,却原来并不仅仅是为了亮相自己,展示娇艳,同时更是为了一种不求回报的付出,一种无怨无悔的奉献,诚如某君所言,她是"把美丽舞蹈给命运,把绚烂绽放给世界"。

我如一株依米花;我愿是株依米花!

(2015 年 10 月 31 日,写于宁波日报社)

“男闺蜜”相伴的日子

什么是“男闺蜜”？

恋爱的时候，他能陪你约会；失恋的时候，他会陪你难过。他们既是哥们，也是知己，他们对你关怀体贴，呵护有加。当你遇到委屈时，可以借他的肩膀哭泣；遇到困惑时，可以在他的面前倾诉，他们聆听的同时，又能为你理性地思考与分析，当你陷入泥泞时，他们会牵着你的手，走出情绪的沼泽……

有人说：“男闺蜜”就是那种打着闺蜜旗号的情侣，往往有着不正常男女关系。这种人的心理，就是典型的“狐狸心理”。在他们看来，男女之间不可能有纯粹的友谊，所谓的友情也是建立在“男欢女爱”与最终占有的基础上。存着这种想法的人不是少数，可也不能因此而怪罪他们，因为人生的经历与阅历不同，他们又怎么能理解“蔡康永”式的情感呢？

我的父亲就是典型的封建家长，很小的时候，不准我的姐姐们与同村的男孩交往，甚至连说话也会遭到严厉的呵斥，因此，姐姐们一个个循规蹈矩地分别嫁给了父母之命下的姑表哥、舅表哥、姨表哥。而我在青春期是完全颠覆了父亲的传统，令他大为恼火，一天晚上，同我一起长大、上学并一起参加中考的两位男闺蜜，在我的房间里逗留到深夜时，父亲忍无可忍，终于从床上爬起来冲进我的房间，指着他们怒吼着："滚，滚！"父亲从没有这样生气过，是那种压抑的愤怒喊出来的声音。我们一下子愣了，尴尬得不知如何是好，他们红着脸逃也似的离开了我家。

其实，当时我们只是在讨论中考考题的对错，并没有一丝私情杂念，平时相处也只是说说学习方面的事，可小心眼的父亲却将我们的这种纯真理解为不正当的交往而大动肝火，对此，我无法责怪父亲，因为他的生活经历、思想见识与教育程度只能决定他所认同的那种层次关系。父亲的这种狭隘一直持续到我结婚以后，觉得我的自由已不在他的权限范围之内而作罢。

而我的先生刚好与之相反，他的开明与智慧让我生活得轻狂而放肆，先生鼓励我与异性交往，他认为：男人胸怀宽阔，不会像女人那样斤斤计较，男人思考问题的角度与女人不同，更加理性、抽象，这样可以弥补女性的性格缺陷。也因此，我的生活中从未缺少"男闺蜜"，在我成长与成熟的过程中，是他们的陪伴，让我过得如此放松，如此灿烂。

有着"男闺蜜"的日子，真好！

参加工作以来，每到一个单位，我都有这样一位家人、兄长似的男闺蜜，他们哄着我，宠着我，也让着我。当初在学校，我的"男闺蜜"是一位经典的好男人，性格温和，说话有礼有节，标准流利的英语口语曾让无数人羡慕与折服。每天，我们形影不离，一起骑车进出，一起到外地开会，在他面前，我可以放肆地大笑而不用顾忌形象，可以胡乱说话而不用想着话语的对错，可以毫无隐瞒、毫无戒心地交流。倘若哪天我一人回家，先生碰见了一定要问："你一个人回来了？情人呢？"而他的妻子也一样，每次见着我都会来一句："怎么了？今天情人没陪你？"他妻子的豁达来源于对他丈夫以及对我们为人的相信，以至后来，我与他妻子也成了很好的朋友。

君子坦荡荡，小人常戚戚，十多年前，我带着一位来自甘肃在中专同事的男闺蜜千里迢迢回到老家时，村民们交头接耳，互相传播，他们探究的目光中交织着怀疑，热情的问询里掩藏着窥视他人隐私的欲望。父亲也一样，虽然招呼着，可声音里难以掩饰对我“如此开放”的不满与羞愤，但也不便发作，毕竟是远方的来客。对此，我坦然自信，不作任何解释。因为，我们的情谊只有自己清楚，纯洁得像一张白纸，找不出半点瑕疵。

在宁波上车前，男闺蜜曾给他的妻子打电话，告诉她要去我的老家，正准备上车呢。“当心她老公知道了，打断你的腿！”他的妻子在电话里打趣。“那啥，人家早就知道了，可大度着呢，昨晚在他家吃饭，还叫咱多玩几天！”

由于是北方人，他说话特有意思，我妈与村里的一群老太太就爱听他说话，遇着听不懂的，老太太们则张冠李戴，常常让人笑翻了天。

至今，我们还保持着联络，有空时会在 QQ 上聊天，他妻子是典型的新疆美女，那双眼睛美得摄人心魄，我保留着与他们的合影，也将保留着这一份深厚而长久的友谊。

有着“男闺蜜”的女子是幸福的，因为无论在思想上还是精神上，男闺蜜可以给你更多开导、指点或宽慰，与他在一起，你不会孤单，无论开心或不开心，都有一个人陪着，他成了你的依赖，你的精神支柱。

我现在的男闺蜜，就是与我在报社相处了十多年的同事，办公桌比邻而放，食物从不分彼此，多年来，我们一直是一道去餐厅吃饭，江边散步，茶室聊天，逛街购物，真正是无话不谈。生气时可以冲他发火，喜悦时一起分享。如果哪天他不在我身边，别人就会奇怪了:“你的眼镜呢?”“你的搭档呢?”

男闺蜜就像自己的亲人,自己的左右手,就是拥抱了也不会来电,不会产生逾越朋友界限的感情,不会有任何冲动,也不会越雷池半步。

不知是上帝的眷顾,还是我特别的幸运,我的人生之路上一直有这些 MAN 而义气的闺蜜相伴,让我在有风,有雨,有寒冷,有迷茫的岁月里能从容地走过。

(2013 年 7 月 19 日,写于宁波日报社)

有书伴我终不离

很小的时候，我就特别喜欢读书。从识字开始，我就常常坐在家门口的矮凳上，捧着一本破边损页的小人书，看到暮色西沉，纸上的字已经看不清了，方才想起回到屋子里，伏在桌上，就着煤油灯，头也不抬地继续读，直到看完最后一页，仍然意犹未尽，再翻来覆去，一遍遍地看。一本小人书，就这样打发了乡村寂静而贫乏的黄昏时光。

稍年长一些，我开始四处借书，没有选择，什么书都读。有些深奥的自己也只是一知半解，有些字不认识也就连蹦带跳地过去了，但这往往也并不怎么影响我对书中内容的理解。记得小学三、四年级时，我就读完了《西游记》与《水浒》等书。进入腊月，父亲有了空闲，三五个村民，听我说书。我带着自己的喜怒哀乐，将书中的人物情感化。一个个寒冷、冗长的日子，就在我有声有色的讲述中过去了。后来听书的村民越来越多，家里的板凳不够用，父亲早早就去邻家借来，一条条摆放好。不仅父辈长者，连一些不识字的幼童也伸长脖子，听得一动不动，眼也不眨一下，家里因此热闹了好一阵子。

那个时候，没钱买书，所看的书十分有限。为了借到一本书，我曾被老师骂过，同学恨过。五年级时，我的同桌小男生，爸爸是乡镇干部，家里条件好，还有几十本这样那样的书。而这个男孩特别吝啬，谁也借不动他的书，下课的时候，他通常把带来的书放在课桌最显眼的地方，而我的目光总是被诱惑。为了借到他的《格林童话》与《格列佛游记》，我多次把做好的数学作业悄悄地递给他抄，一次我的数学题错了，而他错的与我一模一样，老师知道后十分生气，把我的作业本撕得粉碎，却没有撕他的——理由是我给他抄，错误在我。

一段岁月就是一段美丽的心情，童年的许多与读书有关的情节，成了日后温情的回忆，每个细节都述说着一个故事，一段历程。那时，也就十来岁的辰光吧，学校早读课，要求每个同学到班长面前背书，背不出的，放学时留下来继续背。我是班长，掌管着同学背书的“生杀大权”，一些害怕背书或背不出来的同学，往往会投其所好，贡献几本好书，像鲁迅的《朝花夕拾》、高尔基的《童年》等等，我心领神会，往往主动在须背课文的篇目旁，写上“已背”，签上姓名，让那些借书给我的同学轻松“过关”。日子一久，就有同学打小报告给老师，老师不动声色，在课后抽人背书，结果可想而知，老师把我叫到办公室，狠狠训斥了一顿，还让我写了一份检讨书。

读书也是有阶段的，不同时期，读书的心情和目的也不相同。童年时读的那些美丽遥远的童话故事是幼稚可爱的，它给小小的心灵带来的是温暖、爱和信任；少年是凭着一腔热情和幻想在读书，是读得最投入、最幸福的时候，也是生命中一段最单纯和辉煌的读书生涯。

很长的一段少年时光，我纠缠在席慕蓉的诗情、三毛的洒脱、琼瑶的爱情里，安静地哭过，痴痴的笑过。读琼瑶的《窗外》，看到康南老师孤独的背影，想到他那被爱遗忘的伤痛，我竟伏在课桌上泪流满面，泣不成声。学校旁小河边种了很多柳树，到了春天，柳叶初萌，绿意点点，我就喜欢坐在柳树下看书，偶尔有风吹来，水面上就飘散着层层落花，片片残叶，显得落寞，却也安静。这时我的目光会离开书页，静静地，无声地看着水面，心里便悠然想起李煜的“林花谢了春红，太匆匆。无奈朝来寒雨晚来风”。或者辛弃疾的“更能消几番风雨？匆匆春又归去。惜春长怕花开早，何况落红无数。”之类的名句。可能是这样的诗词读得太多，少年的我总是有些郁郁寡欢，骨子里有一种挥之不去的多愁善感。但因为有了书的陪伴，日子依然丰盈而美好。

二十岁时，汪国真的诗红遍了大江南北，也一下子撞进了我的生活，我一首首地抄，一首首地背，在狂热般的激情里享受着读书的快乐，并在我担任编辑的《中学生读写报》文艺副刊上连发了好几篇诗评。而这时，我其实已不再局限于狭小的范围，我开始阅读张爱玲，接近郁达夫，喜欢上了徐志摩，也关注过周作人，并且开始大量阅读外国作品，比如：英国乔叟的《坎特伯雷故事集》、德国歌德的《浮士德》、俄罗斯陀思妥耶夫斯基的《卡拉马佐夫兄弟》、法国福楼拜的《包法利夫人》……他们隔着不同的时空，向我走来，微笑的、沉思的、凝重的，穿越时光与空间和我进行着心灵的对话。我的思想接受着文字高贵的洗礼，青春岁月就这样静静地过去了，在我低头看书的时候，在我注视成长的足迹与回眸的瞬间。

我开始游离于同伴的视线，喜欢一个人在秋天，在春天，在安静的夜晚读书，一杯茶，一本书，暖暖的灯光，便是一份极致。正如张爱玲所说的：“生活的艺术，有一部分我不是不能领略。……在没有人与人交接的场合，我充满了生命的欢悦。”夏天，看书累了，轻轻推开窗，山野的夜风清凉徐徐，这时候闭上眼睛，你会听见花在心里绽放的声音，你成了一窗的风景，成了景中的一首诗。这样的意境真的不能用语言形容,生命中,总有一些美好的回忆让我们无法忘却,这些回忆曾经点缀了我们的青春,让青春有了优雅的内容,有了清高的资本。

人到中年,读书的时间少了,忙碌的日子里多了风雨兼程的艰辛,孩子的哭闹,琐事的繁杂,让心变得浮躁不安。可我还是抽空读书,午后的闲暇里,不舍得那份人去楼空的寂静,不舍得那倾泻一地的阳光,推开案头的文件与纸笔,抽出一本书,慢慢看下去。看得随意自然,轻松愉快。星期天,我通常开车去书城,去图书馆,看那些精致或发黄的书本,安静整齐地摆放在书架上,我摸摸它们蒙尘的页面,心里便会涌起无限的怜惜。佛说,五百年的轮回才有一次擦肩而过的机缘,我宁愿相信,我和这些书本在冥冥中是有缘的。

偶尔会买到便宜又实惠的书,最喜欢买的还是李清照的书——“梧桐更兼细雨,到黄昏,点点滴滴。这次第,怎一个愁字了得!”,“昨夜风疏雨骤,浓睡不消残酒。试问卷帘人,却道海棠依旧。知否,知否?应是绿肥红瘦。”隔着遥远的时空,我仍然还能听到黄昏的落雨,是怎样一滴一滴打在梧桐枯残的叶面上,让人生出无限的愁绪……这样的情,这样的景,莫非就是留给我的?这样的书,这样的雨,该把心灵上所有的尘埃都洗去了吧?

清贫而不寒伧,小康而不俗气,关键是要有书卷气。腹有诗书气自华,读书的人是优雅的,聪明的,言谈举止间总会有一种无法模仿的精神气质。读书能让心灵澄澈明净,让思想精致美丽。读书的人是幸福的,如同千帆过尽的新娘,在等待一场姹紫嫣红的花事,如同恬淡的生活里,守着一段冷暖交织的光阴,平静中慢慢老去。苦闷的时候,读书吧,为书停留,给心留一隅净土,生命就会在凡尘缭绕的烟火中,优雅绽放。

桌上摊开的是人生，窗外流逝的是岁月，灯下独坐的，不是过客，是归人。在每一个心情潮湿，生命暗淡的日子里；在每一个曲终人散，夜雨敲窗的夜晚，请翻开那些散发清香的书本吧！

（原载 2016 年 4 月 16 日《宁波晚报·悦读周刊》）

含　蓄

含蓄是什么？

含蓄是一种欲语还休的娇嗔，一枝梨花春带雨的晶莹，一枚新叶初探的羞怯，一份渴望流露而刻意掩饰的真情，一种长久悸动后复归的平静。

含蓄是一种美。

女人不懂含蓄便没有女人味，给人一览无余的苍白，心灵粗糙的人不懂含蓄，错以为搔首弄姿就是含蓄，其实那叫浮浅与做作。真正的含蓄应该包含一种生命的力量和青春的美丽，是内心深处隐含的一种细腻的、不可捉摸的纤动，犹如月光下的花蕾，清风中的露珠，风清月白，不可替代。

雨后的竹笋，悄悄挣破地表的浮土，轻盈无声地拱出小小的脑袋，窥探着，打量着，悄语着，兴奋着，生命的胚芽注满对根的依恋和对阳光的向往；九曲回廊前伫立的倩倩少女，在千帆过尽后余留眼底的泪意，或者携手告别，欲语泪先流的多情；灯火阑珊的背后，看似繁花似锦，却透着人去楼空的清冷，找不着来路，亦不知哪里是尽头……前者带着希望，后者却泻着凄凉，像月下的残荷，美丽得令人忧伤。

真爱是含蓄的，不需要太多语言，一次回眸，一缕微笑，一个动作，不经意中却透着关怀和温暖。直白的感情经不起时间的历练和铸造，终会如黄鹤西风，一去不返。《滚滚红尘》中饰演男女主角的秦汉和林青霞，这对金童玉女因为他们美丽的爱情故事而被笼罩在童话中王子与公主的光芒里。那时，秦汉刚离婚，终于可以和青霞历经劫波，相逢一笑了，谁知世事总与人愿望背道而驰，六月末，五百朵玫瑰前美目流盼、巧笑倩兮的林青霞嫁入邢家，侯门一入深似海，从此秦郎是路人——秦汉踯躅街头，形容憔悴，十七年的爱情幻成云烟，情何以堪？这一地落红谁人让它重返枝头？秦汉也罢，青霞也罢，都没有岁月可回头，生活不是言情剧，谁能说这就是真爱？

沧海桑田，时光如水，犹抱琵琶半遮面的古代美人已经走远，望断楼栏，人比黄花瘦的娴静与多愁，也已消散在岁月的云烟里。现代人的情感少了含蓄，多了滥情，一夜之间爱情与青春都变了模样，疯长的欲望像空中的雪片飞来，爱已空洞，没有内容，谈何含蓄？

含蓄含着包容与美德，一个懂得含蓄的女人，一定懂得宽容与谅解，心灵也一定会纤秀如风，柔情似水——生活中，期待真正的含蓄回归内心，随着女人袅娜的脚步在阳光下姗姗向我们走来。

（原载 2008 年 6 月 24 日《宁波日报》）

午后品书

在冬日有阳光的午后，不舍得那份空闲与暖暖的阳光，还有那份人去楼空的寂静，坐下来，推开案头的文件、纸笔，泡上一杯茶，抽出一本书，闲闲地看下去。

我靠在沙发上，一副富贵闲人的模样。阳光慷慨地从窗外探进来，照在沙发上，杯里的茶袅袅地冒着热气。我边喝茶边轻松地看书，心平气和的，没有人来打搅；楼道里静悄悄的，我听见手指翻动书页的声音，窗外的树枝上偶尔有小鸟停留在那里，互相交流着什么，叽叽喳喳的。城市里难得听见鸟鸣，只有窗前这株高大的柏枝树总是要招徕些什么，即使现在是冬季，但它依然还留着一些绿意，使我总想到春天就潜伏在那里。

阳光整个将我埋起来，我不想变换姿势，就那样斜斜地躺着，书在我手上，嗅着文字的芳香，我慢慢地看，细细地品，一行一行的，并不急着追根究底，也不刻意想在心里留下点什么。这里只有一个人的世界，却上演着一幕幕浓缩了的人间悲欢，就像放了一场电影，精彩纷呈的，没有人知道在这样一个平常的午后，一个多情女人的心里经历着怎样的情感历程，淡淡的喜悦里渗透着不易觉察的忧伤，没有赶集人的那种急切，也少了少年苦读的那份艰难，读得轻松自然却很深入细致，读得从容平静却满心快乐，没有人催你去做什么，也不用担心妨碍了谁，每一个人物情节就这样铭刻在记忆的荧屏上，多少年以后都不能忘记。那种感受，就像一个情窦初开的青春少年，在一个个月华如水的晚上，在开满山花的小径上沉思踱步，他可以一边走一边悠闲地看，浅浅地想，无须深刻，不妨多情，心灵自由自在的，路边的野花、绿树、月亮和满天的星星都成了他的伙伴，夜的深邃赐给他许多白天无法发现的美丽，这美丽从他的视线一点点触及到内心并将深深地、长久地储存在那里。就是这样，就是带着这种闲淡的情怀，在温软的午后，让思想缠绵在那遥远、空旷而又无比深厚的境界里，如一尾银鱼在书海中自由游走，接纳并收获着珍珠般的语言。在语言深处，在暖暖的阳光里，我往往能发现另一个自己，一个自信、富有的精神贵族。桌上的茶渐渐凉了，茶叶早已轻轻慢慢地坠入杯底，一个中午就这样满足而又平静地过去了。

我收拢起午后的阳光情怀，心像被雨水洗过的天空，一尘不染，思维浸在显影药水里一般，格外的清醒和冷静。这时，我突然就想起了一句话：天下奇观看尽不如书卷好，世间滋味尝遍无过菜根香。读书的好处在哪里，就在于物我两忘。想起小时候读书，常坐在灶前，一边烧晚饭，一边就着暗红色的灯光，忘情地读书，稀饭从锅里铺天盖地地漫出来，听到锅底滋滋地响，才猛然觉醒，慌忙灭了火，赶在父母尚未回来之前，急急打扫干净，等到坐下来，还听到心在怦怦乱跳；下雨天，柴草是湿的，看书就更艰难一些，塞进去的柴，常常就熄了火，好不容易在灶洞焐着冒烟了，猛吹一口气，火苗便嘭的一声窜出来，额前的头发就遭了殃，早被火舌掠去了一半，逢着母亲看见，免不了又要挨骂。是的，为了读几本闲书，遭受了母亲不少指责，可一直厚着脸皮居然一路读过来，尽管负载着一些委屈,但终究没有放弃。那样的日子虽然早已走远,但是,读书的情怀还是一样的,那种处子情结是无法了断的。

午后品书,一直是我多年来的习惯。积习难改,一个人,一本书,便让冗长、倦怠的午后有了简约的精致,让浮躁的心灵、交织着烟尘与倦意的思想有一个浣洗和沉淀的过程,这时,你发现自己还存在着,并显现出当年青春的模样。

(原载 2003 年 10 月 12 日《宁波晚报》)

心中没有冬天

母亲一生养了六个儿女，先后都相继成人，众多兄妹中，数四哥五哥最有出息，小小年纪，就捧回一张又一张奖状，贴满了粗糙的土壁，小屋也因此增添了许多生机和辉煌。

母亲的心中，四哥的分量最重，也许是企盼她的四儿能为她争面子的心更强烈些吧？记事时起，就常听到母亲告诫我们做人的道理："网烂筋不烂，人穷志不穷。"其中，对四哥尤其严厉。

大姐出嫁时，四哥五哥前去送嫁。姐的公婆早有嫌我们家穷的意思，对这桩婚姻自始至终抱着一种随便和轻视的态度。母亲总认为女儿订了亲，就不好退亲，如果退了，则是一件很不光彩的事，所以，一直采取低姿态，像女儿嫁不出去似的。按一般习惯，结婚时该要男方出的比如水酒、彩礼什么的，母亲一样也没要，可男方还是没有一句好听的话。那天四哥五哥送嫁，姐的公婆不但态度冷漠，而且不时说几句风凉话："哎哟，穿得这么破，家又这样穷，还念什么书？能有多大出息？"四哥强忍着眼中的泪水，故作平静地咽下碗里的面条，便拉起五哥，踩着厚厚的积雪走出了姐姐家。大姐哭着追上来，要他们回头，拉拉扯扯中，姐的婆婆在一边说话："哟，一句话就得罪了？人没多大，脾气还不小，拉什么拉，要走一块走……”大姐松开了手,流着眼泪看着两个弟弟手牵着手消失在雪地的尽头。那天,正是农历过小年的日子。

地上满是积雪,几十里的山路,一条又一条的田埂,走起来挺艰难。五哥还小,走不动,一路上停停歇歇。中午前后,阳光照耀下的积雪开始融化,成了一滩一滩的浊水,途经这个那个村子里的路则更难走——由于踩的人多,泥泞不堪。四哥五哥不舍得脚上的棉鞋,就脱下来,把鞋带系在一起,挂在脖子上,赤脚踩着冰冷的雪水走回了家。母亲见两个孩子又冷又饿,双脚冻得像炒熟的红虾,颤巍巍地抖,不由心中难过,抱着四哥五哥,伤心地痛哭了一场,擦干眼泪,母亲就说:“网烂筋不烂,人穷志不穷——我们人穷,志不能短。”

天如此寒冷,人情这样淡漠,只有家才是温暖的——尽管贫穷,但有爱,有温情,这就是力量!

正是凭借这股力量,我们家每一个人都活得很有骨气和自尊,天虽然冷,但我们的心中没有冬天,始终充满对生活的热情和希望。四哥五哥和我就是凭着这样的一种意志与动力,奋发读书,后来一一考上了大学。

三年前,四哥带未过门的“四嫂”回家,母亲又惊又喜,忙得晕头转向,见到邻居总是笑呵呵地抄起围裙揩揩手,回房抓一把糖果。人逢喜事精神爽,那时的母亲,看起来年轻了许多,一条条皱纹舒展开来,笑得像朵花。可是,“四嫂”没有等到假满,便要回去,坚持着不肯留下,理由只是:“这里穷,不愿待。”四哥便生气,对着“四嫂”说:“要走你走,你看不起我家,也就是看不起我,实在不愿意,趁现在还来得及,你就另择高明吧!”四哥的话一点不留情面,“四嫂”受了伤害,一气之下,真的就与四哥分道扬镳。

母亲很伤心,但并不悲哀,“四嫂”的话使我们想起了那个冬天，想起了曾经的屈辱，正是有了过去痛苦的经历，所以我们活得格外敏感和自尊，也正是这种生命的尊严与人格的力量，才使我们有了今天的崛起，生活中，我们可以失去一些东西，但绝不能失去做人的骨气和志向，委曲往往不能求全。

我又想起了小时候母亲常说的那句话：网烂筋不烂，人穷志不穷。

（原载 1993 年 11 月 19 日《芜湖日报》）

母亲是一本书

我习惯于把回母亲的住处叫做“回家”，对出生地的留念其实是眷恋天伦的亲脉，一种对根的自然追溯，故乡倘若没有了母亲，乡情也就淡远了。

母亲还住在当年的旧房子里，小院的围墙已经坍塌，只有一些断垣残壁竖立在那里，这片小院以及院外的风景，曾经一度交融、灿烂了我的童年与少年，成为我回忆中永远的片断。当我斜倚家门看母亲端着米菜从院内进进出出时，心里有一种特别的辛酸与亲切感，我似乎看到了当年的母亲，扛着笨重的农具一次次跟在父亲身后，穿过院子走向田野，去做那些永远做不完的农活，母亲回身关门的时候，总要朝站在门口的我们笑一笑，那时五哥只有 5 岁，我才 3 岁，蹒跚着脚步一路哭着追赶母亲。

母亲 18 岁便结了婚，而我父亲几乎一生都没爱过母亲，在我们小时候，他们俩吵架几乎是家常便饭。如今，父亲虽然不再与母亲争吵，但态度依然十分冷淡，而母亲，从不敢抱怨什么，日复一日跟着父亲劳作。因为贫穷，这里的人们终其一生似乎都在田里耕种，母亲所经历、所目睹的只有田野以及那些永远繁重的活计。

白天干完农活，晚上母亲还要在灯下挑选麦秸草，初夏时节，我们的房间里总是堆放着整捆整捆的麦秸草，有时我半夜醒来，看见母亲红着眼圈，还坐在那里一遍遍地挑着，手指被粗糙的叶子磨砺得发硬；冬天的晚上，母亲安顿我们睡下后，就坐在床边编麦草辫子或者纳鞋底，哧哧的抽线声直到今天想起还是那么清晰、那么深刻地响在我的心上，可那时我们并不懂得心疼母亲。在我的记忆中，母亲一年到头、从早到晚总是在干活，偶尔上回集镇，也是去卖一些蔬菜，然后换回食盐或其他东西。

我结婚后，经常给母亲买些物品，如衣服或者鞋子之类，可我真正想为母亲做的却远非自己的能力所及，母亲的房子实在太差了，苦了一辈子，晚年的母亲，应该住得像样一些，可我只是时常想到，我没有能力为母亲做点真正有用的事情。

为了弥补心中的缺憾，有年，我将母亲接到我家，知道母亲爱吃鱼，我便隔天买一次，可母亲似乎总是吃不完，盘子里时常存着一些，留着下餐用，我明白她的用心，便将剩下的鱼偷偷倒掉，母亲心疼得不行，说我忘事了，不记得过去的苦。餐桌上，我们不爱吃或者剩下的菜，母亲便抢着去夹，并作出很爱吃的样子，起初我阻止母亲，后来就以一种强制的方式抽走菜盘，母亲不再坚持，却换了另一种方法，在我下班前，母亲就着剩饭剩菜先吃了，当我叫她上桌时，她推说自己早吃过了，而将新鲜的她认为好吃的菜留给我们。

这就是母亲，一位普通的农村妇女，她甚至连自己的名字也写不出，可她却用自己的勤劳、善良与忍耐教我学会了怎样做人，母亲是我成长路途中的一盏灯，让我时时感受到一种温暖，感受到做人的朴素、坦然，母亲更是一本书，深沉厚重，让我一辈子受益无穷。

我渴望回乡，不是因为我读了诸如“采菊东篱下，悠然见南山”

的诗句,而是因为那里有我的根,有我一辈子躬耕农田的父母,只要母亲健在,我便渴望回家,那是我终身的家园,永远的乡村。

(原载2011年5月9日《现代金报》)

那年重阳，我十六岁

过重阳，各地风俗不同，有的地方有登高、赏菊之说，而在我们家乡，欢度重阳的方式之一就是吃南瓜糕。

我在家里过的最后一个重阳是十六岁那年。不错，那年，我已考入了县城的重点高中。因参加全县作文竞赛得了第一名而获奖的那天是星期四，而星期六刚好是重阳，二十元的奖金在我的口袋里焐了整整两天。

上完最后一节课，我决定先不回家，我想上街为父母买点什么。当我做出这个决定的时候，一种从未有过的自豪与喜悦让我的心冲动得厉害，快乐像一条闪着白色粼光的小鱼儿，趁机从体内的某个角落钻出来，将我的心房撞开了一个响亮的口子。走在街上，我已无心去看那些花花绿绿的饰品，直奔南门桥头的食品商店。

父亲喜欢喝酒，也爱吸烟，那就买瓶酒和两包烟吧。母亲呢？母亲喜欢什么？这时，我才突然发现，多年来，虽然一直生活在母亲身边，却不知道母亲喜欢什么，一年四季，她好像总在吃我们剩下的饭菜，永远没有自己的要求。想到这里，我的心不由得一下子疼起来，多少年来，我们一直忽略了母亲的需要，也忽略了她对我们那无言但却深沉的爱，手心里的钱捏得发烫，最终我却不知道选点什么。

我的目光无意中落在面前的鞋摊上，一双黑色的圆口布鞋使我一下子振奋起来。想起母亲那多年探头在外的脚趾，眼下又时值重阳，天渐渐冷了，不是有句谚语“过了重阳无时节，不是风来就是雪”？母亲一辈子就是怕冷，我为自己的这一意外发现窃喜不已……到家时，天早已黑了，父亲坐在黑暗中吸烟，母亲在厨房里烤着南瓜糕，因为是重阳，姑姑也回来了，我放下手中的网兜，过去给母亲帮忙。

“今天星期六，知道你回来，我和姑姑到村口接你两趟。”母亲看着我，笑着说，“下午没去地里，多磨了一些米，全做成南瓜糕了”。母亲边说边端给我看。看着满满一筛南瓜糕，我突然明白了母亲的用意。在我们家乡，重阳吃南瓜糕有两重意思：一是为庆祝金秋丰收，寄寓繁荣、长久之意，九月九，因“九”与“久”谐音，久久即希望年年丰收，另外就是“糕”与“高”同音，意思就是更高一层，而南瓜又有防病之说。母亲一方面怕我在学校吃不饱，特意多做了一些，准备让我带着，另一方面就是希望我多吃，吃得越多，将来就走得越远，飞得越高。我虽然不相信这一说法，但还是对母亲这一举动心怀感激。

晚饭后，我拿出网兜里的烟酒和布鞋，同时摸出怀里那还带有体温的七元六角余额，郑重地放在桌子上。我告诉父母：这些是我靠自己的努力得来的，也是我第一次想到回报，对此，我很惭愧，同时我又感到自豪，因为我长大了。说完，我竟然不自觉地流下了眼泪，那一刻，我感觉自己的心就像浸在水中的茶叶，柔软温情，充满感伤，但绝不是矫情。晚上，我们一家在灯光下坐了很久，父亲说了许许多多关于我们儿时的乐事，母亲印满风尘般黯淡的脸居然也有了一些女人的明艳。我的心被家的温馨塞得满满的……

如今,多年过去了,我却依然忘不了十六岁时的那个重阳节,忘不了那满满一筛子南瓜糕,还有那在手中捏来捏去的二十元奖金,也就在那时,我懂得了——对于父母,我们要学会关注、体贴、感恩与报答。

(原载1994年2月24日《少年文史报·中学版》)

爱使人生美丽

一个人的心中有爱，生命才会更为年轻和美丽，没有爱或者不懂爱的人，他的人生一定会暮气沉沉，缺乏青春的朝气与活力。

恋爱中的人看什么都是美好的，活泼泼的目光灵动而多情。下雨了，别人觉得烦，只有他们不会，他们会觉得这雨别有一番诗意，不用撑伞，拉着对方的手就跑进雨中，莽撞得有些可爱，天真得像个孩子，心里的快乐真实而具体；同样的云彩，别人没有感觉，可他们看见那云在动，在笑，在变幻，那是因为他们心中有彩虹。景物是一样的，可带着不同的心情看待，结果就会不同，喜悦的还之以喜悦，悲伤的还之以悲伤，所以说，一个人要想活得快乐，活得年轻和美丽，首先他心中应该有爱，无论这爱是什么类型的，友爱、关爱、亲情之爱都可以，有爱的人才会有热情，才会不图回报地去帮助别人，也使自己受益无穷。

还是初中时代的一件事，我却一直无法忘怀：那是五月的一个傍晚，我和几个同学走出校园，去爬学校附近的一座山。那座山比较陡，中间有一条粗糙简陋的石子路，我们就在路边一边走一边说着话。就在这时，我听见身后有响声，回头一看，一个中年男子在吃力地拉着一辆板车，上面是堆得高高的砖头，后面有一个女人在推，由于山坡陡，男人勾着腰，头几乎要抵着地面，女人的一只腿跪着，另一只腿向后屈伸着，他们几乎是一步挨着一步往前挪，汗水使男人和女人的衣服都湿透了。车到中途，坡更陡了，他们挣扎着拼命往前拉，可车子几乎停在原地不动，稍一松懈，整个车子与人就会同时坠下山底。我们看不下去了，不约而同地跑过去，向他们伸出了双手……车到山顶，女人从车后抬起脸，不停地向我们作揖，表达着她的感激。回来的路上，我们心里都很高兴，那种高兴是溢自内心的，我们突然就觉得自己好伟大，做了一件多么了不起的事。其实，这件事很小，但从中我明白了：一个人在给别人帮助的同时，自己也快乐着。因此，我想告诉年轻的朋友，别让自己的心冷漠着，包裹自己和防范别人都会太累，学会对生活微笑，试着去爱，在你有所心动的时候，就不要让爱的念头一闪而过，不要犹豫，赶紧走过去，用身体行动，这时你会发现，原本平淡的你也会在突然间变得有光彩。爱的情愫会让人的心灵明亮，生活美丽，用一双含情的目光看待这个世界，世界就像童话一样缤纷多彩。

一个人热爱生活，生活也一定会给他很多回馈。事业成功的人，首先是因为他热爱这份事业，有了热爱再投入全部的智慧与努力，自然也就功成名就；如果没有热情，只是因为生计逼迫而勉强自己去做一份不愿做的事，那一定很痛苦，生活中，这样的人太多了，他们不喜欢那份工作，可他们又无法改变现状，不得不做，因为要生存，要活下去，即使不愿意也要咬着牙挺着，所以活得很累，情绪也不好，这样下去人便很容易憔悴而苍老，生命失去水分与鲜活，自然也就失去了健康。如果不能改变现状，那么就先改变自己吧，早晨起来，面对窗外灿烂的阳光，要有一种感恩的心情，要迫不及待把自己投入到新的一天的生活与计划中，要学会发现，发现事物美好的一面，从不同的角度寻找其中的快乐，培养工作的热情，久而久之，生活真的就会出现起色，出现你意想不到的效果，这时，你再回头看看过去，才知道那些焦虑的日子消散了你多少青春的容颜与风采！工作着是美丽的，活着就是幸福，每天带着一份爱、一份从容上路，在阳光与晨风中开着车子，一路向前，这时，你是年轻的，明洁的，你脸上的笑意真实自然，透着青春而饱满的光辉。

爱能改变一切，能使懦夫变得坚强，让苦难化成芬芳，心中有爱，生命才会美丽，一个心灵冷漠的人，即使他很年轻，他的人生也一定是黯淡的，孤独的。

爱使人生更美丽——朋友们，学会爱吧，用我们还年轻的心。

（原载《作文周刊·初中版》总第 2177 期）

珍惜缘分

我有一位女同事，总是要抱怨她母亲的不是，时间一长，我们便不想听，后来干脆躲着走，远远地避开。再以后，看不见她母亲，只听见她不停地喊累，怨带孩子的辛苦。可是她就没有想到，当初她的母亲是如何辛苦的。

我认识她的母亲，那是一位很好的母亲。清晨的公园里，不少的老人在晨练，她的母亲却挎着篮子急匆匆去买菜。回来的路上，老人看见被别人扔掉的娃哈哈空瓶子便拾起来，一道拿回去，女儿在阳台上看见了这一切，于是冲下来，扔掉瓶子，再夺过母亲手中的篮子，然后留给老人一个无情的脊背。老人也流泪，也诉说，可到底还是舍不得那不会走路的小外孙。

女儿咄咄逼人："是家里缺了吃，愁了穿，还是少了你的零花钱？你在外面捡别人扔掉的空瓶子卖，这样丢人现眼，是想害我不能做人，还是想让别人骂我苛刻无情？"女儿的话语尖刀一样刺向那位呆立一旁、垂泪涟涟的母亲。

万世苍生都是因缘而走到一起，她能成为母亲的女儿而不是别人的，也是一种缘，世界不可谓不大，为什么偏偏是她成了母亲的贴心棉袄？这就是：她前世注定要与之有一段相依相偎的生命过程,有一种脱也脱不开的血缘,就像现在正吮吸着她乳头的孩子,那种骨肉相连的牵痛早在生命的开始就已注定并无法改变的,不是一时的,而是长久的、终生的,直到你丢掉了现在的躯壳,让灵魂进入了另一个轮回才算终止。可真要到那时,你可能又要后悔了,后悔在世时没有好好珍惜。恋恋风尘几十年,那亿万分之一的可能就是你的缘分,就是你脱不了、推不掉的世俗情。

风烛残年的老人,说不定哪一天就走了,就再也不会回头了,为什么非要等到那一天,我们才有所悔悟、有所痛心?老人现在活着,行动是慢了,目光也浊了,走路不再有力,脊背不再笔挺,青春没了,梦想没了,却多了寂寞,多了孤独,这时候,如果我们没有心痛,有的只是嫌厌,只是高声大嗓地骂她,想想母亲曾经抱你、亲你、爱你,风雨甘苦几十年,难道等的就是你的怨,你的冲,你的骂?

有缘修得同船渡,何况我们的母亲?

小时候的温情随着岁月的推进而沉在了心灵的深处。今天,当我们看着步履蹒跚的老人还在人生的尽头为你忙碌,为你辛苦,你难道不为之感动?看着一个个先她而去的长辈,终于在病痛与无望的挣扎后,沉寂在俗世之外,而母亲还活着,就为这——还能活着,就应该好好感恩。

(原载 2003 年 3 月 5 日《中国教师报》)

走进春天(外两篇)

春天踩着一缕薄寒、几丝轻暖姗姗而至,清晨,每一家都推开窗子,让阳光慷慨地走进来,尽管,空气里还残留着一股凉凉的后劲,但是,风已少了许多凛冽。

屋子里的人们再也待不住,三三两两地走出来,街上一下子热闹起来,女人们早已脱下臃肿的外套,换上一款款质地精良的长裙,旋转在春光里,心瞬间就年轻了,青春了。春天真好,一切都是新鲜的,妩媚的,充满精神的,还没起床,就听见邻家的小男孩在阳台上惊喜地欢叫:妈妈,我种的花开了。

是的,花开了,草也挣破冬天的束缚,探出柔软的身子,铺陈在阳光里,洇绿一片。这是我在异乡度过的第十九个春天,景物是相同的,心情却不一样。每年,每月,有闲的日子,我都喜欢开着车子,沿着这条路,看看四季轮换,从一川烟草到满城飞絮,从一叶初生到繁茂葱茏,以及生命的成长与凋零……我是个容易动情的人,总喜欢由此及彼,由春天的花开花落而想到过去的人事与情感,心中不免堆积着太多欲说还休的心事,剪不断,理还乱。对待春天,我的感触永远不可能淡若烟水,因为春天是生命的开始与四季的驿站。

南方的春天，脚步儿来得早，腊梅的余香还未溶尽，三两只燕子就带着新春的祝福呢喃而来了；而北方，寒意正盛，树梢还举着冬日的薄雪，四下里飘忽的雨丝清冷冷扑面而来，花事还远着呢！可孩子们，再也等不及，取出存了一年的风筝，稳稳地放飞着春的梦想，在蓝天宽阔的胸怀里，展示着一份份自由、一份份诗意、一份份天真。年轻的父母们追随着孩子的笑声，让目光掠过天空，长久地重温着、品味着很久以前的故事，那故事里的童年一样天真，一样快乐。早春的日子里，饱和着太多的激情与希冀，生命的老根又萌出新的芽叶，生生不息。

白昼渐渐变长，晴朗朗的晨曦中，鸟儿的歌声翩翩飞来，柔软而透明，梨花如雪，香味一如婉约清凉的绢纱，抚慰着人们的肌肤，呼吸着清纯的空气。这个时候，愉快地做点儿什么，或者什么也不做，只站在窗前慵慵地伸个懒腰，心里也有一种超然脱俗的感觉。如果没有雨，那春便会少了情致，失了酥软，古人不是有“杏花消息雨声中”吗？有雨的夜晚，出去走走，撑一柄伞，踩一地灯光，绵密的雨丝如瞌睡的眼，朦朦胧胧，晕了一圈柔润的红边，恍惚间你就幻化成了那个丁香一样走在悠长而又寂寥雨巷的姑娘，滴水的声音，一粒粒的，敲在伞叶上，有如珠玉落盘的清响，如果细致，还可听见草儿吮吸雨水的嘶嘶声。路两边的花，不知什么时候就多了起来，仿佛怕来不及似的，争着抢着，全在一夜间绽放了，脉脉的香味和着细润的春雨会让人想起：此时，该是“乱花渐欲迷人眼”的仲春时节了吧。

春天真的来了，从老农挽起的裤管，急急的脚步里，从小孩儿轻捷的跳跃，红润的笑脸里。春天无声无息，却又少有的豁达精致，处处弥漫着一种幽香，细微、湿润而又清新，直直渗进人的心魂。

走吧，让我们带一个心愿出门，在明媚的阳光下，走近春天，走进春天……

（2015年3月1日，写于宁波日报社）

春暖花开

春天来了，感觉冬天还没过完呢！春光就这样铺天盖地的渲染着，热烈着，流泻着，只有这个季节才有的别样风情。

喜欢这个季节，喜欢早上清新的空气与阳光，把自己收拾得清清爽爽的出门。

从容地打开车窗，让春风吹进来。从后视镜看一眼自己，无可挑剔的：小巧白西装，暗红色茶镜，晶亮的胸针，显得干练、精神，一丝不乱。目不斜视也能感觉到左右的目光，心里竟有小小的得意。

一边开着车，一边东瞧瞧，西看看，路两边的樱花毫无保留地盛开着，过于绵密。空中不断有花瓣落下，地上也积了浅浅一层，樱花的生命过于短暂，总是一边开一边落，美得有些凄惨，不由让人想起《红楼梦》中的黛玉葬花。

玉兰素净淡雅，如冷面美人，高山流水觅知音，总有一种曲高和寡之感。还有嫩黄的迎春花，星星点点，穿插在万绿丛中，美不胜收。

如果与爱人一起牵手漫步，看此情此景，想必年少时的心情与曾经的青春也一起回来了吧，山楂树之恋中的那份青涩虽已遥远，但爱情不会老去。

爱情就在那里，一直在那里，虽然岁月久远，有些情淡了，人变了，但心中最初的那份悸动一直都在，会在某个清晨或者午夜突然想起，刻骨铭心。

那是十八岁的心情，那是埋在心里的回忆，可以与现在的家庭无关，与亲情无关。不会时时想起，但总是存留着，总会在特定的时刻，让我循着来时的路径遇见它。

转角遇见爱，说的是现在年轻人的爱情吧？这样的爱过于缥缈，过于美好，恍然电影里的某个镜头，有些不够真实，却实在令人向往。

喜欢春天，喜欢春暖花开的每个日子，生命在苏醒、萌生、成长，一切都是活泼的、新鲜的、充满无限希望的。喜欢在这样的日子里，想些心思，做些傻事，写些愿望。

喜欢在这个季节里去旅行，过滤曾经不能忘怀的旧事，在回忆的路上，一路走一路丢，只存一颗真实透明的心，清清亮亮，如水般透彻无忧。

春天是热闹的，这份热闹不是喧嚣，是孩子撒着欢儿的轻狂，是情侣间遮遮掩掩的甜蜜，也是寂寞了一个冬天，才走出屋子透透气的老人们口中的张家长李家短，这是鸡毛蒜皮的小幸福，这是人间烟火味的真实人生。

喜欢在明媚的春光下，挽着母亲，说说过往的旧事，翻翻已逝的童年，当年那矮矮的泥巴墙，是否还爬满绿色的青藤，还开有细碎如粒的红花？

一切都远了，淡了，唯有春风最相惜，一年一度一归来。

春天，一如既往，春暖花开。

感受春天

柳絮如潮花似雪，春天还是不可阻挡地来了，阳光恣意而抒情，在三月的花朵与草尖上疾速蔓延。我站在临街的高楼上，俯看着春天。江边的公园里，有雪一样的白玉兰，开在阳光深处，三三两两的情侣相携着，依偎着从江边走过，洒下阵阵晴朗的笑，伴着一缕一缕的风，飘散在暖暖的晴空下。

春天，清清爽爽的，喧嚣的日子由此变得宁静，我斜倚在栏杆上，看着彼岸绚烂的花，阳光下远近的人群与岸边的依依杨柳，突然有了一种“山月不知心里事，水风空落眼前花”的感觉，时光恍如千年已过，只有自己还是当初的自己，忧伤浅浅的，就在那一刻滑过心壁，但稍纵即逝。

江面上有轮船驶过，然后无声地消失于转角，岸上的人们早已脱去臃肿的外套，换上俏丽的春装，人轻捷了，心也年轻了吧？春光似海，以这样热烈的方式淹没了这个晴朗的午后。

有两三个同事跑来，风风火火地拉着我踏进春天，融入人群。我们脱下外衣，在草地边缘的小径上漫步，说着与工作无关的话题，一下子，我们忘记了自己是谁，也忘记了身份与年龄，像少女一般毫无顾忌地谈笑。没有人说我们轻狂，也没有人说我们粗野，在那样的时刻，我们还原了最真实、最原始的自己。

回来的路上，我将思想与感情一起植进春天的土地，如同植入一粒种子，来年的春天，我再去探看，在这块温暖的土地上，是否会生长出一朵一朵挂着梦想的五瓣丁香。

无论它们最后是否能长成一种景观，但它总是要伴着风雨，经历寂寞，以自己存在的姿态，构筑着未来与遐想，成为我不算年轻但还饱满的守望。

春天，这个童话而诗意的季节，让我在简单中奢侈，也让我在沉静中优雅。

（以上两篇原载《春谷》杂志2013年总第十、十一期——秋·冬合卷）

走过青春岁月……

从混沌中走来，一步步地，我们开始走向成熟。

终于有一天，蓝天下有了我们如雾的叹息，如梦的憧憬，如烟的思绪，如诗的情境……我们试着摆脱父母太沉的呵护，太深的关爱；我们有了自己的思想，自己的追求，自己的盼望；我们不再单纯，幼稚的小女孩般的心思不再属于我们，我们的眼里不再只有亮丽的色彩，也有挥之不去的阴云；我们不再只是一张空白纸，我们有复杂的思想，有独立的个性和完整的内容，岁月的流逝，让我们的心灵在阳光下变得日益坚强。我们告别了嬉笑的童年，玫瑰的少年心怀也已遥远，我们毫无怨悔地踏上青春之路，沉默的身影留给地平线的诠释是：我们长大了。

有人说：青春是一首诗，一幅画。青春的形式有多种，青春的内容太丰富——有的人，年过半百，却依然不失青春的风采，言语谈笑间洋溢着青春的光华；有的人，只识少年愁滋味，陷在个人情感的圈子里悔恨叹息，日日消磨生命的意志和灵气。不同的心境，青春的浓度便不一样，只有执着的信念，恬适的心情，乐观的胸怀，用知识和智慧包装的青春才会流光溢彩，才会有绝美的容颜和内容。

怎样抒写青春，怎样让青春的色彩绚丽辉煌，怎样让青春留下一串有力的脚印？首先，要有坚定的信念与崇高的理想，有不倦的求索精神，有为中华崛起而读书的胸怀与气魄。风花雪月不是青春的内容，浅吟低唱、夸夸其谈都是虚无缥缈、华而不实的体现，任何侥幸和投机都会被现实砸得粉碎。青春的构成是实在的，它是一道驻留在生命里最美的风景，是生命过程中最有价值、最值得怀念与感叹的一个阶段，也是你人生道路上一个至关重要的转折点与起跑线。

走过青春岁月，不妨偶尔驻足回首，看一看昨夜逝去的星辰，即使其中留下遗憾，怀过孤独，流过泪，伤过心，但那只是青年时光里一个小小的点缀，并不妨碍年轻的成长。那是生命流动过程中刻下的浅浅痕迹，虽不美丽却也丰富，不必刻意追求完满，残缺有时候也是一种人生，好好地把握你的青春吧，不必在意天空是否湛蓝，只要经历过、感受过就是一份收获。

向前走吧，迈开年轻的步子，向世界展示你的自信，你的风度。青春是生命的资本，是无价的精神，没有什么可以与之相比，与之抗衡，即使你现在一无所有，但只要你还拥有青春，那么一切都可以重新再来，一切都可以重新拥有，脚下是坚实的土地，前面是亮丽的蓝天。

（原载《七彩帆》杂志 1998 年第二期）

关于本书的后记与其他

欧阳传芳

一

终于准备将这本书予以出版发行了。

十多年了，这一“出书梦”，断断续续的，整整做了十多年了。

记得，2005年元旦，宁波电视台记者采访我，让我说说我的新年愿望。我说：“我的新年愿望，是想整理自己的作品，出一本散文选。”

电视节目播出后，报社的一些同事、朋友，往日的许多学生、家长，都对我表示了鼓励与期待。

我也确实没有懈怠，用了两个月左右的时间，编就了书稿，然而后来，超乎想象的出书费用，让我望而却步。

这一“却”，“却”了五年左右。五年中，又先后收到了不少作家朋友的赠书。一位位朋友的赠书，渐渐地又唤醒了我的出书的欲望。于是，结合自己的部分新作，在原先书稿的基础上，有增补，也有删减，我又一次编好了自己的书并开始联系出版社。

就在联系出版之时，一个周末，我去我的一位作家朋友家中。朋友家门口，一个收破烂的正在给一堆书刊过秤，我一眼看到——

正在被过秤的书刊中,有好几本就是我与朋友共同熟识的作家的赠书!我心里猛地咯噔一下子:如果我的书出版了,肯定会送给这位朋友的,到头会不会也要被当作破烂给卖掉呢?我似乎看到了未来的厄运,再一次搁下了出书的计划。

2014年10月15日,习近平总书记主持召开文艺工作座谈会并作重要讲话。我先生认为:我国文艺创作很有可能将迎来新的春天。于是,他将我的出书计划又重新提上了议事日程,并由他亲自担任责任编辑。我先生一直很欣赏我的文章,尤其喜欢我的散文,他欣赏我观察细致,体验深刻,他喜欢我笔触细腻,语言清新,还有我的不虚伪,不矫饰,以及我的始终所坚持的以真感人,以情动人……“你的追求与努力,永远不会白费的;你的作品你的书,将来一定仍然会有许多人喜爱的;记住陈忠实为你的题词:文学依然神圣!”先生的支持与见识,让我感到了这本书的生机与希望。

二

我虽然从小爱好文学,但并未坚持常年写作。想了想,二十几年来,相比较而言,有两个阶段写得明显多一些。

一个阶段大致为1992—1995年,可谓是我写作的勃发期与鼎盛期。这一阶段,为了锻炼也为了检验自己的撰稿能力,新婚之后我与我先生相约:每月工资不动,凭稿费维持生活。我写诗歌,写散文,也写评论,写新闻,我写过散文诗,写过小小说,还写过访谈录,写过大特写……《安徽青年报》曾将我采写的访谈录《罚款管理学生该不该》列为“热门话题”并且由此发起了“专题讨论”,《皖江晚报》曾以整版篇幅发表了我构制的大特写《血泪浸成的打工路》……我写得勤,几乎平均每三四天便有一篇文章发表;也写得苦，我是真正的倾注真情实感而呕心沥血——若干年后，直至今天，我对我过去的某些散文、某些诗歌往往还能整篇整篇地叙述、整首整首地背诵，试想：如果写作时不是真正地倾注真情实感而呕心沥血，焉能如此？

渐渐地，在众多的文章样式、文学体裁中，我更偏爱上了散文；与此同时，一些报纸、杂志的编辑以及众多相识、不相识的读者，也似乎更为喜欢我的散文。安徽文艺出版社 1994 年 12 月出版的《春归何处》与中国妇女出版社 1995 年 7 月出版的《碧榭听歌》两本书中，便破格选入了我的 9 篇散文。难忘啊，20 世纪 90 年代初、中期，我是芜湖市最年轻的女作家，记得当时《芜湖日报》曾有文章将我与唐玉霞、钱红丽一起并称为"芜湖文坛三大才女"。

另一个阶段则大致为 2002—2005 年，可谓我写作上的又一个高潮期与成熟期。1996 年，我先生工作调动，我随先生在宁波定居并工作。为了适应新的环境与新的工作，加上刚刚出生的孩子需要喂养，来宁波的前些年，我基本上（这里说的是基本上）处于辍笔状态。直到 2002 年 3 月，《宁波晚报》"三江月"文艺副刊以"外乡人在宁波"为题举行征文活动，在先生的鼓动下，我首次关注到《宁波晚报》，写出《回家的感觉》一文参与应征，并就此一炮打响。紧接着，在"通信与社会生活"征文中，在"我的网友"征文中，再接着，在"嘿，说起当年放暑假"征文中，在"心与心的牵挂"征文中……我兴致勃勃，有征必应，不到半年时间，我的作品在《宁波晚报》上接连发表并获奖。由此开始，在《宁波晚报》文艺副刊的读者群中，我很快成了深受喜爱的作者之一，并且连连获得宁波晚报社的嘉奖。

然而，近十年来，我又渐渐地疏懒了，除了特约之外，很少写稿，极少投稿。

纵观自己的两个写作阶段，我的一点感悟是：作为文学写作者,要想写出较多较好的作品,一要"肩头有压力",二要"心中有热情"。当然,还有其他。

三

今年"十一"期间,我回了一趟阔别多年的婆家。

婆家住在芜湖南陵戴公山下。

在一次聚会上,"啊?这不是江陵吗?我们的散文家!久违了,久违了!"时隔二十多年,一位芜湖的作家还认出了我,记得我。

"哦,江陵回来啦?现在还在写吗?"在南陵,当初我在县工商联工作时的顶头上司,一见面,便这样叫我,这样问。

"江陵哪,江陵你回来啦?"在戴镇,婆婆家的邻居王妈妈一把拉住我,"到我家玩一玩,玉莲在家。"玉莲是王妈妈的小女儿,我在戴镇学校教书时的同事。王妈妈一面把我拉向她家,一面喊着:"玉莲哪,江陵回来了!"……

江陵,江陵,江陵,一处处,一声声,深深地唤起了我对"江陵"的怀念——

"江陵",是我发表处女作时便开始使用的笔名。那时,我所发的所有作品从未署过真实姓名——因此,在整个芜湖文学界,提起江陵,一般人都知道;而要问起欧阳传芳,则可能谁都不清楚。不仅仅在文学界,那些年,本单位的领导、同事以及邻居、朋友乃至我的公公、婆婆,都无一例外地直呼我为"江陵"。而定居宁波后,我未再用笔名,于是,如今,在宁波,人们只晓得欧阳传芳,却谁也不知道曾经有过什么"江陵"。

于是乎,在故乡,在一声声亲切友好的呼唤中,我越发怀想起我那曾经的"江陵时代"。那时,我正年轻,充满青春活力,如同《赛马汉子》所唱:"眼里燃烧着驰骋的向往,心中蓬勃着飞跃的梦想,策马扬鞭,激情在阳光下飞扬……"——我怀想我的"江陵时代",我喜欢我的"江陵"笔名。

一听到或者一看到"江陵"二字,很多人可能都会想到李白的"朝发白帝彩云间,千里江陵一日还",诗中景色迷人,船行神速,让人心驰神往,一路欢欣;也曾有朋友揣摩说:江者,水也;陵者,山也;智者乐水,仁者乐山——欧阳传芳既乐水,又乐山,她要既做智者,又做仁者,所以取了个笔名叫"江陵"。对于大家的联想和朋友的揣摩,我并不否定,只是,我要说的是,我的本意,非常简单:我出生于安徽庐江,后出嫁到安徽南陵,我的笔名,便是取庐江之"江"与南陵之"陵",合二而一,由此组成了"江陵"。

写到这儿,忽然想到:今后,发表新作时,我将继续署名"江陵",因为,我永远忘不了庐江——生我养我的故乡,也永远忘不了南陵——我那曾经工作、生活过的家园……

四

在这一部分文字里,我想写一写我先生的"罗氏家族"。

春节期间,在家乡的一次同学聚会上,听说我要出本书,不少同学称羡不已,赞叹不绝,都说为有我这么一位作家同学而自豪。

其实,在我们罗家,出一本书,纯粹属于寻常事。

我先生兄妹五人,除了大妹光宝(上海某服装公司高级缝纫师、质量检验师),我先生光奖(宁波万里国际学校与宁波国家高新区外国语学校中学语文高级教师)、大弟光成(中共南陵县委宣传部副部长兼县文联主席)、小弟光杰(安徽省电教馆办公室主任)、小妹罗婧(芜湖少林文武学校办公室主任),还有大弟媳宋金珠(南陵县籍山镇中心小学语文高级教师）、小弟媳江柳英（安徽师范大学外国语学院教授）——他们在各自的本职工作之外，都拥有一个共同的身份：作家。

金珠、柳英也都是在学生时代就开始发表作品，并有多篇作品被安徽文艺出版社与高等教育出版社分别选入丛书；光杰、罗婧更是20世纪80年代初、中期全国中学生文坛的佼佼者，分别先后被评为1983年、1986年“全国优秀小作家”，两人现已著书、编书多种，包括《两个世界的眼睛》、《少林武僧》等长篇小说，其中光杰主编的《中外优秀美德故事》一书还曾得到全国人大常委会副委员长王炳乾、墨西哥驻华大使SERGIO IEY LOPEZ等人的亲笔题词；光成则已成为中国作家协会会员，并担任了芜湖市作家协会副主席，出版有多部小说、散文集，其中长篇童年成长叙事《那些曾经花开的地方》入围第六届鲁迅文学奖；至于光奖，则名列《中国当代教育家大词典》，亦有作品编入《宁波当代作家散文选》，先生还是一名编辑，主编过多种语文教学用书、校园文学读物以及校报、校刊，更是“全国科技教育十大新秀”之一与国家“人民教师奖章”获得者，中共中央总书记、国务院总理曾经亲手为我先生颁发证书与奖章。

可以说：罗家兄弟妯娌，是出类拔萃的；罗家的下一代，更是青出于蓝——光成家的孩子罗政，复旦大学硕士研究生、新华社最佳新锐记者；光杰家的孩子想想，一名多才多艺美少女，美国知名大学留学生；我们家的孩子文宗，在对互联网的研究上，也显露出非凡的才能；光宝和罗婧的孩子，一个个地也都分别学有专攻，业有所成……

应当说：是“罗氏家族”这样的书香门第，长期地给了我良好的熏陶；是上下两代蓬勃的进取精神，不断地给了我前行的动力——如此，这般，我才能够成为编辑，成为作家，也才能够有了这本书的出版……我为能够生活在“罗氏家族”而庆幸，而自豪！

关于本书的后记与其他，就写到这儿了，临末，需要说明的是：本书共选入了108篇散文，其中102篇曾公开发表于省内外三十余家报刊，编入本书时，一遍遍审读，其中有些文字作了一些改动，并有个别篇章另换了新标题，总而言之，我一直力求本书的质量“高些，再高些”，既是为了不负读者，也是为了证实自己。

在这里，我要衷心感谢——

感谢广西壮族自治区新闻出版广电局出版管理处处长利来友先生的不吝赐教与鼎力相助；

感谢“中国出版业的标杆”广西师范大学出版社的充分肯定与热情扶持；

感谢责任编辑张洁老师一丝不苟的编校，感谢美术编辑何清老师匠心独运的设计——两位老师的辛勤与智慧，使本书得以生色增辉。

最后，借此谨向长期以来一直关心、鼓励、帮助我的老师与同学、同事与朋友、编辑与读者包括我的学生与家长、乡亲与街邻还有我的所有的亲属，一并致以衷心的感谢、敬意与祝福！

完稿于2016年11月7日

校订于2017年8月12日